내 인생의
터닝 포인트

내 인생의
터닝 포인트

초판 1쇄 발행 2013년 10월 1일
2쇄 발행 2013년 11월 1일

지 은 이   김원수 · 박필령
발 행 인   권선복
편집주간   김정웅
디 자 인   김소영 · 최새롬
표지그림   이은정 로사
전 자 책   신미경
마 케 팅   서선교
발 행 처   도서출판 행복에너지
출판등록   제315-2011-000035호
주   소   (157-010) 서울특별시 강서구 화곡로 232
전   화   0505-613-6133
팩   스   0303-0799-1560
홈페이지   www.happybook.or.kr
이 메 일   ksbdata@daum.net

값 15,000원
ISBN 978-89-97580-28-6   03810

도서출판 행복에너지는 독자 여러분의 아이디어와 원고 투고를 기다립니다. 책으로 만들기를
원하는 콘텐츠가 있으신 분은 이메일이나 홈페이지를 통해 간단한 기획서와 기획의도, 연락
처 등을 보내주십시오. 행복에너지의 문은 언제나 활짝 열려 있습니다.

* 이 책의 출간으로 발생하는 인세 전액은 사단법인 미션3000에 후원금으로 기부됩니다.

오직 사랑과 믿음으로 암을 극복한 부부의 감동 에세이

내 인생의
터닝 포인트

김원수 · 박필령 지음

도서
출판 행복에너지

Prologue

　누구에게나 인생의 터닝 포인트가 있을 것입니다.

　우리 부부에게도 몇 차례의 터닝 포인트가 있었지만 서울대학교 제3기 인생대학 과정에 입교하여 '자서전 쓰기'를 과제로 받고 이를 수행하면서 또 다른 인생의 터닝 포인트를 만났습니다. 평소에도 글쓰기가 취미였던 저로서는 '자서전 쓰기'야말로 도전해 볼 만한 가치가 있는 일로 느껴졌습니다.

　글 솜씨가 그리 빼어나지는 않지만 학군장교 시절 아내와 열애를 하면서 매일 연애편지를 쓴 것을 계기로, 그 후 아내와 주고받은 편지만 해도 1천 통에 이르고, 군에 입대한 장남에게 "사랑하는 아들아!"로 시작되는 편지가 또 5백 통 정도 됩니다.

　편지뿐만 아니라 아내의 와병 중에 치유를 희구하는 기도문과 묵상 글을 쓰기 시작한 지도 5년이 넘었습니다. '적자생존(쓰는 자만이 살아남는 것)'이라는 저만의 일념으로 미사 강론을 들으면 어김없이 그 내용을 복사하듯 옮겨 썼고, 보고 듣고 느끼고 생각하는 모든 것들을 리얼 타임으로 스마트폰에 담아 지인들에게 보내기 시작했습니다. 이렇듯 다산多産해 낸 수많은 문장들이 이번 자서전을 쓸 수 있는 힘이 되었고 소재가 되었습니다.

유명인사도 아니고 평범하게 살아온 우리 부부가 자서전을 출판하게 된 것은 "내용이 좋으니 책으로 만들어 보는 게 어떻겠느냐?"는 주변 분들의 권유 덕분이었습니다.

처음에는 덕담으로 여겨 흘려들었지만 저희 부부의 인생이 오롯이 살아 숨 쉬는 글들을 한 권의 책으로 엮어낼 수 있다면 그보다 뿌듯한 일도 없을 것 같았습니다. 상상만 해도 가슴이 뛰는 일인지라 진지하게 고민한 후 용기를 내 결심하게 되었고, 그때부터 평범한 사람들의 이야기에도 귀 기울여 주는 출판사를 찾기 시작했습니다.

무엇보다 이런 결심을 한 배경에는 우리 부부가 질곡 있는 삶 속에서 터득한 지혜와 경험들을 여러 사람들과 공유하는 한편, 오늘이 있기까지 사랑과 도움을 주신 분들에 대한 고마움을 공개적으로 담아 경의를 표하고 싶었기 때문입니다. 또한 두 아들은 물론 새로 태어날 손주들과 소통하면서 그들이 우리보다 더 나은 삶을 살도록 타산지석으로 삼길 바라는 마음에서였습니다.

그렇게 아내와 함께 지난날을 차근차근 되짚어보며 자서전을 쓰다 보니 그 당시에 느꼈던 감정과 지금의 감회가 사뭇 달라 그때 받았던 마음속의 상처가 치유되는 은혜를 얻을 수 있었습니다. 분노와 미움이 용서로, 부끄러웠던 기억이 오히려 대견함으로 바뀌었고, 당시에는 당연하고 최선이라고 생각했던 것들이 지나고 보니 위선이고 잘못이었다는 참회와 반성도 하게 되었습니다. 그 참회와 반성을 통하여 영적으로 성숙해지고 거듭 태어나는 기분을 맛본 것이야말로 자서전을 쓰면서 가장 감사한 일이었습니다.

또한 봉사하는 삶을 살며 여생을 보내리라는 막연한 생각이 평신도 선교사의 길을 걷겠다는 구체적인 결심으로 한 발 나아간 것도 큰 수확이 아닐 수 없습니다. 이제까지 나와 가족만을 생각하여 취取하고 득得하며 살아왔지만 앞으로는 이웃을 챙기고 베풀며 하느님의 말씀에 따라 복음을 전파하는 삶을 살겠다고 결심하게 되었으니, 이 또한 얼마나 복되고 고마운 일인지 모릅니다.

끝으로 책으로 내기에는 턱없이 부족한 글들을 모난 곳은 깎고 다듬어 예쁜 책으로 나오기까지 수고와 격려를 아끼지 않으신 행복에너지의 권선복 대표님과 출판사 여러분께도 진심으로 감사드립니다.

아울러 책이 출간되기까지 충고를 아끼지 않은 가족과 지인들, 기쁜 마음으로 추천사를 보내주신 멘토님들과 친구들에게 감사와 사랑을 전합니다.

– 김원수·박필령 부부 배상

한경혜

– 서울대학교 아동가족학과 교수 & 제3기인생대학 주임교수

지나온 삶에 대한 스토리를 구성해 보는 작업은 꽤 노력을 요하는 일이다. 경험의 단순한 나열이 아니라 삶의 주제와 의미를 찾고 해석하는 작업이 필연적으로 함께하기 때문이다.

그런 면에서 중년 무렵에 삶을 되돌아보며 작성하는 자서전은 단순히 '과거'를 돌아보는 의미 이상으로 '현재'의 나, 나아가서는 '미래'의 삶까지도 조망하게 되는 기회를 제공하고, 길어진 노년기를 잘 보내는 데 큰 도움이 되는 것으로 알려져 있다.

서울대학교 제3기 인생대학에서 졸업을 위한 과제물로 '자서전 쓰기'를 부과한 것은 바로 그런 이유 때문이었다.

1년여에 걸친 인생대학 과정이 끝나가는 시점에서 김원수·박필령 부부가 함께 쓴 자서전, 『내 인생의 터닝 포인트』를 만났다. 그리고 진한 감동을 받았다. 삶의 즐거움뿐만 아니라 큰 어려움을 사랑으로 극복한 부부의 진솔한 이야기가 무척이나 아름다웠기 때문이다.

평소에 김원수·박필령 부부를 보며 '어쩜 저렇게 서로를 아끼고, 주변에 넘치도록 긍정적 에너지를 전파할까?' 하고 궁금해 하던 점이 스르르 풀려 버렸다. 1 더하기 1이 2가 아니고 그보다 더 큰 의미가 될 수 있다는 사실을 현실에서 보여주는 부부를 만난 것이다.

　또한 이 책에서 읽히는 아름다운 부부애와 따뜻한 두 사람의 인간성을 매주 수요일에 클래스 룸에서 만날 수 있어 매우 행복했다. 그리고 1년여 동안 김원수·박필령 부부에게서 많은 것을 배웠다. 이 자리를 빌려 두 분을 알고 지낸 세월의 길이는 그리 길지 않지만 이들에 대한 사랑과 존경하는 마음의 깊이는 매우 깊음을 고백한다.

　많은 분들이 이 부부의 진실한 삶의 고백서『내 인생의 터닝 포인트』를 통하여, 큰 감동과 배움을 얻게 될 것임을 믿어 의심치 않는다.

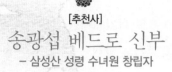

송광섭 베드로 신부
- 삼성산 성령 수녀원 창립자

　수년 전에 유방암으로 절개수술까지 받은 안젤라 자매가 몇 번 기도를 받고 나니 많이 좋아졌다면서 먼 곳에서 왔다 갔다 하기 힘드니 아예 성지 근처로 이사 오면 어떻겠냐고 물었다. 나는 그럼 이사를 오라고 했다. 마르띠노·안젤라 부부는 이사 온 뒤 매일 아침 미사에 나왔는데 가장 인상적인 것은 '주님의 기도'를 바칠 때마다 부부가 손을 꼭 잡고 기도하는 잉꼬부부였다는 점이다.

　그동안 암이 재발되는 등 여러 차례 고비가 있었지만 그 고비들을 잘 넘겼다. 그때마다 하느님께 깊이 감사드리며 기뻐하는 모습에 나도 함께 동화되곤 하였다. 분명 본인과 여러 사람의 기도의 응답이라고 생각했다.

　부부가 생사의 갈림길에서 어려움을 극복할 때마다 기뻐하고 감사하면서, 주님께 더욱 가까워지고 있음을 느낄 수 있었다. 믿음은 급성장했고, 특히 항상 미소 짓는 안젤라 자매의 평화로운 모습에서 신앙이 뿌리 깊게 자리 잡고 있음을 알 수 있었다. 마르띠노 형제는 매일 미사 중 나의 '복음 묵상'을 듣는 동시에, 재빠른 손놀림으로 문자메시지를 작성해 지인들에게 발송했다. 그 덕에 나는 뜻밖의 사람들로부터 "신부님 강론, 매일 잘 읽고 있습니다."라는 인사까지 듣게 되었다.

이 부부의 두 사돈 내외분과 함께하는 7인 회식에 초대받은 적이 있었다. 친형제 이상으로 화기애애한 분위기와 오래된 지기들처럼 격의 없이 어울리는 모습을 보면서 큰 감동을 받았다. 비신자였던 두 사돈 내외분도 세례를 받아 천주교 신자가 되었다.

마르띠노·안젤라 부부가 감사 기도를 많이 하고 있으니 감사거리가 자꾸만 더 생기는 것 같다. 큰아들과 작은아들 가정에도 소망이 이루어지고 있다는 기쁜 소식을 자주 듣는다.

이러한 두 분이 부부 자서전 『내 인생의 터닝 포인트』를 출간했다. 부부가 각자 연관된 모든 이를 자랑하고 칭찬하고 그리워하면서 자서전을 써 내려갔다. 이 부부에게는 가족과 벗, 은사, 선후배, 동료 등으로 만난 모든 이들이 한없이 귀하고 고마운 사람들이다.

부부간의 애틋한 사랑은 더 말할 나위가 없다. 잠시만 떨어져 있어도 배우자를 망부석처럼 기다리는 순애보 사랑을 연애시절부터 결혼 33년째인 지금까지 변함없이 주고받고 있다. 이만한 애처가, 애장부가 또 있겠는가 싶다. 이처럼 마르띠노·안젤라 부부는 아름다운 수를 놓으며 살아가고 있다. 비록 뒷면에는 지저분한 실밥들도 더러 있을 테지만 그것을 전혀 못 느끼게 할 만큼 밝고 예쁜 그림을 수놓으며 살아가고 있는 것이다.

평범한 인생을 사는 이들의 이야기 같으면서도 『내 인생의 터닝 포인트』에는 참으로 비범한 삶과 사랑이 구구절절 배어 있다. 그러므로 이 책을 읽는 독자들 역시 사랑과 믿음으로 평생을 함께한 부부의 삶을 통하여, 인생의 아름다운 수를 놓게 되리라 자신한다.

부디 행복하여라, 서로 사랑하는 사람들!

조봉진 은사님
– 계명대학교 명예교수/아시아창업보육협회 영문저널(APJIE) 편집위원장

『내 인생의 터닝 포인트』는 타고난 부지런함과 긍정적인 생각으로 암이라는 역경을 이겨내고 평범함 속에 비범함을 이룬 한 부부의 성공적인 삶의 이야기이다. 남들은 저자를 두고 "아내와 자식 자랑을 자주 하는 팔불출에, 시골스럽게 생긴 막걸리 스타일의 사나이"라고 평한다. 그러나 그는 현명하고 신앙심 깊은 아내를 만나 추사 김정희 선생의 "고회부처아녀손高會夫妻兒女孫", 즉 부부와 아들딸·손자와의 만남을 통한 가족 사랑을 가장 이상적인 삶의 지표로 삼아온 사람이다. 이와 동시에 주님의 뜻을 행동으로 실천하며 살아가는 가톨릭 신앙인의 바람직한 모델이기도 하다.

이 책 『내 인생의 터닝 포인트』는 배우자의 고통을 감내함으로써 부부 사랑을 한 차원 고양시킨 은혜와 감사의 찬가이다. 또한 은퇴 후에도 믿음과 사랑, 봉사의 정신으로 이웃을 위해 살겠다는 굳은 각오가 담긴 노후설계의 지침서이다. 나는 이 책의 마지막 장을 덮으며 어떠한 상황에서도 불평하지 않으며 자신의 책임을 다할 때, 불행도 행복으로 바뀔 수 있음을 새삼 깨닫게 되었다. 평범한 이들의 평범한 삶이 더 위대해 보이는 순간이었다. 젊어서 일독하면 이 책의 저자처럼 열정과 긍정 그리고 감사의 에너지로 가득 차게 될 것이다.

Contents

Chapter 1. 부부 그리고 가족
'당신은 나의 운명' ···················· 15

남편 이야기: 나의 가장 소중한 사람 ♥ 일편단심(一片丹心) ♥ 고통과 시련은 축복의 통로이다 ♥ 우리 부부의 터닝 포인트 ♥ 무엇과도 바꿀 수 없는 보물 ♥ 세상에서 가장 행복한 모임 ♥ 부모와 자식은 자동으로 닮는다 ♥ 내 손자의 연적은 누구? ♥ 우리 집안의 문화와 전통 ♥ 어머니의 사랑은 기적 ♥ 나의 첫 번째 꿈은 효자 ♥ 한 많은 팔십 평생 ♥ 손자의 작별인사 ♥ 차남 부부의 득남은 우리 모두의 큰 기쁨

아내 이야기: 주님께서 내 삶에 초대해 준 사람 ♥ 애인과의 가을여행 ♥ 결혼 19년을 맞이하여 ♥ 풍운아 우리 아버지 ♥ 목련꽃 우리 엄마 ♥ 시아버님과 연탄난로 ♥ 남편의 엄마이며 나의 엄마였던 시어머님 ♥ 결혼을 앞둔 장남 태우에게 ♥ 사랑하는 아들의 첫 출근 날에 ♥ 손자 지후가 우리 집에 처음 오던 날 ♥ 손자를 돌보며(1) ♥ 손자를 돌보며(2)

Chapter 1
부부 그리고 가족

'당신은 나의 운명'

나의 가장 소중한 사람

나에게는 보고 있어도 그립고 늘 생각나는 사람이 있다.

나의 생활 대부분을 차지하는 사람이다. 직장 일을 할 때 이외에는 거의 함께하는 사람이다.

나에게 가장 소중한 사람, 바로 아내 박 안젤라이다. 나는 지금도 그녀를 만난 것은 신의 축복인 동시에 신이 주신 가장 큰 선물이라고 생각한다.

1979년 늦은 가을, 군 복무 때였다. 아내는 사단사령부 '위관의 날' 행사에 초대된 사람 중 한 명이었다. 아내를 처음 본 순간부터 나는 사시나무 떨듯 떨었다. 키가 훤칠한 글래머였고 무척 싱그러운 느낌이었다. 그녀의 손을 잡고 사단장님 앞을 가로질러 우리 좌석으로 왔을 때는 마치 경쟁자들을 물리친 승리자가 된 기분이었다.

우연이 필연으로 이어지는 만남 속에서 우리는 사랑을 키워갔다. 그 다음해 6·25 30주년을 맞이하여 열리는 장교 부부 결혼 이벤트를 염두에 두고 청혼을 하였고 우리는 6개월간의 열애 끝에 결혼을 하기로 하였다.

처음 만나 결혼하기 전까지 매일 군부대 전화통에 매달려 살았고 틈만 나면 러브레터를 보내면서 주 2~3회씩 만나 열애를 하였다.

그때 중매 역할을 해주신 존경하는 정창수 경리참모님이 보직에 충실하지 못한 날 격려해 주시고 결혼을 위해 물심양면 많은 도움을 주셨다. 지금도 평생 감사하며 찾아뵙는 은인이시다.

내 가슴이 가장 뜨겁던 시절이었다. 하루 종일 그녀 생각만 하였고 보고 있어도 그리움이 가득하였으니 그 시절의 나는 세상에서 가장 행복한 사내임에 틀림없었다. 지금이야 그 당시 같은 열렬함은 덜해졌지만 여전히 변함없이 서로 사랑하고 배려하며 살아간다. 우리 부부는 모든 부부의 표상表象이 되고 싶고, 그 노력의 일환으로 아직까지도 서로 경어를 사용하고 있다. 예수님이 자케오를 있는 그대로 받아주고 인정한 것처럼, 우리 역시 서로의 생각과 있는 그대로의 모습을 인정하고 존중하는 것이다.

그런데 사실 나는 아내를 만나기 전까진 친구들 사이에서 '연애박사'라고 불릴 정도로 여자 친구들이 많았다. 여러 명과 사귀어 보기도 했는데 꼭 마음에 드는 여성이 없었다. 내게는 나름대로의 결혼 조건이 있었기 때문이다.

건강미 넘치는 여성, 지성미 즉 지혜로운 여성, 결혼 후 내 부모님을 모실 수 있는 여성, 마지막으로 성당에 다니는 여성이면 더 좋겠다고 생각했다. 이 네 가지 조건을 모두 갖춘 여성을 이전에는 만나지 못했다. 연애가 결혼으로 이어지면 바람직하겠지만 결혼해서 이혼하느니 차라리 연애 중에 헤어지는 게 더 낫다는 게 당시의 내 생각이었다.

그만큼 결혼이야말로 일생일대의 중요한 선택이라고 생각했다.

그래서 배우자를 신중하게 찾았는데, 우연한 기회를 통해 만나게 된 아내가 내가 바라던 여성이었다. 그렇게 우연이 필연이 되어 아내와 결혼을 했고, 그 행복한 결혼생활은 내 인생의 터닝포인트가 되었다.

아내는 유방암 발병 전까지는 감기 한 번 안 걸릴 정도로 건강했고, 우리 부모님이 별세하실 때까지 사랑과 정성으로 모셨다. 현모양처로서도 직장인으로서도 최선을 다해 살았다. 또한 자신을 자랑하는 대신 주님만을 자랑하는 신앙심 깊고 지혜로운 여성이었다.

나는 앞으로도 헌신적으로 아내를 사랑할 것이다. 사랑은 결심하는 것이다. 죽음이 갈라놓을 때까지 끝까지 사랑하며 서로의 곁을 지키는 부부로서, 멋진 여생을 지내리라 다짐해 본다. 하느님 보시기에도 참 좋은 부부로!

일편단심(一片丹心)

오늘은 우리 부부의 33주년 결혼기념일이다.

아침 미사에서 장남 부부의 성가정聖家庭 지향과 우리 부부에게 건강 주심에 감사 기도를 드렸다. 주말마다 하는 작은 봉사를 기쁨으로 생각하고 성전 청소를 열심히 했더니 등산을 한 것처럼 기분 좋은 땀이 흘렀다.

귀가 후, 두 아들을 이미 결혼시킨 연유로 보답차원에서 주말이면 거의 빠지지 않는 경조사에 참석했다. 혼주를 만나 축하 인사를 전하고 피로연으로 자리를 옮길 때였다. 한 고친故親이 여러 사람 앞에서 내게 특별한 질문을 했다.

"자네는 어찌 그리 안사람을 일편단심으로 사랑할 수 있나?"

나는 1초의 망설임도 없이 대답했다.

"내 아내가 6남매의 막내인 나를 선택하여, 시부모님과 23년을 동고동락하면서 친정 부모님 이상으로 극진히 모셨는데, 내 어찌 그녀를 사랑하지 않을 수 있겠나."

그 자리에 동석한 친구들이 내 대답을 듣고는 이해가 된다면서 고개를 끄덕였다.

시부모를 사랑으로 모시는 것과 의무로 모시는 것은 전혀 다른 것이다. 23년을 지켜보면서 나는 아내가 하느님께도 충분히 사랑을 받을 자격이 있다고 생각했다. 시부모님이 병환 중일 때도 목욕을 직접 시켜드리며 갖은 정성으로 병 수발을 했고, 노환으로 힘들어하실 때는 간호사였던 직업 정신을 십분 발휘해 시부모님이 불편하시지 않게 늘 보살펴 주었기 때문이다.

아내가 말이 아닌 행동으로 사랑을 실천했음을 나는 보고 느꼈다. 이 한 가지 사실만으로도 내가 아내를 일편단심으로 사랑하는 이유가 되지 않을까.

몇 년 전에 모 국민배우가 자신의 슬픔을 감당하지 못하고 자살을 한 사건이 있었다.

내가 생각하기에 자신이 원하고 목표하던 삶을 살지 못한 데 그 근본적인 원인이 있었던 듯싶다. 그녀는 수천만 국민들의 사랑보다

단 한 사람인 배우자의 사랑을 더 갈망했던 것이다. 자신이 꿈꾸던 행복한 가정을 이루지 못한 절망감이 그녀로 하여금 극단적인 선택을 하게 한 것은 아닐는지. 내게는 그녀의 죽음이 세상을 다 준다 해도 바꾸지 않을 만큼 배우자의 사랑이 더 크고 소중하다는 의미로 다가왔다.

　나 역시 많은 사람들로부터 인정받는 것보다 사랑하는 단 한 사람 아내로부터 인정과 신뢰를 받기 위해 노력했다. 아내의 슬픔과 고통은 나의 아픔과 시련이었고, 아내의 환희와 기쁨은 나의 행복이었다. 그녀를 향한 지고지순한 사랑이 내 일생의 꿈이요, 목표였다. 그렇기 때문에 사랑하는 아내와 함께하지 못한다면 내가 이 세상에 살아 있을 이유가 없어지는 것이다.

　그런 이유로 나는 한 국민배우가 죽음을 선택할 수밖에 없었던 입장을 이해했다. 그렇지만 스스로 자해를 하고 목숨을 끊는 행위는 예수님을 배반한 유다와 같은 것이다. 하느님은 인간들이 잠시 이 세상에 머물며 행복하게 살다 오기를 바라시면서 스스로 삶을 선택할 자유의지를 주셨지만 다른 한편으로는 사탄도 함께 보내셨다. 그러므로 우리는 늘 주님과의 동행을 기도하고 주님과 함께 있음을 느낄 때, 비로소 사탄의 유혹과 악으로부터 보호받을 수 있는 것이고 기쁨과 평화가 넘치는 삶을 살 수 있는 것이다.

　나는 앞으로도 주님의 뜻 안에서 같은 방향을 바라보는 아내와의 사랑을 꿈꾸며 살아갈 것이다. 내 삶의 원천은 다름 아닌 사랑하는 아내와 주님이시다. 뜻깊은 결혼 33주년 기념일에 다시 한 번 지금까지 베풀어 주신 아버지 하느님의 은혜에 감사드린다.

고통과 시련은 축복의 통로이다

오늘은 5년째 계속 받고 있는 아내의 정기검진 판정일이다.

아직도 병원에 가는 날마다 마음이 조마조마하다. 마치 최후의 심판을 기다리듯 병원 복도에 앉아 아내의 이름이 불리기만 기다리다가 막상 호명되어 담당 의사를 만나는 순간부터는 오로지 의사의 입만 쳐다본다. 부디 "괜찮다!"는 한마디만을 고대하면서.

아내는 벌써 입원을 3번이나 했고, 항암제 치료 후 찾아오는 그 끔찍한 고통의 순간들을 견뎌냈다. 그 뒤 한 달에 한 번씩 가던 병원을 점점 간격을 벌려 두 달, 석 달, 넉 달, 다섯 달, 그리고 최근에는 6개월에 한 번씩 찾아가게 되었다. 그 사이 서울대병원이 이웃처럼 친밀해졌다. 오늘도 나는 아내와 함께 병원으로 향하며 기도하고 있다.

'창조주 우리의 주님께서 하느님 아버지의 뜻대로 살아가려는 예쁜 딸 안젤라를 치유의 은총으로 살려주시고, 아버지의 영광을 찬미하며 살 수 있게 해주시리라 믿습니다. 좋은 일과 궂은 일, 생과 사, 부와 가난, 이 모든 것이 주님으로부터 온다는 말씀을 믿습니다. 주님의 뜻대로 살고자 늘 기도하며 그로 인한 기쁨과 평화가 넘치는 삶을 살고 있는 안젤라와 마르띠노를 더욱더 사랑하시어 건강 복과 장수 복을 내려주시옵기를, 우리 주 예수그리스도의 이름으로 기도합니다. 아멘!'

그동안 병원을 다니면서 예전과 한 가지 달라진 점이 있다.

큰아들과 가까운 거리에 살게 되어 사랑스런 손자 지후를 외할머니께 잠시 맡기고, 병원 진료가 끝나면 나는 사무실로 안젤라는 아들 집으로 돌아가 지후를 돌보는 것이다. 암과 싸우고는 있지만 손자를 곁에서 돌볼 수 있다는 사실이 아내에게는 큰 힘이 되고 있다.

그 힘든 항암치료를 받으면서도 손자에 대한 사랑으로 가득 차 있는 아내를 지켜보면서, 나는 또 한 번 주님의 뜻을 되새겼다. 고통은 축복의 통로라는 것을! 고난이 없이는 참 기쁨과 참 평화의 맛도 느낄 수 없다는 것을!

수십 번을 주사바늘에 찔리면서 항암제를 맞고 난 뒤, 아내가 감당해 내야 했던 그 처절한 고통들……. 고통스러워하는 모습을 지켜보는 나도 이렇게 힘든데 당사자는 오죽할까. 아무리 이해하고 사랑한다 해도 본인만큼 고통을 처절하게 느낄 수는 없을 것이다.

그런데도 아내는 5년이란 시간 동안 고통도 축복의 통로라는 희망의 메시지를 굳게 믿으며 모든 치료과정을 묵묵히 인내하며 잘 견디어 냈다. 정말 장하고 눈물 나도록 고마운 일이다.

'우리 부부에게 고통과 시련을 극복할 힘을 주시고. 또한 힘들 때나 슬플 때나 항상 옆에서 지켜주셔서, 고통 중에도 기쁨으로 생활할 수 있도록 이끌어 주신 하느님의 사랑에 감사드립니다.'

우리 부부의 터닝 포인트

우리 부부는 부산에서 거주하던 1991년, 우리를 아끼시는 장시몬 대부님 내외분 추천으로 부부 일치를 위한 프로그램인 ME주말을 경험하였다. 그때부터 나와 아내는 22년째 ME가족으로서 봉사활동에 참여했었다. 우리는 ME 쉐링과 그 가치관에 많은 영향을 받았다.

그중 하나가 가족들과 편지를 주고받으면서 대화를 하는 것이다. 자식들과 주고받은 편지만 해도 벌써 수백 통에 이른다. 요즘 가족 카톡 방에서 가족끼리 소통하는 것도 ME의 영향이라 할 수 있다. ME주말은 성당기관에서 주관하지만 엄밀히 말하면 종교단체는 아니기에 대상의 폭이 넓다.

ME주말을 통하여 배우자 우선인 ME가치관을 배우고 부부생활을 할 수 있었던 것은 또 하나 인생의 터닝 포인트가 되었다.

은퇴를 바라보면서 문을 두드렸던 서울대학교 노화고령연구소 주관 제3기 인생대학을 1기로 수료한 한 벗에게 "제3기 인생대학이 인생의 터닝 포인트가 되었다."라는 이야기를 듣게 되었다. 퇴직을 앞두고 노년기를 잘 설계하고 맞이하겠다는 다짐을 하고 있던 차여서, 하느님께서 내려주신 기회 같았다. 게다가 우리 부부에게도 또 다른 인생의 터닝 포인트가 되어줄 것 같아 그 길로 원서를 접수시켰다. 다행히 두 사람 다 합격했고, 설레는 마음으로 서울대 캠퍼스를 걷는 동기생이 되었다. 그렇게 매주 1회씩 만사를 제쳐두고 다녔던 서울대학교 제3기 인생대학과의 귀한 인연이 시작된 것이다.

학교를 다니면서 비로소 제3인생의 개념을 깨닫게 되었다. 하느님의 뜻 안에서 살기를 바라고 노력하면서, 건강한 정신과 육신으로 자원봉사의 삶을 살다가 이 생의 소풍을 마감하는 것이다. 기회가 되는대로 피정(避靜 : 일상생활에서 벗어나 성당이나 수도원 같은 곳에서 묵상이나 기도를 통하여 자신을 살피는 일)과 여행을 하며 자신을 되돌아보고 반성하면서 남은 생을 살 것이다.

앞으로 나는 30년 이상의 은행 생활을 정리하고 나면 더 이상 일하지 않을 생각이다. 아내는 기회가 된다면 내가 더 일하기를 바라고 있지만, 나는 경제 활동을 하며 풍요롭게 사는 것보다 아내와 함께할 시간들이 더 소중하다고 생각했다. 그 대신 더욱더 근검한 생활로 소비지출을 줄여 나갈 생각이다. 다만 자원봉사자로서의 일만큼은 예외로 계속할 생각이다.

나는 늘 인생을 황금기로 살고 싶다. 살아가는 그 시기, 그 순간을 맘껏 즐기면서 앞으로의 노후도 자타가 인정하는 삶의 황금기가 되도록 노력할 것이다. 더불어 몇 년 전에 인터넷에 개설한 카페 '행복충전연구소'를 제대로 발전시켜 미약하나마 이 사회에 도움이 되고 싶다.

부족하지만 지금까지 성실하게 최선을 다하여 살아왔다고 자부한다. 그러나 지나치게 최선을 다하다 보니 본의 아니게 과로하거나 스트레스를 받기도 했다. 모든 병의 가장 큰 원인은 과로와 스트레스이다. 눈이 감기고 잠이 마구 쏟아질 때는 내 몸이 쉬어주기를 요청하는 것이다. 운동선수들과 직업군인들이 장수하는 것을 별로 보지 못한 것도 축적된 과로 때문이다. 내 아내의 유방암 발병도 나에게는 지혜로운 아내, 내 부모님께는 효부, 두 아들에게는 훌륭한 어머니, 거기다 직장 생활 중 10년 이상을 병원 간호과장의 소임을 완벽하게 수행하려는 데서 온 과로와 스트레스 탓이었을 것이다.

앞으로 나와 아내는 과로와 스트레스 받는 일은 뒤로 하고 이제부터는 욕심을 내려놓고 심신이 편안한 상태로 하느님 아버지의 뜻 안에서 하고 싶은 일을 하며 살 생각이다. 우리 부부의 노후에 새로운 인생의 터닝 포인트가 되어준 제3인생대학을 즐겁고 신나게 아내 손을 잡고 다닐 수 있게 해주신 주님의 은총에 나는 오늘도 행복하다.

무엇과도 바꿀 수 없는 보물

아침 미사 참례 후 아들 집에 와서 조식을 하고 손자 지후와 잠시 놀아주고 있다. 지후의 세례명은 하느님께서 사랑하셔서 모든 축복을 주셨던 왕인 다윗이다.

오늘은 다윗이 기분이 무척 좋은 모양이다. 어제까지만 해도 짜증을 내면서 할머니를 많이 힘들게 했다는데 오늘은 기분이 좋아 보인다. 밥도 잘 먹고 똥도 많이 싸고 목욕도 잘하고, 게다가 처음으로 엄마 아빠 출근할 때 손을 흔들며 배웅인사를 했다고 한다.

어른이든 아기든 뭐니 뭐니 해도 건강이 최고다. 컨디션이 좋으면 웬만한 일은 그냥 넘어간다. 육체적 건강이 정신적 건강으로, 정신적 건강이 육체적 건강으로, 이 둘은 상호보완 관계이다. 건강은 한마디로 말해 잘 먹고 쾌변을 보는 것 아니겠는가?

하루가 다르게 성장하는 다윗이 어제 할머니를 힘들게 해 미안했는지, 오늘은 계속 애교를 부리고 외할머니, 친할머니와 춤추며 노래하고 잘 웃는다. 기분 좋은 손자를 보고 있으니 할아버지인 나도 기분이 좋아진다. 가족만큼 소중한 보물들이 또 어디 있으랴!

며칠 후 둘째며느리 이은정 로사에게서 문자 하나가 날아왔다.

"아버님, 감사합니다. 저희도 사랑합니다. 오늘 인사도 못 드리고 왔네요. 다음에 뵈어요. 그리고 술 조금만 드시고 건강 꼭 챙기세요. ^^!"

둘째며느리 이 로사가 가족 채팅방에 올려놓은 문자이다. 곧바로 답글을 남겼다.

"그래, 고맙구나. 곧 운동하고 퇴근할 거다. 네 부모님께도 잘 해드려라. 너희 행복이 바로 부모의 행복이란다. 파이팅!"

여름 휴가여행 말미에 우리 집에 들러 2박을 하고 처가로 간 차남에게 카톡으로 몇 마디 적고 사랑한다고 문자를 남겼더니, 아들 대신 며느리가 답신을 보내온 것이다. 난 두 며느리가 다 예쁘고 두 아들 다 자랑스럽다. 결혼도 적령기에 해주었고, 가정을 이뤄 예쁘게 살아가는 모습을 보여주니 늘 고맙다.

문득 이미 고인이 되신 아버님이 저 세상 가시기 전에 했던 고별사가 떠오른다. "너희 부부가 싸우지 않고 잘 살아주어서 고마웠다. 그래서 행복했다."

아버님은 노년에도 운동과 등산을 꾸준히 하셔서 병원 한 번 가지 않을 정도로 무척 건강하신 편이었다. 손자들의 건강을 생각해 수십 년 피우던 담배도 끊으셨던 분인데, 너무 늦게 금연을 하시는 바람에 76세에 폐암 판정을 받고, 그 후 얼마 안 돼 돌아가셨다.

나는 어제부터 오늘까지 각종 모임자리에서 술을 좀 많이 마셨다. 주치의의 권고 기준 주 1회 두 잔 이하에서 크게 벗어난 셈이다. 내 아버님이 담배를 좀 더 일찍 끊지 못해 명을 달리하신 것처럼 나 역시 술을 너무 늦게 끊으면 아무 소용이 없다는 사실을 하루라도 빨리 깨달아야 한다.

그래야만 나도 아버님이 그랬던 것처럼 두 아들 부부에게 "너희들이 싸우지 않고 예쁘게 살아줘 행복했다."라는 고별사와 함께 가족들에게 피해를 주지 않고 떠날 수 있을 것이다.

'주님! 술 마귀의 유혹으로부터 지켜주소서! 건강하게 살다가 어느 날 내 소중한 보물인 가족과 벗들에게 "덕분에 이 세상으로의 소풍이 더할 수 없이 행복했어요. 고마웠습니다."라는 인사말을 남길 수 있게 해주소서!' 가족은 무엇과도 바꿀 수 없는 나의 소중한 보물이다.

세상에서 가장 행복한 모임

"고회부처아녀손高會夫妻兒女孫."
위 휘호는 추사 김정희 선생의 생가 기둥에 씌어 있는 것으로 홀

류한 모임은 부부와 손자 등 가족과의 만남이라는 뜻이다.

충남 예산에 위치한 고택을 방문하여 국보 제180호 완당세한도
阮堂歲寒圖에 대한 문화해설사의 설명을 듣고 나서 그림과 글로 많은
것을 표현할 수 있음에 새삼 놀랐다. 그중에서도 가장 가슴에 와 닿
은 글귀가 '고회부처아녀손'이었다.

평소에 우리 가족은 모임을 자주 갖는 편인데, 이 기회에 내가 좋
아하는 가족 모임을 적어본다.

첫 번째는 두 아들과 두 며느리, 손자와 우리 부부가 함께하는 회
식이다. 우리 부부의 생일과 설, 추석, 부활절과 성탄절, 부모님의
기일 등 적어도 1년에 6번은 함께 숙식을 한다. 꼭 특별한 날이 아
니어도 기쁜 일이 생기면 모임을 갖는데 어제가 바로 그런 날이었
다. 아내가 정기 검진을 받고 이상 없다는 결과를 확인한 날이었기
때문이다. 가족 모두가 한마음으로 모여 축하 파티를 열었다. 원주
에 있는 차남 부부는 애석하게 참석하지 못했지만 축하 케이크를
보내주었고 장남과 며느리, 손자와 함께 석식을 하면서 기쁨을 나
누었다.

두 번째로 기분 좋은 모임은 두 집안의 사돈 내외분과 함께하는
회식이다. 안주인 생일에 서로 초대하기로 약속을 했고, 지금까지
그 약속이 지켜지고 있다. 지난해 동짓달 임 마리아 사부인과 춘삼
월 봉 안나 사부인 생일에 이어, 이번에는 내 아내 박 안젤라 생일
에 모인다. 두 아들이 결혼해서 분가한 후 새로 생긴 유쾌한 가족모

임이다. 사돈과 만나게 되면 주거니 받거니 꽤 마시는 편이다. 부활절과 성탄 기쁨 나눔을 할 때는 아들의 주례 신부님도 초대하는데 늘 세상에서 보기 드문 참 아름다운 모임이라며 격려와 강복을 주신다.

또한 우리 부부를 부모님처럼 존중하고 사랑하는 처남 가족들과도 1년에 몇 번 모임을 갖는다. 장인 장모님의 기일과 안젤라의 생일날이다. 그리고 나의 대자 가족들과 년 1회 갖는 성가정聖家庭 축일 회식도 좋아하는 모임 중 하나이다. 금년 12월 30일에는 대자전 가족이 모일 수 있도록 미리 알릴 생각이다.

마지막으로 앞으로 꼭 하고 싶은 모임은 우리 6남매 전부가 함께하는 모임이다. 현재는 여러 가지 사정으로 형님들과 누님들이 한자리에 모이기가 쉽지 않기 때문이다. 대신 우리 부부를 아껴주시는 집안 아제와의 만남으로 그 아쉬움을 달래고 있다.

옛날이나 지금이나 가족이 화목하고 서로 간에 사랑을 나눌 수 있음이, 최고의 행복이 아닌가 싶다.

부모와 자식은 자동으로 닮는다

"잘 죽기 위해 잘 살아야 한다."라는 말을 즐겨 하는 우리 부부는 참으로 천생연분이란 생각이 든다.

우리 부부는 처갓집 방문과 성당은 말할 것도 없고 어디에 가든지 웬만하면 동행한다. 그래서인지 모임 자리에 혼자 갈 때면 사람들이 꼭 아내의 안부부터 챙긴다. 그저께 대구에서 오랜만에 만난 친구들 역시 "당연히 함께 올 줄 알았는데 안젤라가 안 보여 서운하다."고 말할 정도이다.

어제도 마찬가지였다. 혼배식婚配式이 각각 다른 장소에서 열려 나는 명동성당으로, 아내는 방배동성당으로 갔다. 친구인 혼주가 나를 보고는 친구 중 가장 부지런한 친구라고 소개하면서 내 아내를 찾았고, 방배동 성당에 있던 아내에게도 그곳에서 만난 고친故親들 역시 나부터 찾았다고 한다. 성당 미사에서도 한쪽이 안 보이면 "바늘과 실인데 왜 안 보이느냐?"고 묻는다.

요즘은 아내가 좋아하는 등산도 동행해 버릇했더니 인근에 있는 삼성산, 관악산은 물론이고 월악산, 태백산, 한라산, 명지산, 오대산, 치악산 등의 정상을 찍고 오는 재미가 쏠쏠하다. 다음 주 고교 동기 전체 야유회 겸 황금산 등산도 아내와 동반 참석할 예정이다.

신혼 때는 테니스를 함께했고 중년에는 종종 배드민턴과 골프도 함께했으니, 마르띠노가 있으면 그림자처럼 꼭 옆에 붙어 있는 안젤라였다.

이렇게 되기까지 우리 부부는 큰형님 내외분의 영향을 가장 많이 받았다. 우리 부부가 그러니 두 아들 부부도 혼자 다니질 않는다. 두 댁의 사돈 내외분들도 주일 미사와 골프모임에 늘 부부동반으로 참석하시기에, 우리 두 며느리도 혼자 다니는 것을 보지 못했다. 가

꿈은 남편 없이 혼자서도 시댁에 오면 좋을 텐데 분가한 지 2년 반이 지났건만 시댁이든 성당이든 혼자 다니는 것을 본 적이 없다. 하긴 안젤라도 대구나 영천의 시댁에 혼자서 간 적이 거의 없으니 시어머니와 며느리가 정말 닮은꼴이다.

손자 지후도 제 부모를 꼭 닮았다. 밖으로 나가자고 하면 제 엄마 아빠처럼 뽀뽀를 하고 "안녕!"이라고 인사한 후 신발을 신는다. 말을 알아듣지 못하는 아기들도 부모가 하는 언행을 그대로 따라하는 것이다.

이처럼 부모와 자식은 자동으로 닮을 수밖에 없으니, 특히 자식 앞에서는 언제나 언행을 조심 또 조심해야겠다.

내 손자의 연적은 누구?

최근에서야 지후가 왜 할아버지인 나를 싫어하는지 깨달았다. 내 숙제를 풀 수 있는 실마리를 찾은 셈이다. 최근 나의 숙제는 '왜 지후가 나를 싫어할까? 내가 특별히 뭐 잘못한 것도 없는 것 같은데…. 이상하다, 대체 어떻게 하면 할머니처럼 나도 지후의 사랑을 받을 수 있지?'라는 것이었다.

예전에는 잘하던 배웅 인사도, 지금은 뽀뽀는커녕 "빠이빠이." 하면서 손도 흔들어 주지 않는다. 아들 집에 갔을 때도 마찬가지이다. 아는 체도 하지 않는다. 그럴 때마다 사랑은 기다려 주는 것이며 어린 아기가 무엇을 알겠는가? 하며 애써 의연한 척했지만, 섭섭한 마음은 어쩔 수 없었다. 특히 요즘 들어 부쩍 나를 싫어하는 것 같아 그 이유가 궁금했다.

지후는 엄마가 오면 쪼르륵 달려가서 얼른 품에 안긴다. 그렇게 지후가 제일 잘 따르고 좋아하는 사람은 며늘아기이다. 엄마니까 당연하다.

두 번째는 제 아빠가 아니고 할머니이다. 어제도 아빠하고 둘만 있었는데 처음에는 잘 노는 듯싶더니 조금 지나니까 할머니를 심하게 찾고 난리를 쳤단다. 그만큼 할머니를 좋아하는 것이다. 할머니 다음이 아빠이다.

정작 매일 비서 역할을 하고 있는 외할머니와 친할아버지인 내게는 잘 오지도 않는다. 외할머니는 집안 청소에 간식거리까지 늘 외손자를 챙기면서 사랑하는 마음이 가득하신 분이다. 나 역시 유아방에 데려다 줄 때는 운전기사 노릇을 해주고, 틈틈이 사진기사 역할까지 하면서 동영상을 찍어준다. 게다가 가끔씩 비싼 장난감도 사준다. 지후 돌 때는 기십만 원을 들여 동화책 전집을 사주기도 했었다. 그렇게 누구 못지않게 손자를 사랑하는 마음이 크다. 그런데도 외할머니와 친할아버지에게는 자기 기분이 아주 좋을 때 말고는 애정표현조차 잘하지 않는다.

며칠 전이었다. 안나 사부인께서 애가 하도 보채고 떼를 쓰는 바람에 지후를 우리 집으로 데리고 오셨다. 마침 친할머니 안젤라는 목욕 중이었다. 그런데 녀석이 어찌나 할머니만 찾으며 보채던지 결국 안젤라가 목욕을 하다 말고 뛰어나왔다. 친할머니를 본 지후

녀석은 그제야 울음을 뚝 그쳤다. 어이없어하며 그 광경을 지켜보노라니 지후가 그동안 왜 나를 싫어했는지 그 이유를 알 것 같았다.

자기가 세상에서 엄마 다음으로 좋아하는 할머니가 나와 제일 친한 것 같은데다, 나만 왔다 가면 할머니도 같이 집으로 돌아가 버리기 때문이었다. 은연중에 할머니를 빼앗겼다는 생각이 들었을 테니 내가 미울 수밖에. 결국 지후는 나를 자신의 연적으로 생각하고 있었던 것이다. 허허, 나는 아무래도 좋다. 이제는 그 이유를 알았으니!

우리 집안의 문화와 전통

올 추석에는 오랜만에 성묘도 할 겸 고향 영천의 큰형님 댁으로 두 아들 부부와 손자 그리고 아내와 함께 내려갈 생각이다. 내일 새벽 3시경에 출발하여 아침 차례에 동참한 후 성묘를 가고자 한다.

최근 몇 년간 나는 종교적인 견해가 다른 아내의 의견을 존중하여 성묘를 하지 않았다. 벌초도 대구의 조카들이 했다. 대신 동참하지 못한 미안한 마음으로 얼마간의 식사비를 협찬해 주곤 했다. 지금은 나를 대신하여 두 아들이 불참조의 뒤풀이 비용 협찬을 하고 있다.

그럴 때마다 나는 모든 일을 주관하는 장조카에게 양해를 구한다. 몇 년 전부터는 나보다 네 살 아래인 장조카가 벌초는 자기와 사촌형제들이 알아서 할 테니 신경 안 써도 된다고 말해 주어 참 미안하면서도 고마웠다.

이에 반해 처가는 장인, 장모님 유언으로 화장을 했기 때문에 벌초도 성묘도 하지 않는다. 집안마다 문화와 전통의 차이가 있게 마련이고 아내와 나는 제사와 성묘에 대하여 견해 차이가 있다. 그러나 이것은 누가 옳고 틀리고의 문제가 아니라 단지 다른 것뿐이라고 생각한다.

나는 유교 문화 속에서 청소년기를 보냈다. 어릴 때는 아버님을 따라 연중 1회 가을에 묘사墓祀를 지냈고 추석 몇 주 전에 벌초를 했으며, 추석날에는 성묘 행사를 온 가족과 함께했다. 그러던 우리 집안의 문화와 전통이 부모님 별세 후 조금씩 지켜지지 않고 있다.

형님들도 연로하신 데다 특히 내 아내의 중환 발병 이후부터는 나 역시 이런 일련의 행사에 동참하지 못했다. 그래서 내가 우리 집안 전통문화를 멀리한 듯하여 늘 조상님들과 형님, 조카들에게 미안한 마음을 갖고 있다.

우리 부부가 종종 다니는 성지순례나 삼성산 성지를 참례할 때마다 생각해 본다. 남의 산소는 자주 방문하면서 정작 내 부모님과 조상의 산소에는 가보지 못하니, 그것에 대해 미안한 마음을 가졌다고 해서 잘못된 것은 아닐 것이라고. 그러므로 집안의 문화와 전통이 내 집안과 다르다고 하여 폄하하거나 비난해서는 안 된다.

며칠 전 큰누님 1주기 추모제에 동참하였다. 큰누님은 6남매의 둘째이자 장녀였다. 빈농의 여식으로 고생만 하다가 21세에 2살 연하인 손이 귀한 밀양 손 씨 매형과 인연을 맺었다. 시집간 후에는 시어른들을 지극정성으로 모셔 효부로 인정받은 어지신 분이다.

가족들이 모여 제사를 지내고 음복을 하고 살아생전의 누님을 추모하였다. 제사도 집안에 따라 지내는 시간이 제각각이다. 우리 집안은 자시子時 중에서도 밤 12시가 넘어 제사를 지낸다. 자시는 하루를 열두 등분하는 십이시十二時의 이름을 일컫는 열두 시의 첫째 시로, 밤 11시부터 오전 1시까지를 말한다.

다른 집안에서는 자시가 아닌 해시亥時인 9시부터 11시, 최근에는 아예 초저녁에 지내기도 한단다. 현대인들의 바쁜 일정을 감안하고 기념식의 의미로 추도만 하면 된다고 생각하기 때문이다. 심지어 어떤 이들은 제사가 필요하지 않다고 생각하여 처음부터 별 의미를 두지 않는 사람도 있다고 한다.

우리 집안은 유교의 전통이 강해서 사대봉사四代奉祀 즉 고조, 증조, 조부, 아버지까지를 집 안의 사당에 모시는 것처럼 제사를 지냈다. 나는 막내였기 때문에 어렸을 적부터 이런 전통을 지켜보았다.

결혼을 하고 천주교인이 되어서는 직접 제사를 주관하지 않았지만, 형편이 허락하는 대로 제사에 동참해 왔다. 살아계실 때 잘하면 되지 죽으면 무슨 필요가 있느냐고 주장하는 이들도 많지만, 나는 생각이 조금 다르다. 살아생전 잘 모시고 싶었지만 그렇게 하지 못했기에 영혼에게나마 용서를 빌고 기도하는 뜻으로 생각하는 것이다.

이런 나의 마음과 우리 집안의 문화와 전통을 두 아들 부부도 이해하길 바라는 마음이다.

어머니의 사랑은 기적

며칠 전 갑자기 우리 곁을 떠나신 건강 전도사 황수관 박사님의 마지막 강의영상을 보았다. 그 내용 중 흥미로운 앙케트가 있었다. 바로 세상에서 가장 아름다운 단어들을 뽑은 것이었는데 첫 번째는 Mother(어머니), 두 번째는 Passion(열정·정열), 세 번째는 Smile(미소), 네 번째는 Love(사랑)이었다.

돌아가신 어머니의 자식과 손자에 대한 사랑과 내 아내가 두 자식 부부와 손자 지후를 돌보며 사랑하는 모습을 접하면서, 어머니의 사랑과 간절한 기도야말로 하느님께 통하는 기적을 낳는다는 강의 내용에 완전 공감하였다.

아내가 몇 년 전 며느리의 순산을 위해 밤새도록 기도를 올린 모습과 장남이 대학시절 교통사고로 입원했을 때 울면서 기도하던 모습을 옆에서 지켜본 나로서는 어머니의 자식에 대한 사랑은 하늘보다 높고 바다보다 깊다는 말을 실감할 수 있었다.

돌아가신 어머니 역시 마찬가지였다. 91세 일기로 이생을 떠나셨는데, 아쉽게도 지극정성으로 돌봐주시던 막내아들의 두 손자 결혼식은 보지 못하셨다.

어머니는 39세에 나를 낳고 키우면서 온갖 고생을 다하셨다. 자손이 귀한 우리 경주 김문에서 생가生家와 양가養家 부모님을 동시에 모신 효부셨고, 6남매를 낳아 가문에 자손을 번성시킨 주역이셨다. 우리나라 경제가 힘든 시기였으니 형님 세 분과 누님 두 분은 공부를 많이 못 시키셨지만, 막내아들만큼은 시골동네에서 대학까지 다닐 수 있게 해주셨다.

나는 어머니가 평소에 남의 흉을 보거나 말을 옮기는 것을 한 번도 보지 못하였다. 자식들에게 말이 아닌 행동으로 실천하는 사랑을 몸소 보여주신 분이다.

또한 1981년 초부터 함께 살면서 손자 둘을 돌봐주신 어머니 덕분에 우리 부부가 맞벌이를 하며 경제적 기반을 빨리 잡을 수 있었다. 내가 어머니의 마음을 다 알지는 못하지만, 천사 같은 아내 덕분에 6남매 중에서 가장 오랫동안 어머니를 모시며 산 것이야말로 가장 큰 행복이라 생각한다.

어머니가 돌아가시고 나니 살아생전에 못해 드렸던 일만 자꾸 생각난다.

신혼시절 전방에 살 때였다. 대구에서 포천까지 그 먼 길을 찾아오신 어머니께 어떻게 오셨냐고 물었던 나였다. 사랑하는 막내아들을 찾아 달려온 어머니를 크게 반기지도 않았던 것이다. 수백 리 길을 물어물어 찾아오셨을 어머니의 아들에 대한 짝사랑이 이제야 가슴 진하게 느껴진다.

예나 지금이나 변하지 않는 것이 있다면 바로 아들에 대한 어머니의 짝사랑이 아닐까 싶다. 세상의 아들들아, 어머니의 짝사랑을 알고 있는가? 남편이 주문한 반찬이나 요리는 들은 체도 않지만 결혼하여 분가한 아들이 집에 와서 해달라는 음식은 밤중에라도 일어나 해주는 것이 우리네 어머니들이라고 한다.

어제는 아내가 "퇴근한 아들이 어깨를 안마해 주니 그렇게 아프던 어깨가 거짓말처럼 다 나았다."면서 어린아이처럼 좋아했다. 지난날 손자를 돌봐주셨던 어머니가 측은하여 안마를 해드리곤 했었는데, 우리 어머니도 아내 마음과 같았을까…….

자식이 효도할 때까지 부모님은 기다려주지 않는다고 했다. 우리 두 아들과 두 며느리 모두가 효자효부라고 생각하지만, 나처럼 뒤늦게 후회하지 말고 어머니가 곁에 있을 때 전화 한 통이라도 따뜻하게 해주는 마음이 계속되길 바래본다.

이미 고인이 되신 내 어머니! 어릴 적 잠잘 녘에 조곤조곤 옛날이야기를 해주시던 어머니 생각이 오늘따라 간절하다. 그리움이 몰려와 향수에 젖어보는 늦은 밤이다.

나의 첫 번째 꿈은 효자

어제는 아버님이 돌아가신 지 만 20년이 된 날이라 큰형님 내외분이 살고 계시는 경북 영천으로 내려와 제사를 모셨다. 나는 아버님과 어머님의 제사만큼은 한 번도 빠지지 않고 모시고 있다.

6남매 중 막내지만 어릴 때부터 부모님과 함께 살며 효자가 되는 것이 인생 첫 번째 꿈이었다. 다행스럽게도 결혼 후 신혼 1년을 제외하고는 그 꿈을 이룰 수 있었다.

경기도 포천에서 군 생활 중 만삭인 아내가 장남을 낳기 직전, 큰형님 댁에 계시던 부모님이 우리 집으로 옮겨오셨다. 손자를 돌봐

주러 오신다는 명분이었지만, 사실 나는 전부터 부모님과 큰형님 내외분이 잘 지내지 못한다는 것을 알고 있었다. 그때부터였을 것이다. 내가 결혼을 하고 독립을 하는 대로 부모님을 모시고 사는 것을 첫 번째 목표로 삼은 것이다.

그래서 안젤라와 연애 중일 때도 나의 결혼조건 첫째가 부모님과 함께 사는 것이라고 당당하게 말했고, 천만다행으로 천사인 아내가 동의해 주었다. 그 후 아버님과는 만 10년, 어머님과는 23년을 동고동락했다. 그러다 아버님은 별세 2개월 전, 어머님은 1년 전에 대구의 셋째 형님 댁으로 거처를 옮기신 후 돌아가셨다.

내가 어머니와 아내 다음으로 셋째 형수를 존경하고 사랑하게 된 이유도 부모님을 마지막까지 정성을 다하여 모셨기 때문이다. 셋째 형수는 집안교육이 잘 된 규수였고 천성이 생불生佛이었다. 지금도 내가 엄마처럼 존경하는 독실한 크리스천이다.

비록 훌륭한 효자는 되지 못했지만, 언제나 효를 인간의 근본으로 생각했고 부모님을 마음 편하게 잘 모시는 것이 최고라고 생각했다. 부모님과 함께 오순도순 살아가는 나의 첫 번째 꿈을 이룰 수 있었던 것은 두 말할 것도 없이 착한 아내 덕분이었다. 내가 죽을 때까지 아내에게 빚을 갚는 심정으로 아내를 돌보며 사랑하기로 한 이유도 여기에 있다.

한 많은 팔십 평생

몸은 피곤하나 잠이 오지 않는 밤이다.

새벽 1시경 대구 장조카의 깜짝 놀랄 전화를 받고, 1시 35분에 다시 통화했다. 불과 5분 전에 별세하신 큰형님의 부고에 잠이 번쩍 깬 것이다.

큰형님은 내 부모님 같은 분으로 나의 후견인이나 마찬가지였다. 만약 이 생을 소풍이라 한다면 큰형님의 한 많은 팔십 평생의 세월이 그리 즐겁고 기쁘기만 했던 소풍은 아니었을 것이라 짐작해 본다. 중년에는 상장기업의 대구 영업소장을 하면서 잘 나가신 적도 있었지만, 장년에서 노후까지 15년여 기간을 질병 때문에 수시로 병원에 들락거리는 육신이 곤한 삶이었다.

형님은 자손이 귀한 우리 가문에 4남 2녀 중 장남으로 태어났다. 시골 빈농이라 공부하기가 힘들었지만 장남이란 배려로 경주상고에 입학하셨다. 머리도 좋고 필체도 좋으셔서 4H구락부 등 단체 활동과 청년회장을 하셨다. 24세에 장가를 든 후 대구의 화신약품에 취업을 하시고는 그곳에서 영업부장까지 하신 후 제약회사의 대구 영업소장으로 수년간 일하셨다. 슬하에 3형제를 교육하며, 부모님 부양에도 장남답게 일조를 하셨다.

특히 막내 동생인 나를 적극적으로 후원해 주셨다. 중학교부터 대학교 졸업까지 나는 만 10년을 큰형수님이 해주신 밥을 먹고 학창시절을 보냈다. 청구중학교 때는 대구상고 입학을 목표로 날밤을 새우며 학업에 정진했다. 고등학교 때도 은행 입행과 야간대학 졸업이라는 제2의 목표를 세우고 열심히 공부했다. 그러다가 잠시 그 목표를 잊고 대기업 대구지사에 입사하는 시행착오를 거치면서 혼돈과 시련을 겪었다. 두 곳의 은행시험에 불합격하고, 방향을 전환하여 대구 소재 계명대학에 입학했다.

이런 일련의 의사결정 과정에 누구보다 영향을 주신 분이 큰형님과 큰형수님이셨다. 형수님은 나를 위로하며 도시락 2개를 싸주곤 하셨다. 그 덕분에 시립도서관에서 대학 입학을 위한 공부를 할 수 있었다. 중고등학교 때는 물론이고 대학 시절에도 물심양면으로 도움을 주셨다.

부모님께서 별세하시고 부모님처럼 공경하고자 했던 큰형님이 내게 자식보다 의지가 된다고 하셨을 때는 정말 큰 위로가 되었다. 부족했던 동생을 인정하고 자랑으로 삼아주셨던 큰형님과 끝까지 형님 곁에서 현모양처 자리를 지켜주신 큰형수님께 감사드리며, 하느님께서 그 영혼에 자비를 베풀어주시길 또한 홀로 계신 형수님을 위해서도 기도드린다.

손자의 작별인사

"이사하느라 수고 많았네. 내가 힘이 되지 못했구나. 짐 정리는 다했니? 낮에 지후를 보면서 내가 아주 어릴 적 엄마 품을 그리워하던 때가 생각났단다. 자식과 엄마는 뱃속에서부터 함께였으니 인연 중에서도 천륜인 셈이야. 그러니 이제는 너희와 떨어지게 된 어머니 마음을 헤아리고 자주 전화해라. 본가와 처가에도 자주 들르길 바라고. 이사한 집에서 건강 복, 재물 복, 승진 복 대박나길 빈다. 아버지가."

"지금 동생 차로 어머님 출발했어요. 아버님 덕분에 이사 잘 했어요. 연락도 자주 드리고 자주 찾아뵐게요. 그리고 행복하게 잘 살게요."

"그래야지. 복 많이 받아라. 늘 너희들이 성가정聖家庭 되길 기도할게. 성가정은 하느님을 중심에 두고 생활하는 것이고, 그러면 부부싸움도 여러 갈등도 다 해결된단다. 오늘 글쓰기 공부 수강자 중 정년퇴직을 한 초보 작가들이 한마디씩 하더구나. 자비 부담 없이 자서전이나 수필집을 낸다는 것은 보통일이 아니라며 나를 다시 보는 것 같았어. 우리 부부가 살아온 삶을 그대로 따르라고 강요하진 않지만, 간접 경험으로 여기고 너희들이 타산지석으로 삼아주었으면 좋겠다. 사랑한다."

어제는 5분 거리의 옆 동네에서 2년여 동안 살았던 장남이 처음으로 새 아파트를 장만하여 이사를 했다. 우리 집과는 차로 1시간 거리에 있는 김포의 한강 신도시였다. 생각보다 멀다고 느낀 아내는 아들이 새 집을 사서 이사하는 기쁨보다는 손자를 자주 못 보게 되어 울적해진 것 같았다.

그런 할머니 마음을 모르는지 손자가 자기 집이 김포라며 손을 흔들면서 "빠이빠이" 할 때는 내가 다 울컥했다. 2년 가까이 사랑으로 돌봐준 할머니의 맘을 알 리 없는 손자가 과감히 인사하는 모습을 보면서, 나 역시 지후만 했을 때 엄마 품을 그리워하던 때가 떠올랐다.

중풍으로 누워만 계시던 할머니, 생활고 때문에 일용직 노동을 나가시던 아버지, 그리고 대구로 누에고치 장사를 다니시던 엄마……. 내 기억 속 가장 어린 시절의 기억이다.

그때는 부모님을 대신하여 큰형님 내외분의 보살핌 속에서 컸지만 어린 마음에도 늘 장사를 나가는 엄마 품이 그리웠고 엄마와 하루 종일 같이 있고 싶었다. 형님이 회사가 있는 대구 쪽으로 살림을 옮기고 나서야 엄마가 시골집으로 내려오셨다. 아버지는 주말에만 집에 오셔서 얼마 되지 않는 농사일을 하셨다. 그렇지만 평일에는 여전히 나와 작은 누님과 중풍으로 누워 계신 할머니, 이렇게 세 식구밖에 없었다.

아마 손자 지후도 그 당시의 내 마음이 아닐까 싶다. 할머니가 아무리 잘해 주어도 제 엄마 품이 그리웠을 것이다. 자식을 떼어 놓고 직장을 나간 며느리 맘도 많이 아팠을 것이다. 자식은 엄마의 분신이기에 충분히 이해가 되는 일이다.

지금이라도 며느리가 직장을 그만두고 아들을 키워야겠다고 결정했으니 며느리에게도 지후에게도 모두 잘된 일이고 참 고마운 일이다. 부디 우리 지후가 엄마 품에서 밝고 바르게 자라기를 멀리서나마 기도하는 맘이다.

차남 부부 득남은 우리 모두의 큰 기쁨

둘째 며느리 로사의 영명축일인 오늘, 아침미사를 드리고 삼성산 성지를 오르면서 아내와 난 출산을 위해 입원한 둘째 며느리를 위해 간절한 마음으로 기도드렸다.

삼 년 전 가슴이 벅차오르도록 큰 기쁨을 맛보면서 첫손자 다윗, 지후를 만났다. 불타오르는 사랑을 해 본 사람이 사랑이 무엇인지 알 수 있듯이 한 생명의 탄생을 인내하면서 맞이한다는 것은 참으로 가슴 벅찬 일임을 나는 알고 있었다. 더구나 둘째 아들네는 비오 사제 축일에 혼배식을 한 후 만 3년 만에 애타게 원하는 자녀를 출산하게 된 것이다.

하느님은 최선의 방법으로 우리를 사랑하시는 분이시기에 산모가 수술을 한다는 말에도 불안한 마음을 털고 엄숙하고 간절하게 기도하면서 기다렸다. 유리창 너머로 강보에 싸인 갓난아이를 보았을 때 떨리는 마음에 눈속에 뜨거운 것이 흐름을 느꼈다. '김도하' 우리 둘째 손자의 영세명은 '비오'라 지어 주었고 가슴 벅찬 감동으로 축복기도를 해 주었다.

수술이 끝나고 침대차에 실려 오는 며느리를 보며 해산의 고통을 겪는 여인네들의 인내가 위대하다는 생각이 들고 마음 한 곳이 짠하였다. 함께한 요셉·마리아 사돈 내외분과 함께 자축파티를 하면서 반주 한 잔을 마셨을 때에야 비로소 마음이 놓였다. 자녀들의 고통 앞에서 모든 것이 제자리를 찾는 평온함이 오기 전까지 안절부절 못하는 것이 세상 모든 부모의 마음일 것이다. 신앙인으로서 살아 갈 수 있음이 얼마나 감사한 일인가? 신앙인으로서 기도라는 무기가 있으니 불안이나 걱정을 잠재울 수 있는 것이다. 군인들의 총과 같은 무기가 우리에게도 있으니 희로애락의 삶에서 보다 기쁜 삶을 살 수 있는 것 같다. 살다 보면 불안이 엄습하고 걱정되는 일이 있으면 무기인 기도를 할 수 있으니 그리스도교 신앙인으로 살 수 있는 것이 참 좋고 감사하다. 차남 진우 마태오 역시 걱정과 불안 속에서도 끊임없이 기도하는 심정이었을 것이다. 힘든 시기에 아내 안젤라 대해 염려했던 내 마음처럼 말이다.

해산의 고통 속에서 잘 견디어낸 로사에게 감사하고, 수고했다는 말을 전하였다. 오늘 로사 영명축일에 가장 축복된 선물로 하느님의 자녀를 주신 것에 대해 주님께 영광을 돌릴 수 있도록 도하 비오를 잘 양육하리라 믿는다. 건강복, 장수복, 재물복, 지혜와 명예를 주실 것이라 믿고 기도할 것이다. 조카 출산 소식에 한걸음에 달려와 축하해 주고 함께한 장남부부와 좋아하는 차남부부의 형제간 우애가 돈독한 모습을 보면서 부모로서 기뻤다. 무엇보다 사랑스럽게 잘 크는 우리의 엔돌핀 지후를 만나서 더더욱 기뻤다.

오늘 우리들의 마음을 따뜻하게 만들어 준 우리 도하의 탄생에 감사한다. 지후, 도하 두 손자가 언젠가는 자신이 많은 사람들의 사랑과 관심 속에서 태어났음을 알고 감사하며 오늘 하루 내내 노심초사했던 가족들의 마음을 알게 되길 바란다.

두 아들 결혼식도 못 보는 것 아닌가 안타까워하던 아내가 두 손자를 보며 환하게 웃는 모습이 참으로 감사하여 주님께 영광을 돌리는 마음이다. 우리를 위해 기도해 주신 모든 분들께 감사하며 감사의 마음을 함께 나눌 계획들을 생각해 본다.

그리고 두 아들 부부 모두 자식들로 인해 우리 부부처럼 행복한 미래를 펼쳐 나갈 것을 생각하니 참으로 기쁘고 감사의 하루였다.

– 2013. 8. 23. 늦은 밤에

1981. 6. 22 결혼 1주년 기념일 부모님과 장남 태우와 함께 기념촬영

주님께서 내 삶에 초대해 준 사람

우리 엄마는 언제나 남을 참 잘 대접해 주었다. 가톨릭 신자이면서 '글라라'라는 세례명을 가진 엄마는 밥 한 숟가락 달라는 거지에게 반찬까지 얹어주셨고, 지나가는 스님에게 쌀 한 바가지에 물까지 내주시던 분이다. 어느 날 우리 동네로 보살을 오신 스님 한 분이 우리 집 툇마루에서 쉬었다 가셨다. 마침 수돗가에 앉아 있던 나를 보고 스님께서 "시집가면 남편 복과 자식 복이 많을 것이고, 관록을 먹고 살 것"이라고 중얼거리셨다. 스님의 말씀 덕분에 나는 그 후부터 스스로를 늘 남편 복 자식 복이 많은 사람으로 여기게 되었다.

학교를 졸업하고 간호장교로 일할 때였다. 많은 사람들이 언제 시집갈 거냐며 중매를 서겠다고 했다. 그럴 때면 나는 으레 "대망의 80년대에 시집갈 거예요."라고 밑도 끝도 없는 장담을 하곤 하였다. 그렇게 정신없이 일과 공부만 하면서 데이트할 시간도 없이 수도병원에서 수술실 간호사 교육을 마치고, 경기도 일동 야전병원 간호장교로 임지를 옮겼다. 그러던 어느 날 나를 아끼시던 군 장성께서 '위관尉官의 날' 파티에 초대해 주셨고, 그곳에서 순진무구해 보이는 경상도 총각을 만나 박력 넘치는 추진력과 애정 공세, 운명

적 끌림으로 결혼을 결정하였다. 대망의 1980년 6월 22일, 여름해
가 가장 긴 하짓날이었다.

그 후 기온이 제일 뜨거운 대구에서 결혼식을 하면서 부케를 든
내 손이 왜 그리 떨리던지…….. 그때 당황스러워하는 내 손을 힘주
어 잡아주던 순수하고 열정적이던 원수 씨!

결혼 전 백마 탄 기사로 나타난 학군장교 중위였던 남편이다. 남
편과 나는 6개월 연애기간을 통해, 서로를 위해 예비된 짝을 만난
듯 서로 부족한 곳은 채워 주고 사랑하며 결혼식을 올렸다. 지금 생
각하면 주님께서 이미 배우자로 내 삶에 초대해 준 사람이었다. 나
는 지금도 남편의 모습을 지켜볼 때마다, 어릴 적 스님의 덕담이 내
삶에서 완성된 것 같은 느낌이 든다.

"남편 복 자식 복 많게 살게 해주신 주님, 찬미 받으소서!"

애인과의 가을여행

결혼하고 나서는 늘 아이들과 시부모님을 모시고 여행을 하느라
둘만의 여행을 다녀온 적이 없었는데 아주 오랜만에 이십여 년을
넘게 사귀어 온 연인 같은 남편과 함께 가을여행을 다녀오게 되었
습니다. 가을비와 함께 떠난 가을여행은 화창한 날씨 못지않게 불
타는 단풍색으로 화려했어요. 주왕산을 찾아서 청송으로 가는 길.
마지막 정열을 다 쏟아내는 듯 온 산을 붉게 물들인 단풍 속으로 노

랑, 빨강 우산을 쓰고 산행하는 것도 참으로 색다른 기쁨이었지요.

여행 전날 직원 야유회를 다녀와 피곤해 잠든 남편을 태우고 밤 늦게 찾아간 신라의 고도 경주의 아주 예쁜 모텔에서 또 다른 세상을 경험했습니다. 다음 날 아침 일어나 평소 겨울바다를 좋아하는 절 기쁘게 해주기 위해 감포로 향하는 남편의 마음이 무척 고마웠어요.

수중 문무왕릉이 있는 바다를 전경으로 자리한 숙소에서 일정한 간격으로 달려와 부서지는 파도를 보며 세상 힘든 일 다 던져버리고, 넉넉한 가을바다의 품에서 큰 위로와 행복감을 느꼈습니다.

문득 기억나는 중학교 수학여행 때 일출을 구경하기 위해 땀 흘려 올라갔던 토함산 자락은 곱게 물든 단풍빛깔로 아름다움의 절정을 이루고 있어 잊지 못할 절경이었어요. 남편과 함께 신혼부부처럼 설레어하며 그때만큼 아름다운 절경을 보게 되어 행복했습니다.

오랜 세월을 함께하면서 늘 내 행복을 최우선으로 두고, 언제나 먼저 날 배려해 주고 기쁘게 해주기 위해 항상 마음 써주는 신랑과 함께한 1박 2일. 사십대의 마지막 가을여행을 즐기면서 난 당신에게 앞으로 내 삶에 열정과 활력을 불어넣어줄 애인으로, 마지막 가는 길까지 함께할 동반자로, 또 다른 의미를 부여해 봅니다.

그리고 우리의 삶을 주관하시고 이어주시는 주님! 우리가 이렇게 함께할 수 있게 해주시니 감사와 찬미를 드립니다.

결혼 19년을 맞이하여

19년 동안 존경하고 사랑해 온 마르띠노! 낮의 길이가 가장 길다는 하짓날에 우리들의 결혼기념일을 맞이하여 제 감사의 마음을 전해 봅니다.

저를 향한 당신 사랑의 눈빛이 세월만큼 그 깊이가 더해감을 온몸으로 느끼며 삽니다. 한편으로는 '어쩌면 저렇게 한결같이 성실하고 충직하고 정열적인 사랑을 줄 수 있을까?' 하는 마음에 부족한 저 자신이 부끄러울 때가 많았습니다.

"부부는 서로 닮아간다."는 말처럼 우리는 서로에게 좋은 영향을 주고받으며 아름답게 닮아온 듯합니다. 당신이 하늘이라면 전 그 하늘의 변화에 따라서, 때로는 사납게 때로는 잔잔하게 때로는 은빛 찬란하게 변하는 바다였습니다.

전 항상 그랬어요. 당신이 기쁘면 저도 기쁘고 당신이 우울하면 저 역시 우울했어요. 당신이 아프면 함께 아팠으니, 아마도 우린 하느님께서 혼인성사로 맺어주신 짝 중에 짝인 모양입니다.

사랑하는 마르띠노! 당신과 함께 살아오면서 걱정거리는 단 한 가지, 당신의 비만입니다. 실은 다부지고 듬직한 당신이 전 정말 좋아요. 그렇지만 건강이 염려되어 늘 잔소리를 하게 됩니다.

존경하는 마르띠노! 전 당신과 함께하면서 당신이 늘 진지하고 성실하게 최선을 다하며 긍정적인 마인드로 살아가는 삶의 모습 속에서 많은 것을 배운답니다. 우리들의 추억이 담긴 기념일을 언제나 기억하고, 저에 관한 것은 무엇 하나 소홀함 없이 배려하는 당신이 제 배우자임이 정말 행복합니다.

경기도 최전방에서 보냈던 신혼생활, 우리가 자연과 혼연일치되어 참으로 순수하고 아름다웠던 추억들이 많아 잊을 수가 없습니다. 서울에서 새로운 꿈을 향해 경제적 육체적 어려움들을 지혜롭게 대처해 나가면서 부모님 모시고 아이들 양육하면서 함께 뛰었던 그 시간들도 소중하기만 합니다. 정 많으신 시부모님 사랑도 듬뿍 받았고, 아이들도 잘 자라주어 어느 것 하나 주님의 은총이 아닌 것이 없었다고 생각됩니다.

특히 포항과 부산에서 믿음생활의 뿌리를 내릴 수 있었고, ME 주말을 다녀올 수 있었던 일은 우리에겐 크나큰 축복이었습니다. ME가치관을 통해 아름답게 사시는 부부님들을 많이 만나 그분들의 삶을 통해 배운 것들을 실천해 나가면서, 우리 부부는 하느님 보시기에 좋은 부부로 살 수 있는 초석을 다진 것 같습니다.

사랑하는 마르띠노! 오늘 결혼 19년째를 맞으면서 앞으로 살아갈 날이 더 많음에 깊은 감사가 나옵니다. 우리 앞에는 어떠한 일들이 펼쳐질까요? 참으로 설레기도 하지만 어떠한 일에도 감사하며 기도하며 기쁘게 살아가기로 해요.

제가 모든 면에서 부족하더라도 제게 향한 당신의 사랑이 변함없기를 빌고, 제 변함없는 사랑 역시 오늘 선물로 드립니다.

– 사랑하는 당신의 동반자 아내가

풍운아 우리 아버지

　백구두에 하얀 정장을 입고 선글라스를 낀 채 하늘 저쪽을 바라보는 중년신사. 178센티미터가 넘는 키에 훤칠하신 사진 속 내 아버지의 멋진 모습이다.

　경상도 통영에서 4남매의 둘째 아들로 태어나 자수성가를 하시기 위해 군대생활을 했던 전라도 여수에 정착하셨다. 아버진 타향살이를 서러워하셨고, 늘 고향이 통영이고 자란 곳은 여수라고 자식들에게 가르치셨다. 방학이면 우린 통영이나 삼천포 외가로 가서 사촌들과 함께 지내다가 돌아오곤 했는데, 고등학교 때까지 그렇게 했었다. 고향으로 돌아가시는 것이 아버지의 꿈이셨다. 지금은 여수에 작은엄마 한 분만 계시고 아무 연고가 없을 정도다.

　아버진 당신이 고등교육을 받았다면 정치적으로 한자리하고 학교 선생이 되었을 거라 말씀하셨다. 그래서 늘 배움의 열망이 크셨고 자녀 교육을 가장 중요하게 생각하셨다. 믿었던 의형제에게 경제적 배신을 당하고, 자구책으로 어렵게 식당을 꾸리면서도 자식들의 공부에 한해서는 온갖 뒷바라지를 다 해주셨다. 또한 우리에게 자전거 타기, 수영, 배구, 정구, 탁구 등등의 스포츠를 가르쳐 주셨는데 본인도 꽤 소질이 있으셨다.

　여자도 배워야 한다면서 큰딸인 내가 학교 선생님이 되길 꿈꾸셨다. 그러고는 내가 못하는 과목이 있으면 꼭 특활반에 들어가서 배우라고 하셨다. 그땐 상식적으로도 잘하는 과목반에 들어가는 것이 상례였는데, 아버진 "날 때부터 잘하는 것이 어디 있느냐? 모르는

것도 알면 힘이 생기고 잘하게 된다."라고 하시면서 특활반에 들어
가게 하셨다.

　나는 그래서인지 음악이든 미술이든 작문이든 골고루 자신감이
생겼고, 잘 못하는 과목도 포기하는 대신 관심을 가지고 공부할 수
있었던 것 같다. 이 덕분에 팔방미인이란 달란트를 갖게 해주신 아
버지의 교육철학을 나중에는 우리 아들들에게도 적용하게 되었다.

　아버진 자동차나 빌딩이나 사람이 만들어낸 것들 앞에서 위축되
어서는 촌놈 소리를 듣는다며 모든 문명의 이기들은 사람에게 유용
하라고 만들어 놓은 것이니 그 사용법만 배우면 된다고 알려주시곤
하였다. 아버지의 그런 가르침 덕분에 나는 어떤 환경, 어떤 사람
앞에서도 위축되지 않고 당당할 수 있었다.

　먹고 살기에도 빠듯했던 그 시절 아버지는 어렵게 가게를 꾸려
가시면서도, 일요일에는 꼭 우리 형제들을 데리고 여수 오동도며
진남관 등으로 가족 소풍을 다니곤 하셨다. 어려운 형편 속에서도
지역 봉사활동도 많이 하셨고, 어려운 사람들에게 식사를 제공하는
모습을 보면서 나 역시 아버지처럼 남을 위하며 살아야겠다는 생각
을 했었다.

　아버지에겐 가난과 많이 배우지 못한 것에 대한 한이 많았다. 그
럼에도 불구하고 책을 많이 읽으셔서 유식하셨고, 노래도 잘하시고
흥도 많으셨던 것 같다. 그 당시 동네에서 전축을 제일 먼저 들여놓
은 곳도 우리 집이었고, 그 바람에 어릴 때부터 음악도 많이 들었
다. 아버진 또 미식가로서 손수 맛있는 것들을 만들어 주셨던 자상

하고 쾌활한 분이셨다.

　그렇지만 전형적인 경상도 사나이였던 아버지는, 술만 드시면 흥을 받아주지 않는 엄마를 많이 괴롭히셨다. 나는 그래도 아버지 마음을 이해할 것 같아 애교도 피우고 비위도 맞춰드렸다. 그러면 늘 "우리 딸 때문에 참는다." 하시면서 잠이 들곤 하셨다.

　일찍 우리 곁을 떠난 엄마를 그리워하던 아버진, 결국 술로 건강을 해치셔서 환갑을 넘기지 못하시고 엄마 곁으로 가셨다. 다만 한 가지 다행스러운 것은 '바오로'라는 세례명을 가지고 하느님 품에 안기셨다는 점이다.

　나는 아버지를 보면서 평생 배움에 목말라하셨던 아픔을 알기에, 배움을 게을리하지 않아야겠다는 결심을 하곤 했다. 그래서 뒤늦게나마 하고 싶었던 국문학 공부를 방송통신대학을 통해 시도하였고, 알고 싶은 분야에 도전하여 여러 가지 수료증을 획득하게 되었다.

　이렇듯 나에게 배움의 도전정신을 심어주신 아버지께, 따뜻한 술 한 잔 올리지 못함이 한이 되어 남아 있었다. 그렇지만 그 덕분에 시아버님을 참 많이 따랐고, 시아버님께도 막내며느리로서 사랑을 듬뿍 받았는지 모르겠다.

　나는 사진 속 하얀 정장 차림의 멋진 우리 아버지를 제일 많이 닮아서인지, 아버지를 생각하면 한없이 그립고 지금 이 순간도 아버지의 구성진 노랫소리가 듣고 싶어진다.

목련꽃 우리 엄마

1976년 여름, 나는 졸업과 동시에 간호장교로 임관하는 마지막 학기 시험 준비를 하느라 고향집에도 가지 못하고 있었다. 여름방학 내내 도서관에서 지내야만 했다. 그러던 중 가을 학기가 시작되었을 때 느닷없이 "어머님이 위독하시다."라는 전보를 받고 망연자실하였다.

숨이 턱에 막히던 뜨거운 여름날, 나는 고향집을 향해 달려갔다. 이사를 하고는 한 번도 가보지 않았던 집이었다. 낯설기만 한 골목길은 등골이 서늘하도록 냉기가 흘렀다. 텅 빈 상가에는 사람의 흔적을 찾을 수 없었고, 뒷산 등성이의 상여소리만 귀를 울리고 있었다.

'아뿔싸!' 나는 그 길로 마치 누가 이끄는 것처럼, 뒷산 길을 돌고 돌아 병원이 아닌 엄마 산소로 달려갔다. 이미 봉분이 빨갛게 솟은 자리에 외삼촌이 때를 둔 자리를 밟으면서 중얼거리셨다.

"누이, 그리 애타게 그리던 딸이 왔으니 일어나 반겨주시구려!"

그러고는 나를 와락 껴안아 주셨는데, 나는 그 뒤로 아무것도 생각할 수가 없었다.

진주 강 씨 명순 글라라, 우리 엄마는 49세 꽃다운 나이에 일사병으로 쓰러져 그렇게 우리 곁을 떠나셨다. 경남 삼천포에서 태어나고 자라신 엄마는 봄날의 목련꽃 같은 자태를 지닌 분이셨다.

요리솜씨는 물론이고 옷맵시도 빼어났으며, 마음이 고우신 분으로 동네에서도 칭송이 자자했다. 또한 일찍이 가톨릭 신자가 되셔서 우리 4남매에게 신앙을 가지게 해주셨다.

우리 집은 성당 가까이에 있는 기역자 형태의 집이었다. 엄마는 돌담 벽으로 둘러쳐진 마당에 달리아며 봉숭아, 맨드라미 등을 심어두시고, 특히 실비아의 붉은 꽃이 좋다고 말씀하시곤 했다. 더없이 여성스럽고 따뜻한 분이셨다. 늘 육영수 여사를 보면 엄마 생각이 날 정도로, 우아하고 명 짧은 것까지 닮으셨던 우리 엄마! 엄마는 봄날 활짝 피었다가 지는 목련꽃처럼 그렇게 우리 곁을 일찍 떠나셨다.

내가 국군간호사관학교를 지망했던 것도 엄마의 꿈이 반쯤은 섞여 있었다. 간호장교가 되면 도미 유학을 보내준다는 조건을 흡족해하시며, 딸과 함께 미국에 가보고 싶다고 하셨다.

면접시험을 치르는 날 대구까지 따라오시며 내 머리를 곱게 두 갈래로 땋아주셨던 우리 엄마. 딸의 멋진 간호장교 모습을 상상하시면서, 면접 잘 보라고 내게 용기를 북돋아주셨던 나의 멘토 우리 엄마. 결혼하기 전까지는 고생도 모르고 유복한 양반집 막내딸로 살았지만, 우리 4남매를 키우느라 장사까지 하시며 여러 가지로 마음의 상처를 받으셨다는 사실을 나는 잘 알고 있었다.

나뿐만 아니라 우리 형제들은 한마음 한뜻으로, 우리가 훌륭하게 되어 엄마의 자존심을 회복시켜 드리고 싶어서 더 열심히 공부를 했었다.

엄마의 유품 속에서 나는 딸의 졸업식 때 입겠다고 엄마가 장만

해 둔 반짝이 저고리와 치마, 구슬 백을 발견하였다. 엄마의 돌아가신 모습을 직접 보지 못했던 나는, 지금까지도 49세의 반짝이 저고리와 치마를 차려입고 구슬 백을 든, 젊고 우아하고 미소가 아름답던 엄마의 모습을 가슴 깊이 간직하고 있다.

시아버님과 연탄난로

관악산 자락을 끼고 있는 우리 집은 서울이면서도 공기 좋고, 천주교 성지인 삼성산 성지와 가까운 곳이다.

신랑은 나를 위해 첫째는 산이 있어 공기가 좋고 매일 산행을 통하여 운동할 수 있고, 둘째는 산속에 삼성산 성지가 있어 기도할 수 있고, 셋째는 서울에 입성한다는 이유로 팔리지 않는 부천 집을 비워둔 채 이곳에 집을 사서 이사를 왔다.

이사 온 후로 나는 산속에 있는 수녀원에서 미사를 드리고 매일 기도하며 살았다. 그 사이 독한 항암제 때문에 빠져버린 머리카락도 다시 길었고, 6개월쯤 지나자 삼성산 정상인 장군봉에도 올라갈 수 있을 정도로 건강이 회복되었다. 이제는 항암치료의 후유증을 잘 극복하고 정기검진만 하는 생활을 할 수 있게 된 것이었다.

나는 오늘도 나를 순애보 사랑으로 대해 주는 신랑과 함께 새벽에 집을 나서서 미사를 드리고, 성지를 경유하여 장군봉을 지나 호압사 쪽으로 하산하였다. 연록 빛을 머금은 가지에선 생명의 기가 흐르고 있었고, 메마른 가지에서 진홍빛 몽우리를 터트린 진달래꽃의 향연은 내 안에 막힌 혈을 뚫고 피를 흐르게 하는 듯 힘을 주었다. 늘 봄을 맞이하는 나무와 꽃들을 보면서 나는 다시 건강이 회복되는 희망의 노래를 부르곤 하였다.

그렇게 산길을 따라 걸어오는데, 하얀 조팝나무 가지를 한 움큼 꺾어 내려오시는 등산복 차림의 할아버지 한 분을 보면서 울컥 하는 마음이 들었다. 직장생활을 하는 막내며느리를 도와 시어머님과 함께 손자를 보살펴 주셨던 시아버님 생각이 났기 때문이었다.

술은 한 모금도 드시지 못했지만 담배만큼은 즐겨 피셨던 아버님이었는데, 어느 날 며느리와 손자의 건강을 위해 그 좋아하시던 담배를 스스로 끊으신 자상하기 이를 데 없는 분이셨다. 동갑내기인 시어머님과도 무척 금슬琴瑟이 좋으셨고, 더할 수 없는 애처가로 참 솔직하고 단순하시며 정이 많으셨던 분이었다. 아마도 신랑의 심성도 아버님을 그대로 닮은 듯하니 부전자전이 옛말만은 아닌 것 같다.

시아버님 생각을 하면 25년 전 경기도 포천에서 신혼살림을 시작하던 때가 떠오른다.

그 겨울 마당에는 언제나 무릎이 빠질 만큼 눈이 높게 쌓여 있었다. 문고리만 잡아도 손이 문고리에 얼어붙을 만큼 매서운 추위였다. 궁여지책으로 남편과 나는 침대 방에 연탄난로를 들여놓았다. 끓는 물 반주에 맞춰 주전자 뚜껑이 노래를 부르고, 따스한 온기가 방 안을 돌고 돌며 신혼의 사랑을 지피고 있을 때였다.

연탄을 갈 줄 모르는 철부지 신랑 각시를 무척이나 사랑하셨던 시아버님은 새벽녘이면 살며시 들어오셔서 연탄을 갈아 넣어주시곤 했다. 새벽이든 저녁이든 항상 잊지 않고 갈아 넣어주시던 시아버님의 연탄불!

그런 시아버님의 사랑을 요즘처럼 아파트에 사는 젊은 세대가 알 수 있을까. 이제는 겨울의 연탄난로를 쉽게 볼 수 없지만 내 가슴속에는 지워지지 않는 영상으로 남아 신혼의 행복함과 천국에 계시는 시아버님의 사랑으로 마음을 따뜻하게 한다.

봄이 되면 제일 먼저 진달래꽃을 꺾어다가 막내며느리에게 안겨주셨고, 가을이 되면 코스모스를 한 움큼씩 꺾어주셨다. 또한 매일 아침마다 등산을 하시고 약수를 떠다주시곤 했는데, 정작 당시에는 시아버님의 깊은 사랑을 잘 알지 못했었다. 이곳으로 이사를 온 후에야 아침마다 약수를 떠오시는 어르신들을 보면서, 막내며느리를 딸보다 더 사랑해 주셨던 시아버님을 많이 그리워하게 되었다. 부모님의 사랑은 우리 곁을 떠나시고 나서야 더욱 진하게 느낄 수 있는 것 같다.

산길을 내려오면서 나는 시아버님께 감사의 말씀을 올렸다.

"아버님! 그렇게 애지중지 마지막 사랑으로 키워주신 첫 손자 태우가 이제는 다 자라서 한 가정을 이루고 훌륭한 사회인이 되었습니다. 게다가 아버님이 기뻐하실 증손자까지 낳았습니다. 또한 막내 진우의 아내도 증손을 잉태하고 있다 하니 더 이상 바랄 것이 없습니다. 저희에게 이런 행복한 오늘이 있게 해주신 아버님의 헌신적인 사랑에 다시 한 번 머리 숙여 감사를 드립니다."

남편의 엄마, 그리고 나의 엄마였던 시어머님

반듯한 앞가르마에 얌전히 쪽 찐 머리, 녹슨 은비녀, 초승달 같은 눈매와 거친 손마디……. 66세 단아한 할머니가 내가 처음으로 만난 남편의 엄마였다.

양가兩家 독자의 맏며느리로 6남매를 낳아 대를 이어주셨고, 중풍 걸리신 시어머님 병수발과 없는 살림을 묵묵히 견뎌내셨다. 좋은 일, 싫은 일 가슴속에 묻어 두시고 불평할 시간도 없다면서 헌신의 삶을 살아오신 자랑스러운 우리 시어머님! 가슴속은 시커멓게 타버리고, 갖고 있는 모든 것을 내어준 추수가 끝난 논바닥 같으셨던 분.

39세에 얻은 막내아들을 위해 해줄 것이 없다고 손자라도 봐줘야겠다며 고향을 떠나 우리에게 와주셨던 시어머님. 펄펄 끓는 미역국에 하얀 쌀밥 지어 한 달 내내 물 한 방울 손에 대지 않게 막내며느리 산바라지를 하시면서도 공치사 한 번 할 줄 모르시던, 친정엄마보다 더 따뜻하고 진실한 사랑을 주셨던 시어머님.

손자 둘을 돌보면서도 좋은 것은 자식과 손자에게 먼저 주시고, 언제나 당신 몫은 빈 접시뿐인데도 배부르다 하시며 마치 가시고기 같던 우리 시어머님.

늙은 육신을 맡겨서 미안하다며 건사하기 불편하면 내 머리 잘라버리라시며 마지막 자존심까지 자식을 위해 내려놓던 욕심 없고 지혜로우신 우리 시어머님. 아버님을 먼저 보내시고도 감내하시며 오랜 세월 건강히 자리를 지켜주셨던 시어머님.

그런 어머님이 90세 생신을 지내기 위해 고향집의 셋째 아들네로 내려가셨다. 생신을 지내고 다시 모시러 간 우리에게 "살아생전 할 만큼 다 했으니 이제는 나를 고향에서 죽게 해주렴." 하시면서 우리를 따라나서지 않으셨다. 혹시라도 타지에서 어머님 장례를 치르느라 고생할 막내아들 내외를 위해주시는 속정 깊은 어머님이었다.

우리를 보낸 몇 달 뒤 어머님은 저녁을 맛있게 잡수시고 다음날 아침 91세의 일기로 별세하셨다. 세월이 지나 시어머님이 사랑으로 키워주셨던 손자들이 결혼을 하고 나도 시어머니가 되어 보니 새록새록 시어머님의 사랑을 음미하게 되었다.

며느리들 예단을 받으면서 나는 시어머님께 참으로 죄송하고 감사했다. 결혼자금을 절약하느라 예단도 제대로 하지 못했건만 한 번도 탓하지 않으셨다. 그저 고마워하시면서 손수 양말 몇 켤레를 사시고는 어른들 찾아뵐 때마다 우리 막내며느리가 준비한 거라고 체면을 세워주시던 분이었다.

내 아들 내외가 혹여 섭섭하게 하여도 그때마다 '시어머님도 우리의 철없는 행동으로 얼마나 마음이 아프셨을까?' 하는 생각이 들어 위로가 되었다. 손자를 돌보며 힘들 때도 노구를 움직여 손자를 둘이나 보살피고 키우신 시어머님을 생각하면 오히려 나의 사치스러운 감정에 나 자신을 내려놓을 수 있었다.

언제나 싫든 좋든 아낌없이 내어주시던 시어머님의 사랑을 생각하면 일찍 돌아가신 친정엄마 대신 시어머님을 보내주신 하느님께 감사드릴 뿐이다. 지금도 좋아하시던 음식을 보면 시어머님 생각이 많이 난다. 그리고 우리와 함께 살아주셨음에 감사드린다.

이제는 나보다 더 나은 두 며느리에게 감사하고 나도 우리 시어머님처럼 며느리들을 사랑할 수 있기를 기도하는 마음이다.

결혼을 앞둔 장남 태우에게

믿음직한 장남 태우 보아라.

어린애로만 생각했던 태우가 벌써 어른이 되어 한 가정을 책임지는 가장이 되었구나. 돌이켜 보면 나에게 새 생명 탄생의 기쁨을 안겨 주었고 엄마가 되게 해 준 엄마, 아빠 사랑의 결실인 넌 우리에게 참 소중한 선물이었단다. 모든 가족의 축복과 사랑속에서 무탈하게 잘 자라 직장생활 하는 엄마에게 큰 힘이 되었단다.

너에게 주어진 어려움들을 잘 극복하고 아빠의 대를 이어 금융인으로서 첫 월급을 가져다 주었을 때 정말 가슴 벅차게 기뻤고 네가 자랑스러웠다. 너와 함께 미래를 펼쳐갈 현명한 배우자를 선택하여 동생보다 먼저 결혼하게 되어 무엇보다 감사했고 혜경이가 영세를 한 후 성당에서 결혼식을 하게 되어 주님께도 감사했다.

2009년 마지막 날인 오늘, 삼성산 성지에서 기도하고 성체 조배하면서 새 며느리인 혜경이를 통한 축복의 말씀을 들었단다.

"예루살렘을 사랑하는 이들아 모두 그와 함께 기뻐하고 그를 두고 즐거워하여라. 예루살렘 때문에 애도하던 이들아 모두 그와 함께 크게 기뻐하여라. 너희가 그 위로의 품에서 젖을 빨아 배부르리라. 너희가 그 영광스러운 가슴에서 젖을 먹어 흡족해지리라. 주님께서 이렇게 말씀하신다. 보라 내가 예루살렘에 평화를 강물처럼 끌어 드리리라. 너희는 젖을 빨고 팔에 안겨 다니며 무릎 위에서 귀염을 받으리라. 어머니가 제 자식을 위로하듯 내가 너희를 위로하리라 너희가 예루살렘에서 위로를 받으리라."(이사야 66장 8~14절)

오늘 마침 한철호 신부님께서 진행하신 '신혼부부를 위한 강연'이 있었단다. 강연에서 도움이 될 내용이 있어 결혼하는 아들에게 선물하고 싶구나.

'윌라드 할리'라는 심리학 박사는 남자와 여자가 서로의 말을 잘 듣고 대화하기 위해서는 각자가 추구하는 욕구 자체가 다르다는 것을 알고 대화하는 것이 중요하다고 했단다.

· **남자가 여자에게 원하는 5가지**

첫째, 남자는 여자를 볼 때 자신의 성적 욕구가 충족되기를 바란다.

둘째, 남자는 여자에게 자신의 취미와 여가 생활을 함께하고 이해하고 지지하고 격려 받기를 원한다.

셋째, 결혼 후 마치 기차의 종착역에 다다른 사람처럼 자신을 가꾸거나 긴장하지 않고 맘 편한 아줌마로 전락하는 아내가 아닌, 늘 자신을 성장시키고 성숙의 미를 더해가는 매력적인 아내를 원한다. 그래서 할아버지가 되어서도 매력적인 여자가 지나가면 눈길을 돌리는 본성이 있다.

넷째, 내조를 잘하는 현모양처(시댁과 좋은 관계를 유지하고 음식 잘하고 살림 잘하고 자식 잘 키우는)를 원한다.

다섯째, 평강공주와 바보 온달처럼 남편을 성장시키고 존중해 주는 여자를 원한다.

· 여자가 남자에게 원하는 5가지

첫째, 여자는 남편에게 사랑스런 표현과 스킨십을 통한 애정을 원한다.

둘째, 대화를 바란다. 결론 없는 수다라도 인내심을 가지고 맞장구치며 들어주어야 한다.

셋째, 경제적으로 든든한 받침이 되어주길 바란다. 비록 맞벌이를 하여 특별한 경제적 어려움이 없다 해도 남편이 고정적 수입을 손에 쥐어 주기를 바란다.

넷째, 남편이 어떤 실수나 잘못을 했을 때 솔직하고 대범하게 부인에게 고백하여 문제를 해결해 나가기를 원한다. 어려운 일이 있을 때 혼자서 고민하고 술 먹고 고통 받다가 사고치는 것이 아니라 집에서 부인과 의논하는 가장 이상적인 방법을 바란다.

다섯째, 가사를 함께하고 아내와 휴식시간을 즐기며 대화하길 바란다.

아침에 일어나면 둘이 함께 하루를 시작하는 기도를 하렴. 서로서로 성가정을 이루기 위해 노력하며 무슨 일을 할 때는 늘 「야고보서 4장 15절」 말씀대로 "주님께서 허락하신다면 이런 일 저런 일을 해보겠으니 도와주시라."고 기도하는 것을 잊지 말도록 해라. 화가 나는 일이 있을 때는 주님께 먼저 속마음을 이야기하고 나서 상대방과 대화를 하면 조금 더 서로의 입장을 배려할 수 있을 거란다. 아무리 화가 나도 상대방의 약점으로 인신공격하지 않도록 무시하거나 비하하는 언행은 절대 금물이란 거 명심하렴. 그날 화가 난 일은 자기 전에 이불 속에서 꼭 풀고 해결해야지 몇 날 며칠을 불행하게 지내는 것은 어리석은 일이란다.

고부간의 갈등은 아들 하기 나름이라는 것을 네 아버지를 보면서 깨달았단다. 아들은 엄마의 분신이니 아들을 향한 엄마의 짝사랑을 생각하여 자주 안부를 묻는 자상한 아들이 되었으면 좋겠다. 결혼하면 아버지처럼 '효'를 근본으로 삼고 아내의 뜻을 존중하고 살아가는 가장이 되길 바란다.

우리 태우가 장남으로서 책임감을 가지고 동생을 잘 이끌면서 우리 가문의 대들보 역할을 잘해 나갈 거라고 이 엄마는 믿는다. 네가 강한 것 같으면서도 마음이 여리고 속 깊은 아들이란 것을 내가 잘 알기 때문이다. 앞으로 네가 헤쳐 나가야 할 어려움들이 생기면 엄마의 기도와 아버지의 지지를 잊지 말고 세상 어떤 장애물도 디딤돌로 딛고 나아가 하느님의 사랑받는 자녀로 모든 축복이 함께하길 기도하는 맘이다.

좋은 일, 어려운 일 모두 함께하는 가족이 있다는 것에 감사하면서 살아가자. 너를 진심으로 사랑하고, 마음 착하고 속 깊으신 친정 부모님을 닮아 지혜롭고, 경우가 바르고, 마음 씀씀이가 착하고, 아름답고, 든든한 며느리를 보게 해주어 고맙구나. 너희들의 행복한 미래를 그리며 사랑한다.

– 아들을 사랑하는 엄마가

사랑하는 아들의 첫 출근 날에

사랑하는 아들 김진우 마태오!

우리가 꿈꾸고 꿈을 이루기 위해서는 많은 시련의 시간들을 기쁘게 감내해야 함을 꽃샘추위에서 배우게 하는 쌀쌀한 아침이다.

사랑하는 막내아들 진우야!

오늘은 네가 보건 출장소에 첫 출근하는 날이구나. 아침은 따뜻하게 먹고 출근했던지? 새근새근 평화롭게 자고 있는 네 살 손자 지후를 보면서 너도 저만 했던 적이 엊그제 같은데 어느 세월에 네가 원하던 안과 전문의가 되어서 병역의무를 다하기 위해 공중보건의사로서 근무를 한다니 참 감회가 새롭구나.

네가 결혼하기 전날 너의 소지품들을 챙기면서 4학년 때 쓴 일기장을 보았더니 "나는 의사가 되어서 아픈 사람들을 돌보겠다."고 꿈을 적어 두었더구나. 부모가 원해서나 그저 공부 잘하니까 선택한 것이 아니라 네가 하고 싶은 일을 하게 되어 기쁘구나. 어릴 적부터 호기심이 많고 책을 좋아하고 늘 형 옆에서 형과 함께 뭐든 열심히 잘하던 너였단다. 한 번 "하지 마라."는 일은 하지 않았고 그 대신 자기가 옳다고 생각하면 고집스럽던 아이이기도 했어. 어릴 적 찍은 사진마다 튀는 모습으로 형들에게 지지 않으려고 애쓰던 네가 생각나는구나. 초등학교 때부터 의대 졸업 때까지 장학금을 받아와 우릴 기쁘게 해주기도 했지. 게다가 체구는 자그마해도 달리기 일등상을 형과 함께 받아 와서 할머니랑 우리는 운동회 때마다 신나기도 했단다.

의대를 졸업하면서도 차석의 영광을 차지하여 원하던 분야를 전공으로 삼게 됐으니 그 감사함, 말로 형언할 수 없었다.

할머니한테서 냄새가 심하게 나서 "어머니 목욕하셔야지요."라고 했다. 그때 "엄마. 할머니 자존심도 생각해 드려야지요." 하던 너는 참 사려깊은 아이였다. 엄마가 직장생활하느라 할머니 점심은 잘 챙겨드리지 못했는데 넌 그걸 항상 마음 아파했단다. 그런 널 보며 '의사라는 직업이 천직이구나.' 했다.

나는 군간호장교로 일반병원 수술간호사로 한방병원 간호과장에 재활병원 간호과장으로 근무하였다. 간호사를 천직으로 생각했고 간호사로서 긍지를 가지고 살아왔는데 의사 아들을 두었으니 의료계 선배로서 참 감사하기만 하다.

내가 보아온 훌륭한 의사들은 화려한 스펙이나 권위로 환자를 대하는 사람들이 아니었다. 환자들을 치료할 때 기계적으로 약을 처방하고 의료처치를 하는 것이 아니라 먼저 환자 맘을 위로하고 공감하며 가족 같은 마음으로 처방하는 분들을 통해 많은 것을 배울 수 있었다.

엄마가 간호과장으로 근무할 때 일선에 일하는 간호사들은 많은 초임 전공의나 수련기간 선생님들과 근무하면서 직업적으로 조화롭지 못할 때도 많았다. 그때마다 후배 간호사들에게 신임 의사선생님들의 부족함을 채워 주고, 간호사들이 먼저 환자를 잘 돌보는 모습을 보여드려야지 의사 선생님들의 실력을 평가하고 성격적으로 다투고 반목해선 안 된다고 늘 교육하곤 했다.

전문의가 되면 세상을 다 아는 듯 자기중심적으로 일을 처리하며 특히 간호사들을 존중하지 않은 분들도 경력이 쌓이면 변하는 모습들을 보아 왔단다.

　진우야! 본인 스스로 차츰 낮아져 겸손해지고 누구를 대하든 미소 짓고 이해 못하는 이들에겐 기다려주고 도움이 필요한 이들에겐 먼저 손 내밀며 사람의 귀천을 따지지 않고 생명을 존중하는 휴머니티한 의사 모습을 너에게서도 바란다.

　이제 전문의로서 첫걸음마를 시작하는 아들이 오랜 세월 뒤 하느님께서 주신 직업을 통해 재물을 추구하지 말고 병든 자들에게 빛이 되어 주고 천직에 충실하며 하느님을 경외하는 삶을 살게 되길, 그렇게 해서 부와 명예를 모두 곁들여 받는 보람되고 기쁜 삶을 살아가기를 기도하는 맘이란다.

　국가공무원이라는 입장으로 만나는 환자분들을 오랫동안 진료하다 보면 자칫 아랫사람 대하듯 환자분들을 진료하는 우를 범하고 그것이 습관이 될 수도 있단다.

　예수님께서 제자의 발을 씻겨 주시고 아픈 이들을 연민의 맘으로 보시며 안식일에도 병을 고쳐주신 것처럼 너 역시 내 일신 편함과 이득보다는 환자 입장에서 환자분들을 진료하길 바란다.

　네가 본 손해는 반드시 주님께서 갚아 주심을 믿고 손해 보는 삶을 살 때 남에게 베풀 수 있는 직업인 의사를 천직으로 여기고 감사의 삶을 살게 될 것이다.

　바쁜 일정에 많은 말은 못해도 늘 환자의 눈을 보고 미소 짓고 손 한번 '꾹' 잡아주고 등 한 번 만져드리는 의사가 되었으면 좋겠다.

네 월급의 조금씩이라도 떼어 꼭 가난한 이들을 위해 광명의 빛을 찾아주는 봉사하는 일을 하렴. 평생 선을 베풀고 사는 삶은 자녀 후대까지 돌보아주시는 하느님 은총을 받는다고 성경의 토빗기에 기록되어 있단다. 그렇게 하면 너희가 살아가는 모습이 복음 전파의 삶이 되어 주님을 기쁘게 해드리는 것이란다.

오늘 새벽 너를 위해 기도하면서 생각난 단상들이지만 엄마의 유언처럼 생각해 주려무나.

내 삶에 있어 우리 진우는 속상하게 하는 일 한 번 없이 모든 기쁨의 원동력이 되어 주었고 사랑스러움 그 자체였단다. 나의 자존심을 세워 주었고 나에게 화관을 씌워준 아들, 병마의 시련 중에서도 빛이 되어 손잡아 준 아들, 주님께서 주신 위로와 사랑의 선물이었단다.

너에게 천생연분이 된 로사가 함께 있어 더욱 든든하고 감사해. 엄마의 로망이었던 눈이 크고 단아하며 미소가 아름다운 우리 로사를 처음 봤을 때 연예인보다 더 예뻐 보였단다. 시간이 지남에 따라 장녀로서 타인을 배려하고 너그럽고 남의 단점보다 장점만 보며 칭찬을 아끼지 않고 털털한 성품은 부모님께 물려받은 것 같더구나. 너로 인해 인품 있는 사돈내외를 가족으로 만날 수 있었으니 이 또한 너로 인한 기쁨이구나.

아들아! 앞으로 8월에 만나게 될 우리 비오가 건강하게 잘 탄생하길 우리 모두 기도하자. 사랑해! 아들을 사랑하고 내조하는 심성

착하고 아리따운 며느리에게도 감사의 맘을 전한다. 또한 엄마 뱃속에서 자라고 있는 손자 헬시가 행복하게 잘 자라길 기도하며 이만 줄이네. 사랑과 엄마의 바람을.

　　　　　　　　　　　　　　　－ 2013. 4. 22. 아들을 사랑하는 엄마가

손자 지후가 우리 집에 처음 오던 날

　주일 아침이다. '태우가 쓰던 방에 외풍이 들어오지 않을까?' 하는 걱정에 새벽녘 태우 방에서 깜박 잠이 들었다. 에어컨 자리 때문에 약간의 웃풍을 느끼며 신혼시절부터 쓰던 병풍을 버린 것을 잠시 후회하고 있었더니 하느님께서 곧 좋은 생각을 주셨다. 멋진 그림이 있는 액자를 걸어두면 좋을 것 같아 방 정리를 시작했다.

　신랑도 언제 왔는지 오랜만에 침대에서 도란도란 대화를 통해 서로를 돌아보았다. 그러고는 반성할 것은 반성하고 회개할 것은 회개하면서, 정말 우리에게 주어진 시간 동안 사랑을 실천하며 살 수 있기를 기도했다.

　어제, 함께 투병하던 자매 한 사람이 먼저 하느님 곁으로 떠났다. 그 신랑과 아들을 위로하는 식사자리에 다녀오면서 이별의 아픔을 감당해야 하는 남은 사람들의 모습이 마음 한구석을 아프게 하였다. 그 자매가 떠나기 전 나를 보면서 "언니! 아들 장가보낸 언니가 제일 부러워요." 하고는 서럽게 울던 모습이 생각난다. 그때 내가 할 수 있는 것이라고는 군대를 다녀와 복학을 준비하는 자매의 아들 손을 꼭 잡아주는 것뿐이었다. "살아도 하느님 뜻이요 죽어도 하느님 뜻이다."라는 말씀을 되새기며 그분께 의탁하면서 오늘도 감사의 삶을 살아야 함을 새삼 느꼈다.

그런 어제가 지나고 오늘은 우리에게 생명의 소중함을 느끼게 해준 손자 지후가 오는 날이다. 나는 지후 아빠인 태우가 쓰던 방에서 지후를 맞이하고 싶었다. 이렇게 설레는 감동을 주고 기쁨을 안겨준 지후의 탄생 자체가 축복이고 하느님의 선물임을 느낀다. 이렇듯 모든 것을 손에 들고서도 한 가지 가지지 못한 장난감 때문에 떼를 쓰고 우는 아이처럼 늘 그렇게 살아가는 내 모습이 많이 부끄럽다.

사랑의 결실인 지후를 안겨준 듬직하고 속 깊은 장남과 지혜롭고 아름다운 며느리에게 감사하고, 하느님께 감사하고, 우리를 위해 기도해 주시는 모든 분들께 감사하는 마음으로 하루를 시작한다. 오늘 하루, 우리를 위해 십자가의 고통을 달게 받으시면서 사랑을 실천하셨듯이 그 사랑이 꽃피는 날이 될 수 있기를 기도하면서.

손자를 돌보며(1)

아들 부부가 정신없이 출근하는 것을 바라보며 측은한 맘으로, 지후를 잘 돌봐야겠다고 다짐해 보았다. 생명의 신비야말로 인간으로서는 도저히 만들어 낼 수 없는 창조주 하느님의 위업임을 어찌 인정치 않을 수 있으랴!

아기를 기르는 기쁨은 어떠한 보상을 치러도 아깝지 않음을, 자식 키운 엄마들이라면 다 알 것이다. 내게도 젖이 불어 돌덩이처럼 단단해지고, 건드리기만 해도 아파서 쩔쩔매다가, 새어나오는 젖에 거즈를 대고 퇴근하여 집으로 돌아오던 시절이 있었다. 서둘러 아이에게 젖을 물리고 아이가 오물거리며 세 번만 빨아주어도, 금세 말랑말랑 부드러워지던 그 느낌을 아직도 잊을 수 없다. 엄마 눈을 맞추며 생글생글 눈가에 웃음을 머금고 날 쳐다보던 태우. 그 모습이 무척이나 사랑스러워 꼭 껴안아 주고 싶어도, 잘못하면 터질 것 같아 조심조심 안아주던 아이. 그 아이가 어느새 자라 벌써 제 자식을 낳아 기르는 아비가 되었다.

지후를 사랑스러워 어찌할 줄 모르는 아들을 보면서, 자신도 그런 사랑을 받고 자랐음을 아는지 묻고 싶었다. 태우를 자신의 분신처럼 희생하며 돌보셨던 시아버님을 떠올리니 문득 "한번 가시면 돌아올 수 없는 것이 어버이다. 나중에 잘 모셔야지 하고 미루다 보면 부모는 기다려 주지 않는다."라는 증자 말씀이 생각났다.

바람이 서늘하여 지후와 산보를 나섰다. 아이는 빨간 가방을 메고 자박자박 걸어간다. 얼마나 그 모습이 사랑스러운지 모른다. 지후 외할머니와 함께 아이를 돌볼 수 있는 것도 감사하다. 조경이 잘된 관악 휴먼시아 아파트에는 갖가지 꽃이 피어 있고 나무들도 다양하다.

이렇게 손자를 돌보며 사는 것도 잠깐일 것이다. 우리 지후에게 들려주고 싶은 이야기들을 언제쯤 할 수 있을까?

- 사람은 나를 사랑으로 낳으시고 지켜주시는 하느님을 믿는 사람이 되어야 한다.
- 사람은 모든 일에 성실해야 한다. 할아버지의 생활신조가 정직·신의·성실이었다.
- 아무리 작은 일이라도 정성껏 하고 혼자 있을 때도 도리에 어긋나지 않게 행동하며, 항상 하느님과 함께해야 한다.
- 선한 사람들과 어울리고 선한 일만 듣기를 즐겨하고 선한 말만 하고 선한 뜻을 행하는 것을 좋아해야 한다.
- 말을 할 때는 상대의 눈을 부드럽게 쳐다보고 또박또박 해야 한다.
- 누구든지 잘못도 실수도 하지만 그때그때 뉘우치고 용서를 빌어야 한다. 그리고 똑같은 실수를 다시는 안 하기로 결심해야 한다.
- 사람은 남을 먼저 존중하고, 남의 어려움에 늘 측은지심과 연민의 마음으로 바라보며 기도해 주는 사람이 되어야 한다.
- 모든 것에는 때가 있으니, 그때에 맞게 행동하고 공부하여 준비된 삶을 살아야 한다.
- 내가 싫어하는 일은 남에게 시키지 말아야 하며, 남의 잘못을 보고 험담하지 말며 타산지석과 역지사지의 삶을 살아야 한다.
- 모든 것을 그리스도의 사랑으로 처리해야 한다.

'이런 모든 말들을 우리 지후가 알아들을 때까지, 내가 지후 곁에 살아 있어야 하는데…….'라는 생각이 든다.

손자를 돌보며(2)

새벽에 일어나 우유를 먹고 푹 잠들어 있는 지후 다윗의 모습이 천사와 같다.

'주님! 오늘 저에게 건강을 허락해 주시니 감사합니다. 오늘 지후를 돌보면서 제 아이들을 키워주신 시부모님께 잘못했던 일과 저희 자녀들에게 알게 모르게 잘못했던 것을 회개하오니 용서하여 주시고 손자를 더 사랑할 수 있도록 자비를 베푸소서.'

'주님! 오늘 저에게 알아차리는 통찰의 은사를 허락하소서. 우리 지후의 모든 행동과 울음과 손짓 몸짓을 잘 알아차릴 수 있는 은총 주소서.'

'주님! 제 마음대로 자녀를 바꾸려고만 했던 저를 용서하시고, 잘 자라준 저희 자녀에게 은총을 베풀어 주소서.'

아침 8시 30분에 일어나 지후가 아기식탁에 앉아 기도손을 하고는 밥을 먹기 시작한다. 제 엄마가 정성껏 만들어 놓고 간 멸치를 밥에 비벼 잘도 먹는다. 딸기 주스도 마시고 양치도 제법 한다. 아침부터 물놀이하자는 것을 다른 곳으로 관심을 돌리게 하면서 할머니 집에 가자고 하니 먼저 나들이 준비를 한다. 지후는 성격이 조금 급한 편이다. 그래서 늘 지후보다 먼저 준비하고 미리 움직여야 한다. 지후는 놀이터로 가고 싶어 했지만 할아버지 차에 태워 우리 집으로 달렸다.

아들 방을 치워두었더니 그곳에서 에어컨을 켜고 잘 놀았다. 장난감을 가지고 놀다가 제자리로 정리하는 법을 알려주면 그대로 따라한다. 주전자 컵에 물 따라 먹기, 붕어 밥 주기 등등 새로운 것을 할 때는 늘 조심스러워하는 것이 지후의 성격이다.

점심 때는 국수를 작은 입으로 오물거리면서 귀엽게 먹는다. 그 모습은 우리 두 할머니 마음을 기쁘게 한다. 오후 3시쯤에 낮잠 자는 지후와 함께 나도 한숨 잤다. 지후가 잠이 들면 세상이 다 고요하다. 오늘은 지후가 뭘 원하는지에 초점을 맞추고, 하지 말아야 할 것들은 관심을 딴 곳으로 돌려주고자 했다. 이 더위에도 아이가 짜증내지 않고 잘 웃어주어 하루 피로가 싹 가시는 듯했다.

아이를 키울 때 성모 어머니의 마음을 많이 배운다. 따뜻한 애정을 가지고 아이를 있는 그대로 지켜봐 주는 것이다. 부모의 판단과 의지 또는 지나친 보호와 친절로 간섭과 개입이 없고 질책과 훈계, 폭력과 벌이 없이 있는 그대로 지켜봐 주는 것이다. 더불어 참을성 있게 관용으로 기다리며 그대로 받아들이고, 스스로 삶의 사명을 찾도록 이끌어 주고 지원해 주는 것이다. 한 사람의 전인격과 영혼을 계발하고 성장시키는 역할을 하는 어머니는, 얼마나 중요한 존재인가! 우리 아이들에게 나는 몇 점짜리 엄마였을까?

손자를 돌보는 일은 엄마의 중요한 자리를 담당하고 있기에 참 두렵게 느껴질 때가 많다. 비록 할머니지만 알아야 되겠기에 요즘 육아 책을 다시 읽고 배우고 있다.

밋밋한 나뭇가지 복사꽃 활짝 폈네 / 이 색시 시집가면 그 집의
복덩이

밋밋한 나뭇가지 잎사귀 싱싱하네 / 이 색시 시집가면 그 가정의
복덩이

시경에 「도천」이란 시가 있다. 이 시를 지후를 주인공으로 해서
바꿔보았다.

밋밋한 나뭇가지 복사꽃 활짝 폈네 / 우리 손자 태어나니 우리 집
의 복덩이
밋밋한 나뭇가지 잎사귀 싱싱하네 / 우리 손자 총명하니 우리 가
정의 복덩이

시어머님 80세 생신날 시어머니와 우리 부부

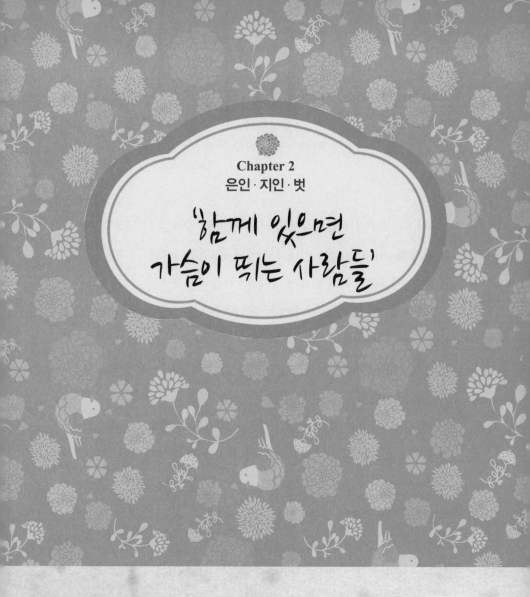

Chapter 2
은인 · 지인 · 벗

'함께 있으면 가슴이 띄는 사람들'

　나와 이 부부의 인연은 7년 전으로 거슬러 올라간다. 그날도 나는 기자의 직분으로 신문이나 잡지에 실을 만한 독특한 소재를 가진 주인공을 찾기 위해 컴퓨터 앞에 앉아 웹 서핑을 하고 있었다.

　우연히 조금은 다듬어지지 않은 돌직구형의 꾸밈없는 문장과 구절들이 눈에 들어왔다. 요즘처럼 잠깐 끓었다 곧바로 식어버리는 냄비 사랑과 이해타산을 따지는 조건부 사랑이 판치는 시대에 오랜 세월 동안 변함없이 '아내 사랑'을 부르짖는 김원수 저자였다.

　그날 이후 아이와 같은 순수한 영혼에 매료되어 '행복충전연구소' 카페에 올라오는 김원수 저자의 글에 관심을 갖게 되었으며, 사회생활에서 받은 스트레스를 저자의 단상들과 행복한 가족사진들을 보며 해소하곤 했다.

　그러던 어느 날 김원수 저자의 절박함이 담겨 있는 글이 올라왔다. 아내가 건강진단을 받다가 뒤늦게 유방암에 걸린 사실을 알게 되었다며, 유방암의 권위자들을 알려달라는 내용이었다. 암 전문병원을 찾는 애절한 글들이 하루가 멀다 하고 카페 사이트를 도배했다.

　예로부터 병은 많은 사람들에게 널리 알리라고 했다. 그의 글을 읽은 카페 회원들은 내 일처럼 나서서 병원을 소개하는 글을 올려

주었고 의사들을 앞다투어 추천했다.

　지금 다시 그 시절을 떠올리니 이 부부는 참 복도 많은 부부이다. 그들 부부를 지켜보는 카페 회원들은 김원수 저자가 기도를 부탁하는 메시지가 올라오면 너 나 할 것 없이 각자 유방암을 물리치는 기적과 완치를 갈구하는 기원의 기도를 했다. 많은 사람들의 기도가 주님께 닿았는지 그의 아내는 암을 물리친 승리자가 되었다.

　남편과 아내와 자식 그리고 신앙인으로서의 책임과 의무를 다하며 만인에게 귀감이 되는 김원수·박필령 부부! 나는 이들의 사랑과 투명할 정도로 순수한 모습에 매료되어 「참 좋은 사람들 21」이란 잡지에 이 부부의 사연을 기사화하기도 했다. 이번 자서전 『내 인생의 터닝 포인트』 발간에도 앞장서서 〈도서출판 행복에너지〉 권선복 사장님께 사랑스런 이 부부를 추천하게 되었다.

　언제나 김원수·박필령 부부를 떠올리면 잉꼬부부라는 말이 생각난다. 이 잉꼬부부가 두 손 꼭 잡고 걸어온 인생길이 생생하게 그려져 있는 『내 인생의 터닝 포인트』! 이 한 권의 책이 새 삶을 시작하는 신혼부부에게는 결혼생활의 지침서로, 권태기를 앓고 있는 구혼부부에게는 결혼생활의 해답지가 될 것을 믿어 의심치 않는다.

　그리고 두 분, 하느님의 일꾼으로 살게 될 제3인생에 대한 기대가 크며 선교사로서 주어진 역할을 멋지게 해내리라 믿습니다. 다시 한 번 『내 인생의 터닝 포인트』의 발간을 축하드리며 항상 가내 평안과 건강과 행복이 함께하기를 기원합니다.

김원수·박필령 부부 이야기는 우리 주변에서 흔히 찾아볼 수 있는 대한민국 중산층의 평범한 스토리이면서도, 흔치 않은 콘텐츠를 가지고 있다.

저자는 제1차 유류파동이 한창이던 1974년, 실업계 고등학교와 지방대학을 졸업한 후 은행원으로 출발하였다. 그리고 민주화와 산업화를 뛰어넘는 과정에서 양극화와 경제침체가 맞부딪치는 2013년에 정년퇴직하여, 제2의 인생을 꾸리면서 자신과 아내의 삶을 기록한 이야기를 출판하기에 이르렀다.

저자와 같은 은행원 출신이며 가톨릭 교우 그리고 동시대를 살아온 고교동기생으로서 비슷하면서도 다른 삶을 살아온 필자가 독자의 이해를 돕고자 한다. 우선 세 가지 점에 천착穿鑿하면 어떨까 한다.

첫째, 엘리트들의 모임으로 알려진 한국외환은행에서 일생을 보냈다는 점이다. 외환은행의 무역금융, 기업여신심사, 전산시스템 업그레이드, 신용카드 사업개시 등등 대한민국의 수출 주도와 고도 압축성장의 선봉에 선 것이다.

둘째, ROTC 장교로 근무하고 영내 결혼을 한 것이 저자의 삶에 큰 몫을 차지하고 있다. 군 복무 중 경리장교인 남편과 간호장교인 아내가 만나 33년을 살면서 두 아들을 훌륭하게 교육시키고 결혼시킨 점이다.

셋째, 마르띠노와 안젤라 부부가 독실한 가톨릭 교우로서 신앙과 일상 간의 조화를 이루며 살았다는 점이다. 특히 두 사람은 신앙의 힘으로 안젤라 씨가 와병 중에도 그 고통을 축복으로 받아들였으니 그 체험이 애절하기까지 하다.

날이 갈수록 자기 자신의 안위만을 생각하는 이 삭막한 세상에서 변함없이 자신의 직장과 가족을 사랑하고, 그 사랑의 힘으로 신앙을 공고히 다지는 삶!

어찌 보면 평범한 듯 보이지만 곰곰이 생각해 보면 이 책을 읽는 여러분 모두가 꿈꾸는 삶이 아닐까 싶다. 이 부부가 잔잔하게 써 내려간 일상의 이야기들 속에 '행복'이 빛을 발하는 이유가 거기에 있다.

아무쪼록 이 책 『내 인생의 터닝 포인트』 출간을 계기로 김원수 부부와 가족이 더욱 서로 믿고 사랑하며, 우리 이웃의 행복 바이러스 전도사가 되기를 기원한다.

끝으로 정년퇴직을 하고서도 제2의 인생을 누구보다 열심히 살아가고 있는 친구 부부에게 아낌없는 찬사와 박수를 보낸다.

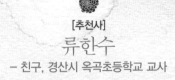

이 책 『내 인생의 터닝 포인트』에는 '암을 극복한 부부가 함께 쓰는 자서전'이라는 소제목이 달려 있다. 책 제목만 보아도 누구와 더불어 최선을 다하는 삶을 살아왔는지 짐작할 수 있다. 책 차례만 훑어보아도 가족 간의 잔잔한 정이 살아 움직이는 듯하고, 우리가 되새겨야 할 교훈적인 내용들이 질서정연하게 담겨 있다. 또한 나 스스로도 살아온 날을 뒤돌아보게 만드는 숙연함까지 느끼게 해준다.

저자와의 인연은 1970년대 국가공무원으로 첫 직장생활을 하면서 시작되었다. 타향이라 여러 가지로 낯설고 외로웠는데 살뜰하게 도와주고 친구가 되어주었다. 그리고 더욱 고마운 것은 친구의 중고등학교 모임인 '청우회'에 가입시켜주어, 오랜 세월이 지난 지금까지도 내게는 정말 소중한 친구들과 인연을 맺게 해주었다. 지금은 서로가 멀리 떨어져 살고 있지만, 변함없는 우정으로 서로를 걱정하며 좋은 이야기와 충고를 해주면서 지내고 있다.

저자는 여러 면에서 도저히 흉내 낼 수 없을 만큼 다양한 재주와 능력을 갖춘 사람이다. 인연을 소중히 여기며 따스한 정을 표현할 줄 아는 인간미 넘치는 사람이다. 이 책 속에도 저자의 그런 매력과 장점들이 그대로 드러나 있다.

그중 첫 번째가 아내에 대한 지극한 사랑이다. 아내에게 늘 감사하고 고마움을 표현하는 그의 진실한 모습을 엿볼 수 있다. '당신을 만난 것은 나에게는 신의 축복이었고, 신이 주신 가장 큰 선물'이라고 지금도 생각하며, '당신은 나의 운명'이라고 자랑스럽게 표현하는 사람이다. 누구나 결혼하고 배우자와 더불어 가정을 꾸리지만, 저자만큼 부부애가 넘쳐나는 가정은 드물 것이다. 특히 아내가 암에 걸려 수술을 받고 치유하는 과정에서 저자가 아내에게 쏟는 정情은 우리에게 감동을 주기에 충분하다.

그 다음은 자식에 대한 사랑이다. 자식 교육에 최선을 다하고 귀감이 되는 아버지의 모습을 엿볼 수 있다. 자식이 어릴 때부터 교훈이 될 만한 글귀를 익히고 실천하게 함으로써 올바르게 성장하도록 힘썼으며 자식이 커가면서도 쉼 없이 좋은 글을 주고받으며 인생의 나침반이 되어주었다. 그 결과 아들 둘을 남부럽지 않게 길러냈다.

꼭 위대한 사람들의 자서전에서만 교훈을 얻고 감동을 받는 것은 아니다. 오히려 우리처럼 평범한 소시민의 생활수기를 통하여 더 진한 감동과 삶의 교훈을 얻을 수도 있다.

『내 인생의 터닝 포인트』가 바로 그렇다. 자식으로서 부모로서 배우자로서 사회인으로서 성실하게 엮어온 부부의 삶의 여정이, 이 한 권의 책에 녹아들어 있다. 한 부부의 진솔하고 올곧은 인생을 엿봄으로써, 나뿐만 아니라 이 책을 읽는 이들 역시 공감하고 배울 점이 많으리란 생각으로 일독을 권한다.

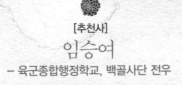

내게는 오래된 벗이 한 명 있다. 입영열차 안에서 처음 만나 4개월간 한 내무반에서 생사고락을 나누었고 같은 부대에 배치 받아 함께 근무했던 전우이기도 하다.

부산 촌놈인 내가 보기에도 녀석은 타의 추종을 불허하리만큼 시골스러운 말투와 외모를 지닌 돌쇠 스타일이었다. 미안한 말이지만 이제껏 친구에게 어느 것 하나 세련되거나 재주가 있다고 느껴본 적이 없다. 술을 잘 마시거나 골프를 잘 치지도 못한다. 그럼에도 모임에 나가면 그가 왔는지 두리번거린다. 성실성, 배려심, 편안함이 느껴지기 때문이다. 그런데 요즘 보니 이 친구가 확실히 팔불출이다. 시도때도없는 자식과 아내 자랑은 물론, 집안 대소사까지 비디오 찍듯 카카오톡으로 중계방송을 한다. 그렇지만 이제는 나도 매일 배달되는 친구의 문자에 길들여졌다고나 할까. 어느덧 팔불출의 글을 읽는 것으로 나의 하루가 시작되고 활력을 얻게 되었다.

초등학교 시절 방학숙제 중 제일 힘든 것은 일기쓰기였다. 도대체 쓸 만한 사건이랄 게 없어 일기로 쓰기 위해 일부러 착한 일도 하고 어머니 심부름도 했던 기억이 난다. 그런데 친구 부부의 자서

전인『내 인생의 터닝 포인트』를 읽다 보니, 친구가 평생 착하게 성실하게 적극적으로 살아왔던 모습이 그대로 그려진다. 일기쓰기 숙제를 위해 한 달을 착하고 알차게 보내는 것도 큰 효과를 볼진대, 한 달이 아니라 평생을 착하고 성실하게 적극적으로 살았다면 그동안 쌓인 내공도 만만치 않을 것이다. 때문에 소박하고 소탈한 그의 글이 오히려 진국 같은 느낌이 든다. 없는 집안의 자식으로 태어나 은행지점장으로 정년퇴직을 하였고 자식들을 훌륭하게 키워 분가시켰다면 보통사람에게는 꿈을 이룬 성공인으로 여겨질 것이다. 친구의 인생을 담은 이 책은 그런 면에서 꼭 탁월한 사람만이 성공하는 건 아니라는 사실을 일깨워 준 훌륭한 사례가 아닐 수 없다.

보통사람의 인간승리 방정식을 나는『내 인생의 터닝 포인트』를 통해 알 수 있을 것이라고 장담한다. 이 책에는 특별한 사람의 특별한 얘기가 들어 있지 않다. 대신 평범한 사람의 평범하지만, 진솔하게 사랑하고 치열하게 부딪치며 살아온 삶의 이야기가 실려 있다.

이 책을 읽고 난 뒤 '나도 나중에 자서전 한번 써봐?'라고 결심한다면 당신은 이미 축복받은 사람이다. 앞으로 자서전 내용을 채우기 위해서라도 훌륭한 삶을 살게 될 것이고 그 결과 성공인이 되어 있을 것이기 때문이다. 그리고 실제로 자신이 살아온 궤적을 자서전으로 엮어낸다면, 그야말로 금상첨화가 아니겠는가.

"자세히 보아야 예쁘다./오래 보아야 사랑스럽다./너도 그렇다."

내 친구 김원수가 딱 그렇다! 나태주 시인의「풀꽃」처럼.

그를 바라보면 순수함을 느낀다. 그 순수함이 많은 이들에게 조용한 위안이 되고 있다. 우리의 삶속에 그러한 순수함이 넘친다면 가정과 사회의 모든 면이 회복되고 삶이 풍요해지리라 생각한다.

그는 사랑이 넘친다. 누구보다 자기 자신을 사랑한다. 그러기에 자기 자신을 위하여 끊임없는 노력을 하고 있다. 그 사랑으로 그는 아내의 삶을 건강한 모습으로 새롭게 바꾸었다. 그러한 사랑이 이 사회에 바이러스처럼 퍼지길 기대해 본다.

그는 열정이 넘친다. 특유의 부지런함으로 입으로 전달하기 어려운 마음속의 이야기를 글로 꺼내어 주위의 많은 이들에게 전달해 주고 있다. 그 글이 모든 이들에게 위안이 되고 격려가 되고 있다. 과거에 그랬듯이 앞으로도 그 열정은 지속되리라 확신한다. 세상을 바꿀 수는 없어도 자기 자신은 바꾸고 싶다는 그의 열정을 나는 사랑한다.

그는 도전의 삶을 살고 있다. 모두 일을 놓고 있는 그 나이에 그는 새로움에 대한 도전을 하고 있다. 진정 아름다운 도전이다. 그의 도전은 주위의 모든 이들에게 용기를 주고 희망을 준다. 아마도 그의 도전은 삶이 지속되는 한 계속되리라 확신한다. 새로운 삶에 대해 끊임없이 도전 중인 그의 마음을 진정 사랑한다.

이러한 친구가 아내와 함께 자서전을 내었다. 처음에는 이 시점에 무슨 자서전이냐는 생각도 들었지만 기쁨에 넘쳐 살아온 지나온 이야기를 많은 이들과 공유하고 싶은 마음이라 생각했다. 진정 그의 삶을 응원하고 격려하는 마음으로 또다시 새롭게 시작되는 그의 삶을 지켜보려 한다.

모쪼록 이 책 『내 인생의 터닝 포인트』가 묵묵히 자신의 삶을 살아가는 평범한 소시민들에게, 꿈과 희망의 자양분이 되기를 희망한다.

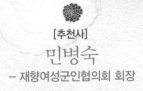

40년 친구 박필령·김원수 부부 이야기는 국군간호사관학교 동기들 사이에서는 이미 널리 알려진 이야기입니다. 어떤 부부보다 잉꼬부부이고 부모님께는 대단한 효자효부였으며, 자식들에게는 지극히 정성스러운 부모입니다. 요즘 말로 '아내바보, 남편바보, 자식바보'입니다. 또한 주변 지인들에게는 배려가 넘치는 부부입니다. 거기에 신앙이 신실한 가톨릭 신자이기도 합니다.

저희 동기들뿐만 아니라 간호장교 선후배들의 대부분이 저자 부부의 대단함을 알고 있고, 암 투병 중에도 순애보적인 간호를 해준 남편이야기로 유명합니다.

가족을 비롯한 많은 선후배와 동기들이 친구의 회복을 위해 기도하고 기원했습니다. SNS와 카페의 글을 통해 간절하게 아내의 쾌유를 기도해 달라며 마음을 모으던 남편의 정성을 지금도 생생히 기억합니다. 특히 아내의 직장생활에 대한 남편의 배려와 외조는 단연 으뜸입니다. 아내의 동기들 행사에 늘 참석하여 축하해 줄 뿐만 아니라 기꺼이 사진촬영까지 해주던 모습도 잊을 수 없습니다.

박필령 동기는 사관학교 생도 시절과 군 근무 중 리더십이 뛰어났고, 업무역량이 출중했으며 추진력도 대단했습니다. 군문을 떠난 후에도 여러 군데의 민간 병원으로부터 스카우트 제의를 받았고, 일단 근무를 시작하면 책임감이 대단해 어려운 근무환경을 쇄신하고 상사로부터 크게 신뢰받는 사람이었습니다. 어쩌면 이러한 완벽함을 추구하는 성격 때문에 근무 스트레스를 받아 유방암이 왔을지도 모르겠다는 생각을 했습니다.

이제 이 모든 것들의 결정체로 부부의 인생이 한곳에 응축된 자서전 『내 인생의 터닝 포인트』를 출간하게 되었으니 저자의 주변인들 모두가 공감하고 감명받으리라 자신합니다. 실제로 본인들의 소소한 일상과 삶을 진솔하고 가감 없이 표현하고 있는데 책장을 한 장씩 넘길 때마다 새삼 귀감이 되는 부부라는 생각이 듭니다. 어떤 부부가 이만한 고통 속에서도 축복 같은 삶을 살 수 있을는지요. 요즘처럼 핵가족 제도마저 무너지고 있는 이 시대에 참으로 롤 모델이 되는 가정입니다.

저자를 모르는 분들께서도 암을 극복한 부부가 함께 쓴 이 책을 읽는다면 감동을 받음과 동시에 현재의 자신을 돌아보고 주변인들에게도 추천하고 싶은 책이 되리라 믿습니다. 아울러 이 평범하면서도 훌륭한 부부의 자서전을 통하여 더 많은 이들이 가정과 가족의 소중함을 깨달아 세상에 행복한 가정이 늘어나고 서로를 배려하는 사회가 되었으면 좋겠습니다.

끝으로 『내 인생의 터닝 포인트』가 사람들의 가슴에서 가슴으로 전해지는 진정한 베스트셀러가 되기를 기원합니다.

내게 큰 영향을 끼친 은사님

자신에게 긍정적인 영향을 끼친 은사님들을 많이 알고 있다면, 그것은 무척 큰 축복이다. 그들의 언행과 글을 보면서 자신도 모르는 사이에 좋은 영향을 받는 것이다.

며칠 전 큰형님의 별세로 2박 3일간 조카, 질부들과 함께할 기회가 있었다. 그때 오랜 세월 동안 삼촌인 내가 조카들과 질부들에게 상당한 영향을 주었음을 느꼈다. 고인이 비非신앙인이었지만 막내 조카 부부의 주선으로 전 가족이 연도煉禱를 함께하는 등, 부모 형제를 생각하고 배려하는 마음으로 장례를 잘 치를 수 있었음에 감사했다.

마침 9월 중순 출간예정인 『내 인생의 터닝 포인트』를 구입해서 보겠다고 했다. 기분도 좋았지만 나도 모르게 영향을 주었음에 많이 놀랐다.

나에게도 지금까지 큰 영향을 끼친 은사님들이 있다.

대학시절의 멘토였던 교수님들이 생각났다. 대학 선배님이시며 재무처장, 경영대학장, 대학원장, 산업경영연구소장 등 여러 보직을 두루 거치시고 모교의 발전과 제자들을 위하여 헌신하신 이병찬 교수님이시다.

다음 달에 정년퇴직을 하신다고 들었다. 내가 재학 중일 때는 생산관리를 강의하셨는데 독실한 크리스천으로서 닮고 싶은 은사님이시다. 당시 신앙이 없던 내가 교회를 종종 찾았던 것도 이병찬 교수님의 모습을 본받고 싶어서였다. 2001년 대구 만촌동 지점장으로 부임했을 때 이 교수님께 인사를 드리러 갔었다. 그때 산업경영연구소장 보직을 함께 맡고 계셨는데 제자인 나를 생각하여 외환은행 만촌동 지점에 거액을 예치해 주셨다. 얼마나 고마웠던지 그때 마음을 잊지 않고 있다. 지금도 카톡으로 안부와 말씀 묵상 글을 올린다.

또 한 분은 대학 선배님으로 독일에 유학을 가신 후 도시개발 박사학위를 취득하시고 공대학장을 하셨고 지금도 동창회장을 지내시는 김정환 부총장님이시다. 부총장님께는 우리 외환은행 후배들과 함께 저녁식사 자리를 마련하여 감사의 꽃다발을 드린 적이 있다. 그 후부터 현재까지 종종 안부를 올리며 찾아뵙기도 한다.

시카고대학 박사이신 조봉진 교수님도 계신다. 교수님은 마케팅을 가르치셨는데 그 당시에는 생소했지만 정작 사회에 나와서는 많은 도움이 되었던 과목이다. 내가 대구에 첫 지점장으로 가서 인사를 드릴 때, 모교 후배들에게 특강할 기회를 주셨다. 그때 경영대학 수백 명의 후배들에게 '꿈은 이루어진다.'라는 주제로 한 시간 동안 특강을 하였고, 그 뒤에도 모교뿐 아니라 영남대학교와 대구대학교의 졸업생을 대상으로 한 취업 특강을 했다. 조봉진 교수님은 내게 강의할 수 있는 기회를 마련해 주신 잊을 수 없는 분이다. 지난해 정년퇴직을 하시고, 지금은 명예교수로 모교 후학을 위해 봉사하고 계신다.

또 고교 선배님이기도 한 정기숙 교수님은 내가 대학 재학 때 재무처장과 경영대학 학장을 하셨는데 공인회계사로 회계학을 강의하셨다. 대구 지점장으로 있을 때는 두어 번 중식을 모시며 찾아뵈었지만 아쉽게도 최근에는 연락이 닿지 않고 있다.

1978년 대학을 졸업했을 때 총장님으로 계셨던 신일희 초대 총장님 역시 훌륭하신 분이다. 비행기 좌석도 언제나 일반석을 이용할 정도로 근검절약이 몸에 밴 분이셨다. 총장님 또한 학교예금 상당액을 외환은행 만촌동 지점에 예치해 주셨는데 늘 모교 출신 동문들을 생각해 주시는 분으로 내게도 큰 힘이 되었다. 누구보다 동문에 대한 애정이 각별하신 분이다. 최근에 안부 인사를 여쭙지 못해 송구스러울 뿐이다.

내 졸업논문 지도교수님이셨고 나중에 서강대학으로 옮기신 이남주 교수님과 김남현 교수님 역시 무척 존경하는 은사님들이신데 연락을 안 한 지가 오래되어 안부가 궁금하다. 찾아뵙지 못해 죄송하지만 늘 건강하고 행복하게 지내시길 기도드린다.

신세 진 초등친구들

"친구야, 보고 싶네. 오랜만에 초친들 얼굴 한번 볼까? 오늘 저녁 6시 반~8시, 형편 되면 범어 네거리 '울진횟집'이나 '남원추어탕' 중에서 친구가 좋아하는 메뉴로 석식을 할 수 있는지? 내가 대접할게. 병윤, 현옥이, 윤예, 위채, 옥희, 덕훈이 모두 내가 대구에서 신세 많이 진 친구들이네. 나는 지난 3월 31일자로 완전히 퇴직했어. 30년여 무사히 만기 제대해서 자축 겸하여 밥 한번 사고자 한다. 오늘 밤은 어머니 제사라 8시 반경에는 영천으로 가야 해! 참석 가능 여부와 원하는 식당을 회신 주길! 초친들 어려우면 다른 친구들 만나고자 한다. 서울에서 원수가."

2001년 내가 대구로 지점장 승진 발령을 받고 나서부터 연락을 해 만나고 있는 초등학교 친구들이다. 나는 1978년 2월 대구를 떠났는데 거의 23년 만에 금의환향을 할 수 있었다. 그전에도 문자나 전화로 가끔 연락했지만 거리가 멀어 만날 엄두는 내지 못했었다. 그러다가 내가 승진하여 만촌동 지점장으로 갔으니 대구에서 중고등학교와 대학 10년을 보냈던 나로서는 더할 수 없이 기쁜 일이었다.

순수할 때 만났던 친구들인 만큼 마치 죽었던 친구를 다시 만난 듯 크게 환영해 주었고, 형편 되는 대로 종종 만나 식사를 하거나 차를 마시곤 했다. 친구들 모두 나에게 조금이라도 도움을 주고자 발 벗고 나섰다. 그때의 고마움을 아직도 잊을 수 없다.

2004년 3월, 3년간의 보직을 끝내고 인천 가좌동 지점장으로 옮겼다. 그 후부터는 1년에 한두 번 동기회 정도만 참석했는데, 그래도 꾸준히 문자로 안부는 전했다. 지금은 경조사 등의 집안 일이 있을 때만 만나게 되는 바람에 모처럼 얼굴들도 볼 겸 위와 같이 석식 데이트를 제의한 것이다.

고맙게도 내 어머니가 별세하셨을 때 초친들 대부분이 빈소에 와서 위로해 주었다. 그 뒤 두 아들 결혼식을 서울에서 했음에도 불구하고 직접들 와서 축하를 해주었다. 그동안 내가 내 앞길만 생각하는 이기적인 마음에 너무 무심했던 것 같다.

순수했던 유년기에 맺어진 학연으로 수십 년이 지난 후에도 그 만남을 소중하게 생각하는 초친들! 마음속으로 늘 그립고 보고 싶다.

33년 만에 초등 3, 4학년 2년간 담임선생님을 하신 은사님을 영천에서 쉬고 계실 때 초등친구들과 함께 방문한 적이 있다. 선생님은 복직 후 포항에서 몇 년 더 근무하시다가, 지금은 은퇴하셔서 외아들과 딸들이 사는 서울로 옮기셨다. 지난해에는 서울 사는 초등친구들 몇 명과 은사님과 함께 여의도에서 식사를 했다. 서울에 계신데도 생각보다 자주 찾아뵙지 못해 송구스러운 마음이다. 다음 달 스승의 날만큼은 친구들과 함께 꼭 찾아뵐 생각이다.

나는 초등시절 6년간을 산길을 걸어 덕곡재를 넘어 다녔다. 약 4km 정도 되었으니 매일 7~8km는 족히 걷기운동을 한 셈이다. 지금은 버스가 다니지만 그 당시는 도보 이외의 교통수단이 없었다. 그 덕에 내 두 다리가 아직도 튼튼하고 건강하다.

유년 시절의 추억을 가득 담고 있는 초친들, 오늘 저녁에 만나 밥이라도 한번 대접하고 고마움을 전하고 싶다. 늘 건강하고 행복하길 빌어본다.

감사와 기쁨의 원천

나는 새벽에 눈을 뜨면 기쁘다. 숙면을 취하고 일찍 일어난 새벽은 생각들을 정리할 수 있고 책도 읽고 성경도 읽고 카톡으로 보내온 좋은 글이나 영상도 차근차근 음미할 수 있어 참 좋고 행복한 시간이다.

어제는 교우 한 분이 보내주신 〈강연 100도씨〉 김희아 편을 보고 무척 큰 감동을 받았다. '세상에 저렇게 힘든 장애를 극복해 냈다니!'
그녀를 사랑하는 남편의 순애보적인 사랑, 딸에게서 엄마를 느낀 심정, 보육원장의 훌륭함, 시아버지의 말 한마디, 우리 엄마는 엄마가 없어 불쌍하다는 딸의 애틋한 마음 등등. 가족 간의 사랑을 느끼면서 자신의 장애를 극복한 그녀의 인생역전이 다름 아닌 '생각 바꾸기'였음을 깨달으며 나는 감동, 감격, 감사했다.

오늘 새벽에 카톡을 보니 또 몇 편의 좋은 글과 영상이 올라와 있다. 나에게는 이렇게 묵상자료를 자주 보내주시는 몇 분의 인생 멘토가 계신다.

1978년에 초등군사반의 교관이셨던 ROTC 9년 오연근 선배님. 그는 아직도 몇 개의 명함을 가지고 사회활동도 왕성하게 하고 있다. 또 다른 멘토는 내가 대구상고에서 대학 진학을 할 수 있게 내 인생의 터닝 포인트를 만들어 주신 고교 10년 정덕진 선배님과 박장묵 외당숙님이다.

정 선배님은 효성그룹에서 오랫동안 직장생활 후 울산에서 사업을 하셨고 내가 대구에서 지점장으로 재직할 때 찾아뵙고 인사드렸다. 최근에는 연락을 못 드렸지만 하시는 일마다 잘되고 건강하고 행복하길 빈다. 외당숙께서는 대구에서 중견기업의 오너로 자수성가 하신 분이시고 나와 가톨릭 종교도 같다. 지금도 매일 카톡으로 정보교환을 하는 열정적이신 분으로 나의 멘토이시다.

또한 띠 동갑이면서 모교 계명대학 12년 지부길 선배님도 종종 응원과 기도의 글로 힘을 주신다. 선배님은 대기업의 임원과 마산의 공장장으로 재직하시고 은퇴하셨고 지금은 마산의 진동 바닷가에서 생활하신다. 재작년에 우리 부부가 방문을 하였다. 지부길 선배님은 우리 두 아들 혼배식에 원거리임에도 직접 오셔 축복해주셨고 결혼식을 동영상으로 촬영하여 감동을 주셨다. 그뿐만 아니라 평소에도 늘 기도로 내 아내에게 힘을 주시고 전화나 말씀문자로 격려를 해주신다. 몇 분의 멘토님들 모두가 내게는 그저 고맙고 감사한 분들이시다.

오늘 새벽미사 후 마을 버스를 타고 귀가하면서 평소 지향하던 소망들 위주로 묵주기도를 한 내용들이다.

첫째는 중용이다. 어제는 말복이라 멘토 중의 한 분이신 집안 어르신 김연석 아제 내외분과 우리 가족이 모여 석식을 했다. 그때 어르신께서 들려주신 말씀이 가슴에 남았다. 당신도 젊었을 때 큰 아픔을 겪었지만 모든 욕심과 자존심을 내려놓았을 때 가장 편안해졌다는 말씀이었다. 나를 포함해 모든 사람에게 해당되는 말 같았다.

당신은 사관학교를 졸업하고 장교로 임관되었지만 애석하게도 목표를 달성하지 못하고 전역을 해야만 했다. 그 후 취업을 하고 새로운 출발을 하면서 비로소 대인관계법을 터득하게 되었고, 예스맨이 되어서도 반대의견을 기술하는 방법을 깨달았다는 것이다. 현재 역시 칠순이 다 되셨는데도 한 분야의 최고 직위에서 정년퇴직을 하고 다시 외국인회사에서 고문으로 일하고 계신다. 이 모든 것이 젊었을 때 깨닫게 된 중용의 자세 덕분이고, 그 때문에 오늘날 어느 누구도 부럽지 않은 노후를 보낼 수 있다는 말씀이었다.

나는 다시 한 번 크렘린 같은 과묵함과 흑백논리보다는 중용의 자세가 절실하다는 생각과 중용이야말로 내가 앞으로 실천해 나가야 할 덕목이라는 생각이 들었다.

둘째는 자유로움이다. 참 자유는 자신의 권리에 앞서 의무를 다 이행한 후에야 느낄 수 있는 것임을 잊지 말아야겠다. 가장으로서 남편으로서 아버지로서 자식으로서 주어진 역할을 늘 완벽하게 수행할 수는 없겠지만, 그래도 일반적인 기준에 도달할 수 있도록 최선을 다해야겠다. 진정한 자유를 위해서 주어진 본분을 다하는 나날이 되기를 기도해 본다.

더불어 언제나 응원의 글과 말씀으로 내게 힘을 주는 지인들이야말로 내 감사와 기쁨의 원천임을 깨닫는다. 그들에게도 내가 힘과 용기를 줄 수 있는 사람이 되기를 기도한다.

친구와 벗의 차이

내가 '친구'가 많다고 말하는 것은 엄밀히 따지면 잘못된 표현이다. 내가 '벗'이 많다고 한다면 몰라도…….

사전적 의미에서 '친구'란 오래도록 친하게 사귀어 온 사람이고 '벗'이란 마음이 통하여 가깝게 사귀는 사람이다. 통상적으로 친구와 벗을 같은 의미에서 사용하고 있으나 다소 다르다. 다시 말하면 친구는 오래된 벗이라 할 수 있다.

오늘 새벽, 나의 친구들을 생각해 볼 기회가 있었다. 속에 두고 혼자만 알고 있기 힘든 일들이 생길 때면 저절로 친구들이 떠오른다. 특히 고민이 있을 때 허심탄회하게 의논할 수 있는 것이 친구이다. 한마디로 무슨 내용이나 주제이든 한쪽이 이야기를 하면 다른 한쪽은 듣고, 공감이 안 가더라도 적어도 이해는 할 수 있어야 한다.

친구요 분신 같은 아내가 있지만 때로는 아내 이외의 친구도 필요하다. 그래서 수십 년간 친구들과 좋은 관계를 유지하기 위해 노력해 왔다. 특별한 경우에는 아내에게 말하지 못할 사안도 있는 것이다.

내가 생각해 본 친구는 이상과 같이 무슨 내용이든 마음 편히 이야기할 수 있는 사람이다. 자기의 자존심을 생각하지 않고 무슨 이야기든지 속내를 말할 수 있어야 하고, 그 말을 경청할 줄 알아야 진짜 친구이다. 친구의 말이 듣기 싫다고 처음부터 듣지 않으려는 친구는 일단 아니라고 생각한다.

다음으로 늘 그리움이 있어야 하고, 만나면 서로 좋고 편안해야 한다. 만나서 불편함이 더 크다면 그것 또한 참 친구가 아니라고 생각한다.

건전한 사고방식이나 생활수준이 비슷하면 더 좋다. 같은 방향을 바라보고 종교와 취미까지 같으면 금상첨화인데 유감스럽게도 나와 같은 종교를 갖고 있는 친구는 많지 않다. 그렇지만 서로의 종교와 취미를 인정하고 존중하면 문제가 되지 않는다.

또 오랜 세월이 지나면서 친구의 환경과 장단점 등을 속속들이 잘 알고 이해하는 것이 친구이다. 부모형제와 부부간 등 가족들까지도 종종 만나는 친구라면 더 좋다. 그래서 오랫동안 사귀어 온 사람을 친구라고 정의하는 것이다.

물론 형제간과 오랜 친구도 의견이 다를 때가 자주 있다. 내 생각만 옳다고 주장한다면 분열이 있지만 각자의 가치관과 삶이 다름을 인정하고 이해한다면 그 우정은 지속된다. 서로의 살아가는 방식과 기준이 달라도 그것을 뛰어넘을 수 있는 관용과 우정이 있다면 친구인 것이다. 특히 서로 자존심을 세우면서 '내가 너보다 낫다.'라고 생각한다면 친구라 할 수 없다.

참으로 다행스럽게도 자신의 소신을 지키되 친구의 말을 경청하고 이해해 주는 친구가 내게는 있다. 내 친구도 그렇게 생각하는지는 모르지만 내가 그를 진정한 친구로 생각한다면 내게는 그런 친구가 있는 것이다. 어제 만난 친구들이 바로 그런 친구들이다.

1973년 고3 때 같은 반이었던 인연으로 순수한 우정을 영원히 간직하자며 졸업하기 전에 모임을 결성했다. 그리고 이름을 대나무같이 푸름과 곧음으로 우정 변치 말고 죽을 때까지 친구여야 한다는 뜻의 '죽우회竹友會'로 지었다.

졸업 후 나와 한 친구는 대구에 남고, 다른 한 친구는 부산으로 나머지 친구들은 서울로 떠났다. 성실한 친구들이었기에 취업을 하고서도 대부분이 대학에 진학하였다. 나 역시 그 당시 대구에서 2년간 주경야독을 하며 공부에 매진했었다.

그 후 각자 주어진 삶에 최선을 다해 살았지만 40년이 지난 현재는 처지가 다소 다르다. 생활이 넉넉지 않은 친구부터 상류층까지 두루두루 분포되어 있다. 친구들을 보면서 가끔씩 어디에서부터 사람의 길이 갈리는 것일까 하는 의문이 든다.

어쨌든 모든 친구가 다 모이지는 못했지만, 함께한 친구들끼리 소주와 맥주를 주거니 받거니 하면서 그동안 소원했던 마음을 풀었다. 오랜 세월을 함께해 온 우정이었기에 만나서 얘기를 나누는 것만으로도 서로의 입장을 이해할 수 있었다. 살면서 때로는 한 잔의 술과 대화가 필요한 법이다. 내 오랜 친구들의 모임인 부산의 이동찬, 대구의 정한구, 서울의 이완식, 정원국, 이병길, 윤종만, 권오성, 서병오 그리고 요즘 나오지 않는 이광석 장군, 미국으로 이민간 안영덕 친구 '죽우회'의 우정이 영원하기를!

어느새 35년이란 세월이

오늘은 35년 만에 초군반 과정에서 만났던 교관들과 ROTC 선후배님들과의 반가운 자리를 가진 날이다. 잠시라고 생각했는데 눈깜짝할 사이에 35년이란 시간이 훌쩍 흘러버렸다. 버나드 쇼의 묘비명 "우물쭈물하다 내 이럴 줄 알았다."라는 말이 생각나서 긴장하게 한다.

모임 자리에 가기 전까지 '한번 만나고 싶은데 어떻게 만나지?' 했던 사람들이 참 많았다. 그중 한 사람이 초우회 회장 강영철 경리장교 예비역 대령이다. 지금은 만기 전역하고 농협중앙회 지점장으로 특채되어 사회활동을 하고 있다. 겸손 그 자체로 배울 게 무척많은 동기다.

또 한 사람은 35년 만에 만나게 된 교관임과 동시에 오연근 선배님이다. 많은 시간이 흘렀지만 예전과 크게 변한 것 없이 늘 미소띤 여유로운 표정이다. 70을 바라보는 나이에도 청년 같은 모습이었다. 선배님은 늘 남을 위해 살겠다는 생각으로 살다 보니 그렇게 바쁠 수가 없다고 했다. 지금은 제대군인협의회 상근부회장 이외에 여러 분야의 다양한 직책에서 활동 중이라고 한다.

바쁨이 바쁨을 가져온다고 했는데 나는 지금까지 세상을 살면서 이렇게 바쁜 선배님은 처음 보았다. 식사 도중에 주고받은 전화만 해도 10통이 넘었다. 지금까지 많이 받고 살아왔으니 앞으로는 남을 위해 살아야 한다면서 인생은 70부터라고 말씀하시는 선배님을 뵈니 왠지 나 자신이 초라하게 느껴졌다. 선배님은 나를 두고 가진 것이 많은 사람, 많이 내려놓아야 할 사람이라고 했다. 그러면서 모든 것을 감사하게 생각하고 자신에게 있는 것을 나눠주며 사는 게 지혜로운 삶이라 강조하셨다.

오늘 만난 우리 세 사람은 곧바로 의기투합했고 만날 수 있을 때 많이 만나자는 생각으로 다음에는 부부동반으로 다시 만날 것을 약속하며 아쉬운 작별을 했다.

오랜 세월을 뛰어넘어 다시 만나게 된 선배님과 동기를 통해서 많은 깨우침을 받은 날이었고, 종교는 서로 달라도 종교를 초월하는 우정과 사랑을 느낀 날이었다.

그러고 보니 오래전부터 알고 지내던 지인들의 안부도 궁금해졌다.

새벽에 카톡 그룹방에 올라왔던 임승여 전우의 글이 생각났다. 3, 4년 동안 사업을 한답시고 별의별 경험과 시련을 다 겪는 바람에 안부도 제대로 못 전해 미안하다면서 누추하지만 먹고 자는 것은 책임질 테니 언제든 부산 다대포로 놀러오라는 초대의 글이었다.

그와 나는 78년 2월 28일, 같은 통일호 열차를 타고 와 서울역에서 더블백을 멘 채로 처음 만났다. 약 4개월간 성남의 종합행정학교에서 초등군사반의 교육받으며 한 내무반에서 숙식을 하였고, 수료 후에는 같은 전방의 백골사단에 그는 헌병장교로 나는 경리장교로 배치되었다. 게다가 사단신병교육대에서도 또 일주일을 합숙하며 지낸 인연 깊은 전우였다.

2년 후 그는 서울 지역으로 전출을 갔고 나는 경기도 5공병여단 경리실장과 5군단 자금장교로 복무 후에 전역을 하였다. 전역과 동시에 나는 외환은행에서 82년 8월부터 30년 이상을 보냈고, 그는 학식과 덕을 겸비한 인재로 삼성그룹과 다른 동부증권에서 임원까지 지내다가 몇 년 전 고향인 부산으로 내려가 사업을 시작하였다.

내가 최고경영자 연수 중 국내투어를 하면서 그의 부산 사업장을 방문한 적이 있었다. 중식을 하며 대화를 나누다가 그로부터, 사업이 정말 쉽지 않은 일이며 '직장 퇴직 후에도 사업은 절대 하지 말라.'라는 강력한 메시지를 받았다. 그것이 내가 막연하게나마 생각해 오던 사업계획을 접기로 한 결정적인 계기가 되었다. 내가 알기로 그의 초기 사업자금은 여생을 잘 지낼 수 있을 만큼 충분한 여력이 있었다. 그런데 그 많은 자금을 투자하고도 지금까지 안정을 찾지 못한 느낌이었다. 그뿐만 아니라 대기업을 그만둔 다른 벗도 사업을 하며 힘들어하는 과정을 지켜보면서 나는 사업할 생각을 완전히 접었다.

내일은 중환으로 입원 중인 고3 때 짝이었던 친구의 문병을 간다. 병마에 시달리는 친구의 얼굴 위로 그의 젊은 시절 전투 같았던 삶이 투영된다.

지인들의 삶을 돌아보니 세상사가 참 만만치 않음을 새삼 느끼며, 앞으로 해야 할 일들에 대해 생각해 본다. 그나저나 35년이란 세월이 쏜 화살처럼 빨리도 흘러갔다.

훌륭한 사람 주변에 머무르면

"내일 중식이나 석식 함께 했으면 좋겠다. 아우님 퇴임축하 소주 한 잔 살 테니……."

고맙게도 퇴직하는 나를 배려해 문자를 보내주신 이종률 회장님도, 평소에 많이 존경하는 ROTC 선배님 중 한 분이시다.

이 회장님이 회원 4천 명 이상의 ROTC 인천지구 6대 회장을 역임할 때, 내가 인천구월로 지점장을 하면서 ROTC 인천지구 사무총장직을 맡았었다. 이 회장님은 인천지구 회원들을 위해 거액을 분담하고 회장직을 수행하면서도, 자동차부품 제조업으로 군산공장, 인천공장을 운영하고 계셨다. 또한 인천 송도에 본사를 둔 중견 기업의 CEO로서 지역사회에 많은 봉사도 하셨다. 인품이 훌륭하시고 능력도 대단하신 분이었다.

그러나 군산공장은 과잉투자가 원인인지 노사분쟁이 원인인지 정확히 기억나지 않지만 어쨌든 둘 중 하나가 문제가 되어 결국 자식 같이 키운 사업체를 제3자에게 인계하고 다른 업종으로 전환하셨다. 그런 상황에서도 포기하지 않고 기계공학 전공자답게 핵심 에너지 부분에 투자하고 개발하여 좋은 출발을 앞두고 계신다.

30년 이상 은행원을 하면서 사업이라는 게 아무나 하는 게 아니라는 걸 피부로 느꼈지만, 이 회장님의 잘 나가던 기업이 어느 날 갑자기 타인에게 넘어가는 모습을 보면서 새삼 사업의 어려움을 실감했다. 이후부터 나는 제조업에 종사하는 사장님들을 애국자로 생각하고 있다.

오랜만에 귀한 시간을 내주신 이 회장님을 만나 뵙고 나니, 사람들의 품성과 인품은 후천적으로 발전되기도 하지만 분명히 근본적으로 타고 나는 것도 있다는 생각이 들었다. 고정관념과 선입견은 나쁘지만 그렇다고 느낌을 무시할 수 없다.

좋은 느낌의 사람들을 많이 만나고 싶다. 그들을 만날 때는 밥 한 끼 먹으러 가는 것이 아니라 보고 싶고 만나고 싶은 사람을 찾아가는 것이다.

느낌이 좋기로는 내 멘토 중 한 분이신 직장 내 고교 5년 선배이신 권택명 선배님도 제외할 수 없다. 권 선배님은 시를 좋아하는 사람이라면 누구나 아는 유명한 시인이며, 언행이 일치하는 독실한 크리스천으로 많은 사람들로부터 존경을 받고 있다.

권 선배님과 같은 부서에서 근무한 적은 없지만 같은 아파트에 살아 가족들과도 친하게 지냈고 직장 내 동문회에서 개인적으로 접할 기회가 종종 있었다. 그분을 만날 때마다 늘 그리스도의 향기가 넘쳐났는데 직장 후배들의 귀감이 되는 것은 물론이고 모든 이들의 우상이었다.

1986년도쯤으로 기억된다. 개포동 직원아파트에 거주할 때 권 선배님 댁을 방문한 적이 있었다. 그때 무척 놀랐다. 응접실과 서재, 안방까지 온통 보이는 것이라곤 책밖에 없었다. 침실에서도 부부가 함께 책을 읽는다는 말씀을 듣고, 언젠가 우리 부부도 권 선배님 부부처럼 되고자 다짐했었다.

내 모교인 대구상고를 수석 졸업하시고 외환은행에 입행한 후에도 학부와 대학원 석사학위를 취득하셨고, 박사과정까지 수료하신 분이다. 은행에서도 그 능력을 인정받아 일본 지점에서 두 번이나 주재근무를 하셨고, 은행 강남본부장 임기를 마치시고는 나눔재단 상근이사로 아직도 현직에서 활동 중이시다. 좋은 일을 많이 하시기로도 유명한 독실한 크리스천 장로 직분에 계시면서 신앙의 힘으로 금주를 하시고, 주님께 은혜를 많이 받았다면서 어려운 이웃들에게 봉사하고 나누는 생활을 하고 계신다. 그렇게 자기관리에 철저하면서도 남에 대하여는 늘 긍정적이고 후배들에게도 격려를 아끼지 않는 너그럽고 겸손하신 분이다.

권 선배님뿐만 아니라 내가 근무하던 직장에는 훌륭한 선배님들이 상당히 많았다. 내가 외환은행맨이라는 사실이 참으로 감사한 일이 아닐 수 없다.

"친구를 보면 그 사람을 알 수 있다."는 말이 있다. 우리가 이구동성으로는 존경하는 권 선배님처럼, 이렇게 훌륭한 사람들 주변에 머무르면 자기도 모르는 사이 그분들을 배우고 닮아가게 되는 것이다. 나 역시 그분들 곁에서 보고 배우면서 그리스도의 향기가 나는 언행일치의 신앙인이 되고자 노력하리라.

마음이 맑은 사람들

어제 역시 선물 같은 하루였고 보람과 감사를 많이 느낀 의미 있

는 날이었다. 게다가 아직까지 '하루 두 끼만 식사하겠다.'라는 나
의 결심이 작심삼일이 되지 않고 있다.

인천을 방문하여 존경하는 ROTC 7년 선배님이신 김형년 회장님
과 신세진 임종찬 ROTC 후배에게 중식 대접을 했다. 이후 후배 사
무실로 가는 도중에 우연히 다른 서 후배 소식을 듣게 되었다. 얼마
전에 강원도로 귀농하여, 우리들에게 매년 품질 좋은 절임김치를
구입하게 해준 서 후배였다. 그가 인하대병원에 입원 중이라는 것
이었다. 그 즉시 서 후배 문병을 가서 방문 기도와 위로를 해준 뒤
사무실로 복귀했다. 그러고는 퇴근 무렵 헬스클럽에 들러 땀을 흘
린 후 부천에 사는 아가페회원 한 분께 대림초를 전달하고, 올해의
네 번째 송년모임인 ROTC 부천지회에 동참했다.

어제 병원과 모임을 왔다 갔다 하면서 느낀 점은 내가 누구보다
도 감사할 거리가 많고 좋은 사람들도 주변에 많이 있다는 점이었
다. 그중에서도 암 투병 끝에 건강을 회복한 내 아내와 두 아들에
대한 고마움을 새삼 느꼈다.

김형년 회장님의 이야기는 심금을 울렸다. 행복은 사람마다 다르
다고 하지만 힘든 상황에서도 불평하는 대신 늘 고맙고 기쁘게 생각
하는 분이시다. 김 회장님은 여러 면에서 많은 사람들에게 존경을
받는 독실한 크리스천이시다. 수년간 지역사회를 위해 봉사를 해오
셨는데, 그중 하나가 대학 후배들을 위한 장학 사업이었다. 수의학
과 외래교수 겸 동물병원을 운영하는 인천의 유명인사이기도 한 선
배님은 자기 수입의 상당부분을 이웃과 사회에 환원하고 계셨다.

그런데 그런 훌륭한 선배님에게 가슴 아픈 사연이 있다는 것을 어제서야 알게 되었다. 애처가로도 소문이 자자한 선배님이셨는데, 이제는 사물의 이름은 물론이요 아들 이름조차도 기억 못하는 아내를 지극정성으로 간병하고 계신다는 것이었다. 슬하에 2남 1녀를 두셨는데, 혼인한 두 아들이 아버지의 대를 잇고자 수의학과에 학업 중이라 생활비와 학비 일체를 지원하시면서도, 그 일을 힘들다기보다 기쁘고 보람되게 생각하신다는 말씀을 듣고 무척 큰 감동을 받았다. 드라마 〈마의〉가 떠오를 정도였다.

인하대학교 부속 병원에 입원 중인 서성태 후배를 방문해서 기도를 드리면서 나도 모르게 눈물이 고였다. 예전과 다르게 요즘은 자주 눈물을 흘리게 되는데 부끄럽지는 않다. 어디선가 눈물은 치유라고 들었기 때문이다. 이런 때일수록 어려운 상황에서도 미소를 잃지 않고 살아가는 마음이 맑은 사람들을 위해 그들의 앞날을 축원하는 기도를 더 많이 드려야겠다는 다짐을 했다.

동시에 지금 내게 주어진 상황에 감사하며 묵묵히 자신의 자리를 지켜주고 있는 가족과 지인들에게도 한 번 더 고마움을 전한다.

3시간도 짧았던 벗과의 미팅

최근에 나는 새로운 사실을 체험했다. 이성 못지않게 동성끼리의 만남도 흥분되고 기쁘고 행복하다는 사실이다. 그리고 그만큼 이성과의 만남보다 우정이 더 소중해졌다.

이제는 아내 이외의 다른 여성들과의 만남은 이성이란 느낌의 만남보다는 우정으로서의 만남으로 더 좋다. 오래 전 한 사건으로 나 자신을 돌아보며 '내 사전에는 아내 이외의 다른 여성과의 이성교제는 절대 없다.'라고 결심한 적도 있다.

오늘 만난 한 벗은 신도호이었다. 다른 한 벗은 내가 이성보다 좋아하는 외환은행 직장동료로 행원 때 만난 ROTC 동기인 이상헌 친구이다. 이 두 친구는 같은 고려대학 ROTC 동기이다.

3시간 동안 대화를 이어가면서 우리는 주로 건강한 생활을 위한 운동과 식단 그리고 노후를 위해 준비해 온 재테크 노하우와 앞으로 재미나게 살아갈 방법들에 대해 의견을 나누었다. 즐거운 대화 끝에 건강한 생활과 취미생활 그리고 성취감을 맛보기 위해서는 봉사활동이 최고라는 데 의견이 모아졌다.

신도호 벗은 8년째 법원의 조정관으로 사회 봉사활동을 하고 있었다. 거마비車馬費로 받는 돈조차 불우이웃돕기 기금으로 약정했고 한 번도 받은 적이 없다는 말에 감동했다.

또 우리 세 명은 취미도 같았다. 여행과 등산 트레킹이었다. 나도 등산을 좋아하고 세계 십여 국으로 여행을 다녀왔지만 또 다른 벗은 나와는 비교도 되지 않았다. 대청봉을 15번이나 등정했고 지리산 천왕봉을 몇 번이나 다녀왔다고 한다. 게다가 미국, 유럽, 호주, 뉴질랜드, 동남아는 물론 네팔 히말라야, 아프리카의 남아프리카공화국까지 세계를 두루 여행하였다는 것이다. 불과 며칠 전에는 알

래스카로 가족여행을 다녀왔고 그것도 모자라 연말에는 칠레와 브라질 여행을 계획하고 있었다.

나는 무척이나 놀랐고 내심 내가 우물 안 개구리 같다는 느낌이 들었다. 그렇지만 벗들 덕분에 다양한 정보를 접할 수 있었고 그렇지 않아도 처음으로 대청봉 산행을 계획하고 있는 터라 유익한 조언들을 들을 수 있었다.

마음이 맞는 벗들과 만나 재미나고 즐겁고 행복한 시간이었다. 앞으로도 서로서로 건강하게 지내면서 이 만남을 이어갔으면 좋겠다. 벗들아! 오늘 만나서 잘 먹고 행복하였네. 우리 자주 만나세!

"노후를 행복하게 잘 살기 위해서는 친구가 필수다."라는 말을 새삼 느낀 날이다.

소중한 인연

벗이 보내준 법정스님의 「스쳐가는 인연은 그냥 보내라」라는 글을 읽으면서 문득 나와 맺어진 인연들에 대해 생각해 본다.

어제는 모처럼 둘째아들 부부가 집에 온 날이었다. 석사학위 취득을 축하하기 위해 저녁이나 함께하자고 한 것이다. 오늘 아침에도 아내가 둘째아들 부부를 위해 정성으로 준비한 조식 덕택에 내가 과식을 했다. 점심도 결혼식 피로연에 참석하는 바람에 맛있게 먹고, 오후에는 선배님의 장녀 혼인식에서 석식까지 배불리 먹을 것 같으니 나는 정말이지 먹을 복 하나만큼은 타고난 것 같다.

바로 그 먹을 복 때문에 나는 수십 년간을 과체중으로 지내왔다. 그래도 그동안 열심히 운동을 한 덕분에 25년 만에 최저 체중을 기록할 수 있었는데 그 수치가 81kg이니 아직도 한참 더 다이어트를 해야 할 처지이다.

대학 김성년 후배의 차남 결혼식에 참석하여 축하와 기쁨을 함께 했고 지금은 선배님 장녀의 결혼식장으로 이동 중이다. 요즘 와서 유달리 지인들의 자녀 결혼식에 자주 초대를 받게 되는데, 이 또한 내가 맺은 인연의 결과물이다.

김성년 후배와는 대학시절 참 재미있게 지냈고, 한번쯤 보고 싶었지만 서로 살기가 바빠서인지 만나지는 못하고 있었다. 그러다가 2년 전 나의 차남 결혼식에 연락도 안 했는데 방문하여 축하를 해주었다. 그렇지만 그 후에도 만나지는 못하고 문자로나 안부를 주고받았을 뿐이다. 그런 김 후배가 며칠 전 장녀의 청첩장을 보내온 것이다. 그제야 처음으로 김 후배가 나와 같은 천주교우임을 알게 되었고, 오늘 보고 싶은 마음과 그간의 우정에 대한 감사의 뜻으로 결혼식장에 가게 된 것이다.

이처럼 대학시절 3년을 함께한 후로 32년의 세월이 훌쩍 지나갔고, 다시 2년 만에 만나게 되었으니, 김 후배와의 인연도 보통 인연은 아닌 듯싶다.

내일 만나게 될 권영호 선배님 역시 나와는 특별한 인연으로 맺어진 사이이다.

내가 대구에서 지점장을 할 때 권 선배님은 ROTC 대구경북 지구 사무총장 겸 달성지회장이었다. 종종 대구경북 ROTC 홈페이지에 올린 나의 졸필들을 긍정적으로 봐주었고, 만남은 그리 잦지 않았지만 홈페이지와 카페, 문자 등을 통하여 긍정적인 사고방식과 적극적인 삶의 자세로 뭉치게 되었다.

내 두 아들 결혼식에도 멀리 대구에서부터 달려와 축하해 주었을 뿐만 아니라, 평소 후배인 나를 얼마나 좋게 이야기해 주었던지 권 선배님을 통해 내 얘기를 들은 동기들이 직접 찾아올 정도였다. 그때 나를 찾아온 한 벗과는 지금 누구보다도 친밀하게 지낸다. 더욱 특별한 인연인 것이, 홈페이지의 내 글 때문에 친한 벗이 된 선배님이라는 점이다.

곰곰이 생각해 보니 내 친한 친구나 지인들의 경우, 나의 진실한 면을 내가 표현한 글 속에서 읽어내고 공감해 준 사람들이 많은 것 같다. 그런 이유로 지금도 나는 글을 쓰고 있는 건지 모르겠다.

아침에 강론 내용을 경청하는 것과 같은 이치이다. 나도 조금 더 소중한 인연들의 이야기에 귀 기울여야겠다. 기쁜 주일이다.

내 팔자가 상팔자

"나이가 들면 잠이 없어진다는 말이 실감나는 나날……. 새벽 3시쯤엔 자동적으로 스마트폰 확인, YTN과 연합뉴스 등 전자기기의 혜택을 만끽한다. 나는 처음의 만남보다 끝마무리가 깔끔하고, 예의를 갖춰 인사하고, 의리 있고 변함없는 그런 사람이 좋더군요. 달면 삼키고 쓰면 뱉는 그런 사람은 딱 질색! 문득 내 첫사랑도 어디에선가 잘 살고 있기를 기원함."

"강명희 선생님은 의리 있고 열정적인 분. 존경의 박수를 보냅니다, 짝짝짝!"

이상은 어제 점심을 먹고 사무실로 복귀하던 중 전철에서 주고받은 문자 메시지이다. 내가 인터넷 카페에 올리는 글에 간간히 댓글을 달아 격려해 주시는 원로 강 기자님이 그 주인공이다.

강 기자님은 명문 K대 졸업 후 유명한 정치가 집안의 맏며느리로 들어가 슬하에 두 아들을 두고 사십대 초반까지는 전업주부로 사셨다고 한다. 하지만 갑작스러운 남편의 사업실패로 인해 경제적으로 힘든 시기를 겪은 후 직접 왕년의 국문학도 실력을 기초로 생활 전선에 뛰어드셨다. 중앙경제신문 기자로 활약하시다가 논설위원까지 지내신 후 지금은 주로 잡지사 등에 기고를 하는 60대 프리랜서 기자로 활동 중이시다.

내가 그분을 만난 것은 인터넷 카페를 통해서였다. 누가 보든 말든 줄기차게 올린 나의 가족과 살아가는 이야기들을 관심과 애정을 갖고 수년간 지켜보셨다고 했다. 그중에서도 특히 아내가 암에 걸리고 이를 극복해 가는 투사 같은 이야기를 보면서 감동을 느끼셨다는 것이다. 혈연이나 학연, 지연 등 아무런 연고도 없는 분이 그저 내 글의 진솔함에 이끌리셨다고 하니 나로서는 무척 영광이었다.

나중에 알고 보니 당시 그분이 내게 호감을 가졌던 이유 중 하나가 내가 좀 모자라 보이는 사람이란 것이었단다. 명문대도 아닌 지방대학 출신에 크게 성공한 직위도 아닌 은행지점장, 부자도 아닌 서민에 가까운 중산층이고 아내와 자식 자랑을 자주 하는 팔불출에 약삭빠르고 계산이 밝은 은행원 같지도 않고 시골스럽게 생긴 막걸리 스타일임에도 늘 절대자 신께 매달리며 애원하는 모습이 그래서 더 순수해 보였다는 것이다.

그러던 어느 날 강 선생님께서 인터뷰 요청을 해오셨다. 영광스러운 일이었지만 처음에는 내가 은행지점장이라는 준準공직에 대한 예의로 정중히 거절을 하였다. 그러나 몇 번이나 취재 요청을 하시는 바람에 결국 응할 수밖에 없었다.

인터뷰를 하는 날에는 직접 내 사무실로 오셔서 거의 온종일 질문을 하셨고, 나는 있는 그대로 답변을 했다. 그렇게 해서 「무공해, 자연산 같은 오성장군의 아내사랑 이야기」란 제목으로 잡지 3면에 걸쳐 가족사진과 생활신조, 가훈 등이 편집되어 기사화되었다. 이때부터 그분과의 귀한 인연이 계속되었는데 아내의 병원까지 방문하셔서 축하 꽃다발을 건네주실 만큼 내게는 늘 고마우신 분이다.

나는 그분을 '강 선생님'이라고 부른다. 지금도 주로 사이버 공간을 통해서 인생 상담과 소소한 일상의 대화를 나누고 있다. 내 두 아들 결혼식에도 친히 와주셨고, 나 역시 아내와 함께 그분의 장남 결혼식에 참석하여 그때 찍은 사진을 그분의 카페에 올려드리기도 했다. 좋은 만남이 좋은 인연으로 이어져 앞으로도 죽 지속되기를 희망한다.

주변에 좋은 사람들이 많이 있어 감사하고, 문득 '내 팔자가 상팔자!'라는 생각을 해보는 상쾌한 아침이다.

정직! 성실! 신의!

나는 이번 구정에 고향 가는 열차표를 예매하고자 동분서주하고 있다. 초등학교 동창에게까지 전화를 하여 부탁해 보았지만 예전과 달라 백이 통하지 않는 명절기차 예매표이다.

그래서 40년 친구들 모임이 있는 이번 주말에라도 고향에 다녀와야겠다는 생각으로 기차표를 예매하였다. 무엇보다 40년 지기들과의 신의를 지키기 위해서였다.

몇 년 전까지만 해도 명절에는 고향에 가는 것이 관례였다. 아버님이 살아계실 때는 당신이 손수 기차표를 예매하려고 몇 시간씩 줄을 서곤 하셨다. 직장생활을 하며 승용차를 마련하고부터는 고속도로를 이용하여 명절 고속도로 대란을 직접 경험하기도 했다. 지금은 도로사정이 좋아졌지만 한때는 20시간이 걸린 적도 있었다. 어머니와 두 아이를 차에 태우고 운전했을 때는 힘든 줄도 몰랐다.

요즘은 아쉽게도 운전만 하면 졸리고 피곤함을 느끼니 장시간 운전할 용기도 없어 승용차로 고향에 내려갈 생각은 아예 하지 않는다. 그러나 그때만 해도 명절에 고향에 가기 위해 고생하는 것쯤은 조상에 대한 후손으로서의 도리와 신의라고 생각하고 당연하게 받아들였다.

나의 생활신조는 '정직! 성실! 신의!'이다. 오래 전부터 내가 이런 생활신조를 정하고 살아온 것은 중학교 은사님의 영향이었다. 그분은 영화 〈저 하늘에도 슬픔이〉의 주인공으로도 유명한 대구 명덕초등학교의 참 사도이신 김동식 선생님이다.

나는 선생님을 내가 다닌 청구중학교에서 상담 및 체육교사로 처음 만났다. 선생님은 어린 나에게 세계도덕재무장 MRA의 슬로건이기도 한 '절대 정직, 절대 순결, 절대 무사, 절대 사랑'을 강조하시며 올바른 가치관을 심어주셨다. 대구지역 학생지도 선생님까지 맡고 계셨는데, 내가 대구상업고등학교에 입학한 후 이 서클에 가입하였고, 중학교 때까지 내성적이었던 성격을 외향적으로 발전시키는 데 크게 도움이 되었다. 당시에 만난 벗 중에서도 서로 순수하고 진실된 마음으로 믿어주고 지지하는 곽승환이라는 친구가 있다. 대 사업가로 성공한 이 친구는 지금도 우정을 지속하고 있는 절친이다.

수십 년간 위와 같은 생활신조를 가지고 살아왔지만, 가장 도움이 되었던 것은 외환은행 면접시험 때였다. 면접관의 생활신조 요청에 내가 줄줄 대답하였다.

"정직! 남과 나 자신을 속이지 말고 있는 그대로 보여주며 분수를 지키자. 성실! 자기가 하는 일에 최선을 다하고 부지런함만이 생존할 수 있음을 잊지 말자. 신의! 타인에게는 늘 고마움을 가지며 신용과 의리를 지켜 인간다운 사람이 되자."

이때의 자신 있는 대답이 아마도 면접통과에 큰 기여를 하지 않

앉나 싶다. 그 후 정직은 내가 금융인으로 살아가는 초석이 되었고
성실은 큰 달란트 없는 내가 살아갈 수 있는 힘이 되었다. 그렇지만
예전과는 달리 최근 들어 살아가면서 신의를 지킨다는 것이 결코
쉽지 않은 일임을 자주 느끼게 된다.

어제 저녁에는 벗의 모친 조문을 갔고 오늘도 교우의 모친 조문
후 세종문화회관 귀국 독주회에 참석할 예정이다. 주말에는 직원
결혼식 축하 후 고향에 내려가야 한다. 이런 바쁜 시간을 쪼개서라
도 나와 맺어진 인연들과의 신의를 지키기 위해 끝까지 노력하리라!

이보다 더 좋을 수는 없다

"오늘 사돈 내외분 덕분에 행복한 시간이었습니다. 어느 해보다
기쁘고 좋은 한 해였으니 이 모든 것이 하느님 아버지의 은총이고
사돈 내외분과 김 박사, 로사의 기도 덕이라 생각 합니다. 고맙습니
다. 새해에는 더 좋은 일이 많이 있을 것이니 어떠한 걱정도 할 필
요가 없습니다. 그저 감사하고 기뻐하고 기도만 하면 됩니다. 그럼
편안히 주무세요. 아들 내외도 잘 쉬고. 모두 사랑합니다."

어젯밤 자정이 다 되어 귀가한 후 가족 그룹방에 올려놓은 문자
이다. 사돈이란 인연 중에서도 특별한 관계이다. 자식으로 인하여
형성된 관계지만 어떻게 보면 혈연관계도 이웃사촌도 아닌 가깝고
도 먼 사이이기도 하다. 물론 집안에 따라 다르겠지만 사돈끼리 자
주 만나 형제처럼 잘 지내는 사람들도 있고 이와는 반대로 자신들

이 주도해서 형성된 인연이 아니라고 적당한 거리를 두고 지내는 사람들도 있다.

우리 집안의 경우 두 사돈과의 관계는 당연히 전자이다.

큰 사돈은 우리 부부보다 십여 년 위 연배여서 장남 결혼식 3개월 전의 첫 만남에서는 다소 어렵게 느껴졌었다. 그렇지만 결혼 후 같은 하느님의 자녀가 되었고 이제는 '사돈형님'이라 부를 정도로 친밀한 형제처럼 되었다. 특히 손자를 함께 돌보고자 아들 부부가 우리 집에서도 멀지 않은 사돈 댁 근처로 이사를 온 후에는 아내와 겸손하고 착하신 사부인이 거의 매일같이 아들 집에서 만나게 되었다. 두 사람은 때로는 언니동생처럼 때로는 이웃사촌처럼 맛있는 음식도 나눠 먹고 손자도 같이 돌보면서 더욱 친해지게 되었다.

사돈 내외분 역시 부부동반으로 주일미사에 참여하시며 최근에는 레지오Legio에 입단하여 매일 묵주기도를 5단 이상 하실 정도로 신앙심이 깊으시다. 우리 부부가 봉사하고 있는 삼성산 수녀원 후원단체 아가페Agape에도 가입하셔서 매월 정모에도 동참하시고 미사와 중식도 함께하고 있다.

차남의 사돈과는 결혼식 1년 반 전에 상견례를 하였다. 그날 처음 만났음에도 불구하고 와인으로 시작하여 소주를 몇 병이나 나눠 마시면서 마치 옛 친구를 다시 만난 듯한 느낌을 가졌다. 나이가 동년배여서 그런지 처음부터 마음이 편하고 호감이 갔다. 그 덕분에 우리는 예비사돈이었을 때부터 삼성산과 치악산 등으로 등산과 여행을 함께하며 우정을 다질 수 있었다. 지금은 만날 때마다 마치 연인들과 해후를 하는 느낌이다.

또 한 가지 감사한 점이 며느리 로사를 시작으로 6개월 간격으로 마리아 사부인과 요셉 사돈이 세례를 받고 사돈 아가씨까지 하느님의 가족이 되었다는 점이다. 큰 며느리의 언니도 올해 영세를 받았으니 두 사돈 집안이 하느님의 은총 속에서 성가정聖家庭이 되었다.

그 덕분에 장남의 주례였던 송광섭 베드로신부님께서도 세 가족이 모여 식사할 때면 바쁜 중에도 꼭 참석하셔서 격려와 강복을 주신다. 차남의 주례 정귀철 신부님은 멀리 양양 본당에 계셔서 참석하지 못하시지만 종종 사랑이 담긴 격려 문자를 보내주시곤 한다.

"기쁨은 함께하면 배가 되고 슬픔은 나누면 반이 된다."는 말처럼 두 사돈들과도 이렇게 돈독한 사이가 되었으니 이보다 더 좋을 수가 없다.

앞으로도 서로를 배려하고 힘이 되어주는 형제자매가 되기를 바라보는 주일 아침이다. 이 모든 은총, 하느님 아버지께 감사 찬미를 드립니다. 알렐루야!

아름다운 만남

어제는 아내가 5년 전 간호과장으로 근무했던 병원의 수간호사 선생님들이 방문한 날이었다. 반가운 마음으로 삼막사 삼거리에 위치한 '쌈도둑' 식당에서 석식을 대접하였다.

그들은 5년이 지난 지금까지도 명절 때면 한 번도 빠짐없이 사랑이 담긴 편지와 선물을 보내와, 우리 부부를 감동케 하는 분들이다. 네 분 중 세 분은 아직도 한 병원에 재직하고 있고, 한 분은 다른 일을 하고 있다. 오랜만에 만났는데도 서로를 배려하고 사랑하는 마음이 만나는 내내 그대로 묻어나왔다. 서로 바빠서 그리 자주 만나는 사이는 아니었지만, 틈날 때마다 카톡 그룹방에서 안부와 말씀 묵상 등의 정보를 공유하며 서로의 우정을 확인하고 있다.

다음은 어제 아쉽게 작별한 후 네 분의 수간호사 선생님들과 아내가 주고받은 문자이다.

"조덕순 수선생, 우문숙 수선생, 최남정 수선생, 최혜련 수선생! 모두모두 성숙하고 예뻐져 있는 모습 참 보기 좋더라. 내가 뭐라고, 아이들까지 유아원에 맡기고 시간 내서 와준 그 사랑이 정말이지 감사하고 또 감사해. 너희에게 더욱더 건강하고 행복하게 사는 모습 보여주며 살게. 늘 기도해 주렴. 너희들 맘에 비하면 내 맘이 한참 부족한데도 늘 잘 받아주니 고맙구나. 다들 건강 잘 챙겨라. 오늘 정말 행복한 시간이었다. 모두 감사해!"

아내 박 안젤라의 감사 멘트였다.

"더 멋있어지신 지점장님! 저희에게 행복한 시간 만들어 주셔서 감사합니다. 정말 매력적인 분이세요.^^!"

"박 과장님, 두 분의 건강한 모습 뵙고 참 좋았습니다. 맛난 저녁식사도 좋았고요. 과장님이 지후 돌보시느라 바쁜 모습도 행복해 보였어요. 촉촉이 내리는 봄비처럼 마음을 포근하게 안아주는, 그렇게 항상 변함없이 옆에 함께해 주시길 기원하면서, 오늘 참으로 귀한 시간이었습니다. 감사합니다."

"조 선생님의 사람 냄새 나는 격려 멘트에 또 콧등이 찡해. 가끔씩 내가 퇴직했을 때 병동마다 수샘들이 써준 편지를 보면서 정을 느끼곤 해. 자신에게 일어나는 모든 일을 통해 나를 먼저 살피고 내 탓으로 인정하고 나면, 그 어떤 것이든 나에게 유익하지 않은 것이 없음을 깨닫게 될 거야. 그게 잘 사는 것일 거고. 후배님들과도 함께 나누면서 잘 살아가고 싶네. 수샘들 지금껏 본 중에 오늘이 제일 예쁘던데! ㅎㅎ"

두 번째 안젤라의 회신 멘트였다.

"과장님! 저도 두 분이 더욱 젊어지시고 건강하게 사시는 모습이 감동적이었습니다. 눈가에 눈물이 맺힐 때 넘치는 과장님의 사랑을 보았습니다. 참으로 감사드리고 행복했습니다. 할 얘기가 많았는데, 아이엄마들이라 어쩔 수가 없네요. 다음에 또 인사드리겠습니다."

"보는 것만으로 서로의 맘을 알 수 있고 함께함으로써 느낄 수 있는 것이지. 너희들도 활기찬 모습 좋더라. 아이들 키우면서 공부도 게을리 하지 않고, 참 장해! 내가 너희 첫 면접 볼 때부터 맘에 들어했던 것 알지!"

안젤라의 세 번째 회신 멘트였고 끝으로, 내가 덧붙였다.

"수선생님들! 언제나 고맙고, 앞으로도 아내와의 변치 않는 우정이 계속되기를 기도합니다. 편안한 밤 되소서!"

나는 그들과 아내의 만남을 지켜보면서 참으로 아름답고 멋진 우정이라고 생각했다. 그들의 앞날에 응원의 박수를 보내며 늘 행복하기를 빌어본다. 안젤라와 수간호사 선생님들 파이팅!

의리파 깍두기 친구

오늘은 수년 만에 내가 개설점포장으로 개점한 인천의 구월로 지점에 다녀왔다.

개점준비 위원장으로 1년여를 보내는 동안, 첫 개점인 만큼 대출과 수신 총량 계수를 예약하느라 동분서주해야 했다. ROTC 인천지구 사무총장으로 봉사했던 인맥을 총동원하여 개점했지만 점주여건이 후발주자 은행이어서 애로사항이 많았다.

이달 말에 내가 초대 지점장을 지낸 바로 그곳이 본점의 방침으로 폐쇄된다는 사실을 알게 되어 한번 방문을 하기로 했었다. 나는 그전에는 가좌동 지점장을 지냈었다. 내가 대구에서 3년간 초임 지점장을 끝냈을 때 발령이 난 곳이 가좌동 지점이었다.

오늘 점심초대를 해준 깍두기 송치영 사장은 가좌동 지점 부근에서 주유소를 경영하고 있었다. 당시는 주택공사 재개발이 시작되던 때라 전임 지점장은 실적부진으로 업무추진역으로 소환된 상태였고, 내가 그 후임으로 갔지만 여전히 점주 여건이 암담한 상태였다.

그러던 중에 송치영 사장이 ROTC 동기라는 이유만으로 거래은행을 수협에서 우리 외환은행 가좌동 지점으로 옮겨 주었다. 뿐만 아니라 주민자치 위원장과 방범위원회 위원장을 맡고 있던 송 사장이 나를 전 위원들에게 소개한 후 우리 지점과 거래하도록 연결시켜 주어 얼마나 고마웠는지 모른다. 그 후부터 나도 회원이 되어 월 1회 모임에 동참하였고 그들과 어울리면서 지점장직을 재미나게 할 수 있었다.

그는 지금도 바르게살기 위원장을 하면서 지역의 독거노인 돕기 등 봉사활동도 활발하게 하고 있다. 내가 구월로 지점장으로 옮기고도 후임 지점장과 역시 ROTC 16기 동기라는 이유로, 종종 셋이 중식을 하면서 만났다. 서로에게 힘이 되는 친구로 만나면 운동과 잡기도 가끔씩 하면서 우정을 쌓아 나갔다.

그는 늘 항상 머리를 짧게 깎아 붙여진 '깍두기'라는 별명이 잘 어울리는 의리파 친구였다. 어쩌다 그와 함께 카바레에 가게 되면 늘 인기 짱이었고, 난 그런 친구의 모습을 눈이 휘둥그레져 구경하곤 했다. 최근 내 후임 지점장이 나보다 1년 먼저 퇴직하여 귀농하였기에 오늘 둘만 만나 보신탕 3인분을 먹으며 대화를 했다.

의리파 깍두기 친구, 송치영 사장! 내 자서전 한 지면에 꼭 올리고 싶은 벗이다.

"친구야! 이제 담배 끊고 술 줄이고 건강만 챙기고 살길 바란다. 지금까지 의자왕으로 살았다면 앞으로는 세종대왕으로 살았으면 좋겠다. 송치영 친구, 오늘 고마웠다. 파이팅!"

전우를 찾습니다

나에게는 종종 생각나는 전우가. 있다.

텔레비전 드라마에서 큰집이나 저택을 보게 될 때면 전우 생각이 더 난다. 그가 지금 무엇을 하고 어떻게 살고 있는지 무척 궁금하다. 그의 이름은 이해남이다.

그는 전방 백골사단의 23연대 연락장교로서 나와는 사단 BOQ에서 종종 만나는 사이였다. 연대로 복귀하고는 연대 소대장으로 GP에 근무할 때, 내가 한번 방문하여 GP 막사에서 1박을 함께하기도 했다. 그때 병사들을 잘 다스리는 그를 보면서 멋진 소대장이라 생각하였고 동기로서 자랑스러웠다.

내가 기억하는 그는 중앙대학교 행정학과 출신으로 나와 같은 ROTC 16기였다. 백골부대 3사단 근무로 보병 23연대 소대장을 지낸 후 사단연락장교로 잠시 복무했고, 1980년 6월 말에 전역했다.

한 번은 그가 전역한 후 서울의 그의 집을 방문할 기회가 있었다. 그의 부친이 정치가라고 들었는데 직접 뵙지는 못했다. 내가 방문했을 때는 외할머니와 친할머니 두 분께 인사를 시켜주었다. 그는 좋은 환경과 좋은 부모 밑에서 성장한 멋진 청년이었다.

마침 그날이 내 결혼기념일이어서 그 얘기를 했더니 그가 폼 나게 케이크를 사주면서 축하를 해주었다. 촌놈이었던 나는 그때 엄청난 감동을 받았고 그가 얼마나 멋있게 보였는지 모른다. 그 후부터 나 역시 그를 따라 친구의 결혼기념일에는 케이크로 축하해 주기로 작정했었다. 물론 실행으로 옮긴 것은 몇 번뿐이지만.

그러고 나서 전우가 미국으로 유학 간다는 이야기를 들은 후 연락이 두절되었고 어느새 30년이란 세월이 지났다. 그와 연락이 끊어져 무척 아쉽고 그의 안부가 궁금하다. 어디에 있든 늘 건강하고 행복하게 잘 살기를 기원해 본다.

멋진 전우 해남아! 이 글을 보거든 연락 한 번 줘라. 많이 보고 싶다! 백골전우 김원수가.

변함없는 우정, 청우회

손자 지후가 새로 이사한 곳에서 또래친구를 사귀었다고 며느리가 사진 몇 장을 보내왔다. 친구와 함께 놀고 책 보고 간식 먹는 지후를 보니 기쁘고 대견했다. 우리 지후에게 가족사랑 외에도 또 다른 이웃사랑이 싹트게 된 것이다. 앞으로 지후가 친구와 우정을 맺으며 성장해 가는 모습이 그려졌다.

지후가 친구들과 두 손을 꼭 잡은 채 활짝 웃고 있는 모습을 보니 이제껏 나와 함께하며 변함없는 우정을 나누고 있는 오랜 벗들이 생각났다. 1970년대 초반 감성이 순수할 때 만나서 결성된 친목모임 '청우회'였다. 지금도 정기모임을 갖고 있고 수시로 만나는 가장 오래된 친구 모임이다. 친구뿐 아니라 그 가족들과도 친분이 있을 정도로 서로가 어떻게 살아왔는지를 가장 잘 알고 있는 친구들이다. 힘든 일이 생기면 격려해 주고 기쁜 일이 생기면 박수를 쳐주며 지금 이 나이까지 왔다.

각자 다른 길에서 다른 방식으로 살아가지만 서로를 아끼고 잘되기를 바라는 마음은 늘 한결 같은, 내가 정말 좋아하고 사랑하는 친구들이다. 40년이 넘은 모임이지만 아직까지도 만나면 편안해서 좋고, 만나지 않아도 옆에 있는 것처럼 느껴져 또 좋다.

며칠 전에는 그 친구들이 20만 원을 송금해 왔다. 무슨 이유로 보냈냐고 물었더니 친구 중에 처음으로 자서전을 내는 나의 수고가 많을 테니 아내와 밥이라도 사먹으라는 의미로 보낸 격려금이란다.

그 순간 코끝이 찡해졌다. 친구들의 배려와 순수한 우정을 느끼며 그런 친구들이 여러 가지로 부족한 나의 곁에 있다는 생각을 하니 천군만마를 얻은 듯 힘이 났다. 내가 마치 전세戰勢가 기운 전쟁에서 승리자가 된 기분이었다. 멋진 친구들이 있음에 새삼 나 자신이 자랑스러웠다.

60여 년 살아오면서 많은 사람들과 인연을 맺고 수많은 단체와 모임에 관계하였다. 그때마다 한두 번 이상은 '이 모임에 계속 나가야 하느냐? 그만두어야 하느냐?' 하는 생각을 하게 된다. 이해관계 등 여러 가지 상황을 고려하여 나가지 않게 된 모임도 꽤 된다. 이해타산으로 모인 단체는 대략 5년 정도는 유지되지만 끝까지 가는 경우는 드물다. 내 경험상 대학이나 대학원, 사회에서 만나 결성된 모임이 그런 것 같다.

그런데 '청우회'는 이제껏 그런 생각을 한 번도 해본 적이 없는 모임이다. 죽을 때까지 함께 가는 친구들이고 변치 않는 우정과 의리를 자랑하는 모임이기 때문이다.

'청우회'와 더불어 내가 지금까지 동참하고 있는 모임은 1973년 고3 친구들 모임인 '죽우회', 1978년 초등군사교육을 받으며 결성된 '초우회', 1982년 '입행동기회', 1983년 문래동 지점의 '고가도로', 1992년 부천 지점 책임자들의 모임 '도원회' 등이다.

이들 모임에서도 좋은 벗들과 만나 즐겁게 지내고 있지만 어려서 사귄 친구들만큼 격이 없고 늘 편안하기만 하지는 않았다. '청우회'는 그런 면에서 그냥 함께하는 것만으로도 행복하고 기분이 좋아지는 모임이다. 오늘따라 새삼 '청우회' 친구들과 오랜 세월 변함없는 우정을 나눌 수 있음이 감사하고 축복받은 일처럼 느껴진다.

언제나 든든하게 내 곁을 지켜주는 친구들아.
박동희, 김성현, 이해성, 류한수, 김광연, 임태룡, 강기백, 권만회 요즘 나오지 않는 장재국, 김상열 친구들 늘 건강하고 행복해라. 늘 고맙다!

나를 신뢰하는 후배들

어젯밤은 서울 기온이 35도가 넘는 폭염이었다. 저녁에도 열대야

로 이어져 우리 부부는 제대로 잠을 들 수 없었지만 습관대로 새벽
녘에는 눈이 초롱초롱하고 머리가 맑아졌다. 스마트폰으로 이메일
을 확인하고 답장을 보내며 그동안 나를 신뢰해준 후배들에 대한
생각이 났다.

"축하드립니다. 기도하겠습니다. 가톨릭 인명사전 보시고 영세명
정해보세요. 닮고 싶은 인물이나 같은 생일이나 아니면 좋아하는
성인 중에 고르시면 됩니다."

"어머님 팔순 기념 여행 참 보기 좋아요. 저희 부부도 봄에 퇴직
기념으로 남도 여행을 하나투어로 다녀왔는데 편안하고 최고의 서
비스를 제공 받으며 좋은 추억 간직하고 왔습니다. 다른 회사 출근
은 변경인가요? 기도로 축하와 건승하시길 대신할게요. 파이팅!"

내가 ROTC부천지회 카페에 올린 말씀 묵상 글에 나를 신뢰하는
ROTC 5년차 후배가 단 '휴가 여행으로 팔순을 맞이하는 어머님을
모시고 형제들과 조카까지 온가족이 하나투어를 통해 우리나라 남
도 여행을 한다.'는 댓글에 나는 '축하하고 기도하겠다.'고 답글을
달았다.

그 후배는 내 부족한 글들을 어떤 내용이든 꼼꼼히 읽고 글의 핵
심주제를 찾아 댓글로 옮겨 적으면서 그 내용을 통하여 깨닫는 바
가 크다며 감사의 격려와 응원을 보낸다. 자기 일로 바쁜 중에도
늘 함께할 시간을 만들고 최근에는 중식 초대를 하기도 한 그 후배
는 부천 소재 중견기업의 대표이사 CEO 박찬국 후배이다.

며칠 전 만났을 때는 지난 4월 우리 부부의 예전 본당이었던 부
천 중2동 성당 교리반에 부부가 같이 입교하였다고 하여 복음전파

를 하고 싶은 나에게 큰 보람과 기쁨을 주었다.

그는 겸손하고 인품이 훌륭하여 많은 선후배가 좋아하고 존경한다. 물론 나도 그중 한 명이다. 나의 두 아들 결혼식에는 불우이웃돕기 쌀로 축복을 해주고 내가 좋아하고 즐겨 쓰는 단어들을 모아 "고사리(고맙습니다. 사랑합니다. 이해바랍니다) 박찬국"이라고 리본을 남겼다.

또 같은 외환은행에 근무를 하던 중에 "아토피가 너무 심해 견디지 못하고 사표를 내었습니다."라고 말한 손원호 고교후배가 생각난다. 내가 외환은행 홈페이지 올린 글에 그가 단 댓글을 시작으로 오프라인까지 연결되어 요즘에도 종종 만나고는 한다.

그는 독실한 크리스천으로 직장 사퇴 후 성경을 신구약 통틀어서 10번을 정독하면서 하느님을 만나 치유 받았다. 그 후 아토피가 완치되자 자기 사업을 시작하여 어느 정도 성공을 이뤘고 지금은 어려움 중에서도 밝고 긍정적으로 잘 살아 가고 있었다.

질병의 고난과 역경을 신앙 안에서 극복해낸 그 후배는 내가 보기에는 하느님으로부터 많은 달란트를 받은 것 같이 영안이 열려 있었다.

그 후배와는 말씀 묵상글을 주로 적어 주고 회신을 받는다. 특히 내 고민에 대해서는 비록 10년 후배이지만 아낌없는 제안과 깔끔한 대안을 주는 신앙의 멘토인 후배이다.

오늘 아침에 도착한 문자를 옮겨본다.

"선배님 여러모로 감사드립니다. 성경책 구약에서 수명을 연장하는 방법은 자신의 잘못을 뉘우치고 살려달라고 하느님께 전심으로 간구하는 것입니다. 신약에서는 예수님을 만난 사람들은 자신이 원하면 모두 병을 고치고 새 삶을 살아갔습니다. 지금 시대엔 장수하려면 부모에게 효도하고 주님께서 기뻐하는 인생을 살아가는 것이라 저는 생각합니다. 선배님 성경말씀을 묵상하시며 주님과 동행하는 하루하루가 되길 기도드립니다. 손원호 올림"

인천에서 만난 ROTC 7년 후배 임종찬은 내가 ROTC 인천지구 사무총장을 할 때 많이 도와주고 호흡을 함께한 고마운 사람이다. 정훈장교 대위출신으로 ROTC 인천지구 카페지기를 맡은 후 나중에는 사무차장과 사무총장까지 역임했다.

인쇄출판기획사를 운영하고 있어서 나의 두 아들 결혼식 청첩장과 결혼식 후에 보낸 감사장 기획을 맡겼다. 도와주고 싶은 마음에 맡긴 일이었는데 섬세하고 책임감 있게 일을 마무리해 주어서 오히려 내가 큰 도움을 받았다. 결혼식장에서 사진도 찍어준 임종찬 후배에 대한 고마움을 잊을 수가 없다. 인천에 가게 되면 그의 사무실에 들르거나 중식이라도 함께하고자 한다.

내가 2년 동안 인천지구 사무총장을 할 때 재정과 경비운영을 총괄해준 사무차장 서성태 5년 후배가 얼마 전 고인이 되었다. 갑작스레 중환이 발병하여 짧은 생애를 마치고 주님에게 불려간 후배의 세례명은 스테파노였다. 강원도 횡성으로 귀농한 후에 영세를 받았다는 이야기를 듣고 축하를 한 지가 몇 년 안 되었다.

부평지회장을 한 그가 부평지회 선후배들 모두를 횡성 둔내로 초대했을 때 아내와 함께 다니러 가서 본 적이 있다. 전원생활에 기쁨으로 적응하고 극진히 최선을 다하는 성실한 사람이었다. 그 뒤 생각이 나서 평창에서 휴가를 보낸 후 귀경 중에 기쁜 만남을 가졌다. 무공해 재배한 배추를 최저가로 판매해 주어 지인들에게도 도움을 주었기에 판로에 감사했다.

그를 마지막으로 본 것이 인천의 인하대부속병원에 후배가 입원했을 때 문병 가서였는데 얼마 되지 않아 부고를 들었다. 그의 죽음 앞에 남겨진 가족들의 아픔 때문에 그날 나는 많은 눈물을 흘렸다. 서 스테파노 후배님 명복을 빈다.

직장 내 현직 후배 중에도 고마운 사람들이 많이 생각났다. 나 역시 어려움을 겪는 후배를 위해서 기도하며 도와준 적이 많았다. 그 중 지금은 성가정을 이루며 직장생활 난관을 헤쳐 나가는 이정익 후배가 생각났다. 그가 어려움을 겪을 때 찾아가서 격려를 해주고 문자 편지도 보냈다. 독실한 개신교 크리스천이면서도 내성적인 성격이라 원만한 대인관계로 직장생활을 해나가는데 많은 어려움이 있었던 사람이다. 하지만 효자에 인품 있는 사람이라 수시로 기도와 조언을 아끼지 않았고 그도 잘 받아 들였다.

이외에도 모교인 계명대학 ROTC 1년 후배로서 성공자인 김창윤 효성약품과 (주)오성 대표이사와 이천기 대구은행 부행장 이외 김성년 등 멋진 후배들의 삶을 통해 나도 나름대로 많은 것을 배웠다. 우리는 관계를 통해서 많은 것을 주기도 받기도 한다. 내가 나를 만나는 이들을 통해 좋은 기운을 전하는 사람이기를 기도드린다. 고마운 후배님들. 못난 선배를 이해바라며 감사의 마음을 전해봅니다.

나의 휴가여행과 로타리 단체 봉사활동 기억

요즘 휴가 여행을 떠나는 것이 정례화되었다. 일상의 탈출은 삶에 새로운 활력을 주고 재충전이 되기 때문이다.

여행은 출발에 앞서 일정계획을 수립하고 사전에 숙소를 예약하는 것이 보통이다. 특히 가족들과 함께 떠날 때는 가족들과 쉬고 싶은 곳의 콘도나 펜션 혹은 호텔 등 숙소를 정해서 여장을 풀고 휴가를 즐기게 된다.

젊은 시절엔 외환은행 직원들 복지 차원으로 준비된 설악산 관광단지 내 숙박시설과 편의시설을 많이 이용하였다.

부산에서 대리직에 있을 때는 부모님과 우리 부부, 두 아들까지 여섯 식구가 포항의 해수욕장과 울진 성류굴을 구경하곤 했다. 회사에서 마련된 보경사내 숙소에 머물며 셔틀버스를 이용하는 편한 휴가 여행이었다. 해마다 부모님과 함께하는 휴가 여행을 통해 오래된 추억을 떠올리는 것만으로도 행복하다. 그래서 여행은 좋은 추억거리를 많이 만드나 보다.

여행의 추억 중에 가장 기억되는 것은 내가 대구 만촌동지점장으로 재직 중일 때 ROTC 대구경북지구 주관으로 마련해준 울진 일

송정 해수욕장과 백암온천 휴양지에서 처남, 처제가족과 우리가족이 함께 즐거운 시간을 보냈던 적이다.

그때 행사를 총괄지휘한 분은 대구경북지구 회장이며 대구 ROTC로타리클럽을 창립하신 ROTC 5기 김종근 선배님이시다. 그분은 훌륭하신 법무사이고 만능스포츠맨이며 나의 친형님 같이 사모님을 아끼는 자상한 분이셨다.

나는 동기인 신명수 로타리클럽 총무의 추천을 받아 부족하지만 직업봉사위원장으로 3년 가까이 봉사활동을 하며 로타리 회원으로 함께하였다. 당시 훌륭한 리더셨던 10기 김종호 회장님은 우리 지점 고객으로 골프회원이 되셨고, 10기 오규실 교수님은 내가 약 3년간 레지오를 했던 만촌동 성당의 교우로 대구 황금 동물병원장, 미래대학교 교수를 지내셨다. 5기 배청 선배님, 8기 서보광 선배님, 13기 김인남, 조종수 선배님, 26기 이철우 후배님 이외에도 함께했던 여러 선후배님들께서 만촌동지점을 위해 물심양면으로 도와주고 격려해주셨다. 지금은 자주 연락드리지 못하지만 마음속에 감사함과 죄송한 마음은 두고두고 잊지 못할 것이다. 현재는 김영화 16기 동기가 회장으로 봉사하고 있다.

이번 휴가는 아내의 완치판정과 더불어 나 역시 퇴직 후 시간에 속박 받지 않고 자유로운 마음으로 함께 떠난 여행이기에 특별히 기억될 것이다. 일정의 속박 없이 자유롭게 만나고 싶은 사람을 찾아서 함께하는 기쁨을 나누고, 감사의 맘을 전하고 어디든지 머무르고 싶은 곳의 숙박시설을 이용하기로 하였다.

첫날은 삼성산 성당 교우였던 최애리 나타리아·윤상렬 베드로 부부가 초대해준 공기 좋은 여주시 강천면 별장에서 1박을 하면서 행복한 시간을 함께했다. 이들 부부는 같은 아파트에 사는 마음이 통하는 이웃으로 아내에게 많은 위로와 격려를 해주었었다. 아내 역시 이들에게 많은 애정을 느끼면서 이들을 위해 함께 기도하곤 했다. 그들이 마련해준 이곳은 아내가 꿈꾸는 전원생활을 할 수 있는 곳이라 했다. 다음 날 "언제든지 시간되실 때 와서 쉬시라."는 정겨운 마음을 가진 나타리아 님과 작별을 하고 미사 참례를 위해 새벽에 출발하였다.

새벽 미사 참례 후 뵙기만 해도 기분 좋고 행복한 정귀철 신부님과 정재진 안스가리오 교우와 함께 중식을 들었다. 서강대 경영대학원 가톨릭경영자과정 동기 신부님이자 차남의 결혼 주례를 서주신 정귀철 신부님은 많은 신자들의 신명나는 믿음생활을 도와주기 위해 색소폰과 드럼을 연주하며 늘 배움에 도전하는 행복한 분이시다. 정 신부님의 안내로 관동 팔경 중의 하나인 하조대에서 오랜 정담을 나누었다. 조선의 개국공신인 하륜과 조준이 잠시 은거하였던 곳이라 하여 '하'와 '조'를 합성하여 하조대라고 한 정자를 통해 본 동해바다와 돌 틈에 솟아 오른 잘생긴 소나무의 기상은 오래 기억될 것 같다.

오후에는 솔비치리조트 해안에 들러 아내가 좋아하는 바다 해수욕으로 즐거운 시간을 보내고 속초 시내의 시설 좋은 모텔에서 여장을 풀었다. 그 후 매운 족발을 안주로 소주 반병을 반주로 막국수로 석식을 하며 자유로운 시간 속에서 재충전하는 하루를 보냈다.

오늘은 주어진 시간에 감사하면서 주님의 인도에 따라 둘이서 마음 내키는 대로 행복한 시간을 만들 것을 기도하며, 아내가 건강할 때 거뜬히 올랐던 설악산에 있는 울산바위에 도전해 볼 생각이다.

2013. 8. 12
속초 시나부르 모텔에서 김원수, 박필령

우리 두 아들 결혼식을 빛내주신 은인들

입추가 지나고도 꺾일 줄 모르던 폭염이 다소 누그러진 듯 아침 저녁으로 서늘한 바람이 분다. 우편함에 청첩장이 자연의 결실과 함께 사랑의 결실을 예고하듯 쌓이기 시작하는 것도 무더위가 지남을 알려 준다.

두 아들을 결혼시킬 때 계절을 고르지 못하고 우리의 사정에 따라 혹한과 폭염 속에서 하객을 모셔야 했다. 그럼에도 불구하고 참석하시어 축하해 주신 분들께 두고두고 죄송하고 감사할 따름이었다.

어제는 차남의 결혼 3년 만에 기다리던 아들이 태어났다. 큰 손자를 처음 만날 때 느꼈던 감동만큼이나 가슴이 벅찼다. 하루 두 번 아기를 보는 시간을 기다리면서 만감이 교차하였다. 한 생명의 탄생에는 빙산처럼 표면에 드러난 기쁨 밑으로 훨씬 거대하게 물속에

잠겨 있는 열 달의 인내와 출산의 고통을 감내한 엄마의 사랑과 헤아릴 수 없이 많은 사람들의 수고와 바람이 있다. 그런 인고와 고통과 노력의 결실로 이루어진 생명이 어찌 소중하지 않겠는가?

오후 2시에 손자를 잠깐 보고 저녁 7시의 만남을 기다리면서 오늘이 있을 수 있도록 두 아들의 결혼식을 축하해 주신 많은 분들이 생각나기 시작하였다.

고3 담임 조지현 은사님과 초등학교 3~4학년 담임 이정자 은사님께서는 연세가 많음에도 두 번 모두 직접 참석해주셨다. 며칠 후 감사하다는 말씀을 드리고 구정 때 세배하러 찾아뵙겠다니 차도 밀리고 바쁜데 오지 말라고 하시면서 오히려 결혼식에 참석하여 많은 제자들을 보았으니 행복했고, 제자들이 십시일반 차비까지 챙겨 주었으니 더 할 수 없이 감사하고 기뻤다며 신경쓰지 말라는 말씀을 하셨다. 은사님은 부모님과 같은 존재임을 새삼 느꼈다.

모교의 발전에 공로도 없는 사람에게 모교 대학 신일희 총장님과 부총장님이셨던 김정환 총동창회장님은 축하의 뜻으로 불우이웃돕기 쌀 화환으로 두 번 다 동참해 주셨다. 좋은 일에 좋은 일을 더해 주신 것이다. 조봉진 은사교수님도 함께 축의를 보내주셨다. 군복무 중 치러졌던 내 결혼식에서 마치 큰형님처럼 결혼 일정을 챙겨 주시고 도와 주셨던 중령 정창수 3사단 경리참모님, 나와 장남 마르셀리노가 같은 날 5군단 성당에서 영세 받을 때 동시에 대부를 서 주신 존경하는 이범식 대령 5군단 경리참모님 내외분도 직접 오셔 축하해주셨다. 동료였던 최정렬 예비역 중령과 주임상사셨던 '홍천유로펜션' 박순진 사장님, ROTC 1기 선배님이신 중령 임삼수 전 경리참모님도 몇 달 뒤에 늦게 아셨다면서 축의와 함께 축하를 보내주셨다.

경남 마산 진동에 사시는 띠 동갑 모교 대학 지부길 선배님은 안젤라의 치유를 위해 새벽기도 나가시며 늘 힘을 주실 뿐만 아니라 두 번의 결혼식에도 모두 참석하시어 결혼식 동영상을 처음부터 끝까지 촬영해 주셨다. 그리고 그 귀하고 감동스런 작품을 행복충전연구소 카페에 올려주어 두고두고 감동을 느낄 수 있게 해주셨다.

장남의 결혼식에는 '대구 가톨릭 교수들의 모임'에서 자선 음악회를 하시는 테너 백용진 교수님께 정중히 축가를 부탁드렸다. 이에 백 교수님께서는 차표 한 장 준비 못한 모자란 사람을 위해 반주자로 사모님까지 함께 오셔서 축가를 불려 주셨다. 결혼식장을 감동의 장으로 만들어 주신 것에 참으로 감사드리는 마음이다. 그 후 설날 한복을 입고 찾아뵌 아들 부부를 보고 기뻐해 주셔서 또 한 번 감사하는 마음이다.

영천 북안 초등친구로 경주의 최귀분, 대구의 박덕훈, 박윤예, 정현옥이 직접 와서 축하를 해주었다. 청구 중학교 동기인 대구의 서상권 청구중16고8 동기회장, 내가 대구지점장 때부터 합류한 청구중학교 친목모임인 청운회 김손술 회장, 박종욱 회원, 한석철 시몬 친구도 먼 거리임에도 불구하고 직접 와서 축하해 주었다.

너무 많아 일일이 이름을 거명하기 어려운 대구상고 46회 동기 친구들과 계명대학 동기동창과 선·후배님들, 그리고 100명 이상이 참석하고 축하해주신 대한민국 ROTC 16기 동기들. 자랑스런 나의 계명대학 경영학과 동기동창 안효대 재선국회의원 내외분과 배홍규 16기 초대 총동기회장 외 김현수 11대, 이광종 12대, 이재령 14대, 김기중 15대, 이재형 16대 회장 등 여러 동기들에게도 늘 고마운 마음을 간직하고 있다.

대한민국 ROTC 인천지구 김기호 8대 회장님과 2~3대 박오규, 4대 조윤구, 5대 김형년, 6대 이종률, 7대 조남휘 역대회장님 외 7기 임종훈, 11기 김근배, 13기 현해남, 14기 문영택 선배님과 현회장이신 박홍준 17기 후배님, 남동지회장으로 김정한(17기), 이상락(19기) 후배님, 사무총장 역임한 진명덕(17기), 양성우(21기), 임종찬(23기) 후배님과 현 남동지회장 김상태(23기), 부평지회장 한순식(23기), 계양지회장 조상현(23기), 현 사무총장 정기동(25기) 외 여러 선후배님들도 있다. 재작년 양평의 별장에 우리 부부를 초대해주신 존경하는 ROTC 중앙회 김규태 전회장님(7기)과 이동형 회장님(8기), 중앙회 사무총장 역임하신 임춘섭(9기) 선배님 외 ROTC 여러 선후배님들도 기쁜 마음으로 직·간접적 축의를 전달해주셨다.

서강대학교 경영전문대학원 가톨릭과정 이훈 지도신부님과 서강 S-CAMP12기 김원섭 원우회장님 내외분, 박천옥 부회장님 내외분, 이대영 골프회장님과 김경두 장군님 이외 대부분의 원우님들이 부부동반으로 오셔 자리를 빛내주셔서 감사할 따름이다.

결혼식 주례를 해주신 삼성산 수도회 창립자 송광섭 베드로 신부님 외 서강대학교 경영전문대학원 가톨릭경영자 과정을 함께 이수하신 윤종대 도미니코 안양대리구장 신부님, 정귀철 베네딕도 미원성당 주임신부님(현 양양성당), 김오석 라이몬드 의정부교구 관리국장 신부님께도 감사드린다. 그리고 김순겸 사도요한 한국외방선교회 후원국장 신부님께서도 혼배미사를 공동 집전해 주셨으니 죄인을 더 사랑하시는 하느님 은총이었다. 이에 마리아와 마르셀리노가 큰 축복을 받아 성가정을 이룰 것이라 확신했다. 평소에 기도를 해주시는 ME 부부님 자제분이신 송이삭 인천교구 원당동 주임신부님도 오셔서 축하해주셨다.

정귀철 베네딕도 신부님은 차남 결혼식때는 주례를 하시면서 섹스폰으로 직접 축하연주도 해주셔셔 얼마나 감동이었는지 모른다.

13년 전에 내가 담석증 때문에 인천성모병원에서 응급수술을 받을 때 기도로 다시 태어나게 해주신 마뗄암 재단의 감사이자 원목실과 호스피스에 근무하셨던 이영숙 베드로 수녀님(현 부곡성당), 삼성산 수녀원 글라라 전 원장수녀님, 이 크리스티나 수녀님, 서강대 원우이신 양현정 임마꿀라다 수녀님과 기자이신 강명희 선생님도 직접 참석해주셨다. 나는 기도가 가장 큰 선물이고 우리 신앙인들의 무기임을 알고 있다.

대구지점장으로 근무할 때 만촌동성당에서 함께 레지오를 했던 이의수 베르노 단장님, 김해수 다두 단장님도 서울까지 오셔서 축복해주셨다.

부산에서 전 가족이 오신 최 카타리나 안젤라의 절친과 대구의 곽승환 나의 친구 전 가족이 함께하였으니 고마운 친구로서 평생을 함께할 것이다.

아내가 중환으로 투병 중일 때 힘을 주셨던 자매님들과 회장님, 병환 중인 동기와 선배님도 축의를 보내주셨고, 축복 기도를 해주셨다. 부디 주님께서 그들에게 치유의 은총을 주시어 건강을 회복하도록 늘 기도한다.

박 안젤라의 친한 친구들과 간호사관 학교 동기생, 결혼식 날 떡을 나르며 도와주신 이웃 주민으로 성경공부를 하는 등 친자매처럼 지내던 최 나타리아님, 비아님, 임 안젤라 님께도 감사한 마음이다.

성당교우로 만나 동생처럼 지내며 애틋한 정을 쌓아온 정광훈 빈센치오·소영옥 크리스티나 부부 외 중2동에서 함께했던 레지오 단원들과 교우님들, 사랑스런 대자 노영준 대건안드레아·유선희 효주아네스 부부, 대자 손형철미카엘·유미경 율리안나 부부, 대자 이주섭 빈센치오, 임형순 비오, 박훈 앵베르, 이현기 가브리엘도 참석해주었다.

미국의 금호그룹 현지법인에서 근무하는 대자 프란치스코·글라라 부부와 부산에 사시는 장시몬 견진대부님, 평소에 기도해주시는 삼성산 성당 류원선 요셉 총회장님, 천주의 성모 레지오 전단원들과 삼성산 성령기도회 이훈희 바오로 회장님 외 여러 교우자매님들의 축하도 두고두고 감사하고 있다.

특히 1974년부터 2년간 대구보훈지청에서 계장님으로 모셨던 김형길 님은 국가보훈처 대구지방청장과 관리관까지 하고 은퇴하셨으면서도 축의를 보내주셨다. 나의 주경야독하던 대학 시절, 공부를 계속 할 수 있도록 후원해주신 잊지 못할 은인이시다.

31년간 재직한 외환은행의 여러 상사와 선후배님과 동료님들은 지면관계상 일일이 거명은 생략하지만 고마운 마음은 오랫동안 간직할 것이다.

대구에 사는 많이 존경하는 작은형수님과 장조카 부부, 병주조카 부부, 병만조카, 작은 누님과 생질 부부들, 부산에 사는 재목조카 부부, 울산에서 둘째 형수님과 대근이, 조카 부부도 원거리임에도 와서 축하해주었다. 미국에 출장에 가있던 준혁조카도 축의를 보내주었다. 나의 멘토이신 집안 어르신 연석아제 내외분과 박길전 외삼촌 내외분, 원거리 대구에 사시면서도 박장묵 외당숙 내외분과 박재서 외사촌 형님 내외분과 박재양 외사촌 동생부부, 포항의 박재석, 박두리 등 외사촌 동생 누님, 매형과 김천에 목사로 봉직하는 김종호 이종동생, 대구의 박실이 이종누님과, 학창시절에 내가 많이 따랐던 안경희 종이종 누님 이외 많은 친인척들이 직접 오셨고 축복을 해주셔 오래오래 기억하고 감사할 것이다.

지금은 고인이 된 크리스천 이진원 ROTC 16기 동기와 서성태 스테파노 ROTC 21기 후배와 나의 실질적인 후원자 영천의 큰형님, 직접 오신 경주의 큰누님과 매형님, 대구에 사셨던 고종사촌 매형님도 지금은 연령을 위한 기도 시 종종 기억하고 있다.지금 병들어 힘들어하는 대구의 작은형님도 주님의 치유기적을 믿고 기도한다. 늘 기도하며 범사에 감사하며 어떤 처지에 있든지 기뻐하며 주님을 찬미하는 자녀로 거듭 태어나고자 한다.

조금 후에 만나게 될 나의 손자에게도 우리를 만드신 창조주와 모든 사람에게 감사하는 마음으로 세상을 살아가야 한다고 말해줄 것이다.

— 2013. 8. 25. 아침에

생각만 해도 좋고 함께하면 더 좋은 사람

"임기 마치고 제가 식사 대접하겠습니다. 좋은 글로 많은 분들에게 용기와 희망을 주고 계시는 마르띠노 감사님. 소망하시는 대로 잘되시길 기원합니다. 부족한 제게 격려를 주시고 배려해주심에 감사드립니다."

"존경하는 총회장님! 고맙습니다. 제가 아무런 도움도 되지 못하는데 많은 분들에게 용기와 희망을 주신다고 말씀해주시니 부끄럽습니다. 세상에 총회장님만큼 겸손하고 순명심 깊은 분은 처음 뵈었습니다. 같은 본당 소속이라는 것만도 자랑스럽습니다. 편안한 밤 주님 축복 받으소서! 샬롬! 김원수 마르띠노 배"

"고맙습니다. 늘 존경하며 사랑의 마음 전합니다. 류원선 요셉 올림"

조금 전 카톡방에서 주고받은 문자이다.

삼성산 부근으로 이사를 온지 5년이 지났다. 그동안 가족 이외에 많은 좋은 이웃을 만났다. 그중에는 평생을 함께하고 싶은 분들도 몇 분 계신다. 특히 아버지 같이 위엄 넘치며 훌륭하신 송 신부님도 만났고, 형님 같이 늘 자상하신 총회장님도 만났다. 몇 달 전 마카오 성지를 순례할 때 2박 4일간 숙식을 함께하신 총회장님은 세상에서 겸손과 순명심에서 단연 최고일 것이라 생각했다.

이외에도 몇 분이 더 계신다. 이번에 우리 부부가 쓴 자서전을 구매하여 읽으신 분들과 우리 부부가 합의하여 사인해서 드린 분, 그리고 대구에 계신 형수님도 내가 평생을 함께하고 싶은 분이시다. 주위에 내가 존경하는 훌륭하신 분들이 계시니 얼마나 든든하고 살맛이 나는지 모른다. 그래서 나는 늘 행복하고 감사하면서 살아갈 수 있다. 내가 그분들께 힘이 되어야 한다. 방법은 무엇일까?

생각만 해도 기분 좋은 분들…. 늘 주님의 축복 속에 기쁨과 평화가 넘치는 나날이 되길 빌어본다.

2013. 9. 30. 늦은 밤
김원수 마르띠노

나의 성감대는 당신의 왼쪽 가슴

나는 꿈을 꾼다. 내가 착한 일을 하나 할 때마다 피노키오의 코처럼 수술한 왼쪽 가슴이 1cm씩 자라나서 예쁜 젖가슴으로 변해 있기를! 왜냐하면 항암치료 후 다 빠져버렸던 빡빡머리를 보며 나도 언젠가 거울 앞에서 긴 머리를 빗는 꿈을 꾸었는데, 어느새 자라서 이젠 염색도 하고 파마도 하여 멋지게 스타일링할 수 있게 되었기 때문이다.

수술을 결정할 당시 나에겐 선택의 여지가 없었다. 마치 내 목숨을 노리는 거대한 공룡 앞에서 옴짝달싹 못하는 사람처럼 살아남기 위해서는 왼쪽 가슴 하나쯤은 아무렇지 않게 포기해야 했었다. 오히려 그 순간에도 나는 젖 먹여 키울 아이들이 없다는 것과 팔불출 순애보 남편이 함께임에 감사할 따름이었다.

수술 후 회복되어 가는 동안 남편과의 부부생활은 거의 할 수 없는 상태였다. 그땐 내가 회복되는 것만으로도 남편에겐 큰 기쁨이었고 감사였다. 그러던 중에 절벽이 된 한쪽 가슴을 가리기 위해 인공으로 만들어진 브래지어를 정진이 아빠(외사촌 시누이 남편)가 거금을 들여 마련해 주었다. 섬세하게 마음을 써주는 시누이 부부가 참으로 감사해서 많이도 울었었다. 처녀 때부터 남편을 따르고 좋아하던 외사촌 누이였고 살가운 동생처럼 집안일과 아이들까지 돌봐주어 직장생활을 하는 내게 큰 도움을 주었던 시누였다.

그런데 많은 사람들의 사랑을 받으며 회복되어 가는 나에게 새로운 두려움이 생겼다. 유방암 수술 후 젊은 부부들이 부부관계의 갈등으로 이혼을 하고 우울증으로 재발되는 일이 잦다는 이야기를 접할 수 있었다. 나 역시 남들보다 '남편이 수술한 내 젖가슴을 보면 얼마나 섬뜩하고 흉측해 할까? 우리는 다시 부부생활을 기쁘게 할 수 있을까?' 하는 생각들로 두려워지기 시작하였다.

어느 날 저녁, 직원 송별회를 하고 늦게 돌아오는 남편의 발자국 소리를 들었다. 내가 깨어 있으면 자기 때문에 잠을 못 잔 줄 알고 걱정할까봐 그냥 눈을 감고 자는 척하였다. 평소처럼 샤워를 하고 침대로 들어온 남편이 내 수술한 젖가슴을 아프지 않게 살살 만지면서 중얼거렸다.

"안젤라, 고마워! 씩씩하게 잘 견뎌줬어! 당신이 이렇게 내 곁에 있어줘서 정말 감사해!"

아직도 막대기처럼 딱딱하고 울퉁불퉁한 왼쪽 젖가슴을 만지는 남편의 마음이 얼마나 아플까? 내가 이 착하고 순수한 남편에게 얼마나 큰 상처를 안겨주었는가?

나도 모르게 솟구치는 눈물을 감당할 수 없어 펑펑 울었다. 그제야 왼쪽 가슴이 없어도 우리 부부의 사랑에는 아무런 걸림돌이 되지 않으며 오히려 서로 아픔을 껴안고 사랑할 수 있는 디딤돌이 됨을 온 마음 온몸으로 느낄 수 있었다.

그날 이후로 나는 유방암 환자에서 사랑받는 아내로, 그렇게 당당한 여자로 다시 태어난 기분이 들었다. 회피하던 목욕탕과 헬스장 사우나도, 골프 인도어에도 감사한 마음으로 거리낌 없이 드나들 수 있게 되었다. 오히려 나를 보고 건강관리를 소홀히 하는 사람들에게 유방암 검사를 조기 검진할 수 있게 해준다는 사명감까지 생기게 되었다

누군가 이야기하였다. 장애는 불행이 아니고 불편할 따름이라고. 그리고 남편은 늘 이야기하곤 한다. "안젤라, 당신의 왼쪽 가슴은 나의 성감대야."라고.

나를 살린 사람들

앙상한 가지에 찬바람이 일렁이는 유방암 센터 2층의 병동 창가에서 난 항암 8차를 끝내며 희망을 노래했다. 내 빡빡머리에도 비 온 뒤 죽순 올라오듯 머리카락이 올라올 것이고, 앙상한 가지에 새순이 돌아나듯 나의 몸에도 신경세포 하나하나가 새롭게 생길 거라는 희망으로 긴 기지개를 힘차게 폈다.

오늘 간으로 전이된 암을 치료하기 위해 허셉틴Heceptin 항암치료를 했다. 낮 병동 창가로 연녹색 새순들이 옷을 갈아입고 온통 희망을 노래하고 있듯이 나 역시 긴 수렁에서 빠져나와 시련 속에서도 함께 해주시는 하느님의 현존에 감사의 기도를 드릴 수 있었다. 오늘의 이 어려움을 이겨낼 수 있음이 어찌 내 힘뿐이었겠는가!

"반드시 새로 일어나야 합니다. 우리는 기다리기만 하면 주님께서 다 알아서 해주심을 믿습니다. 꼭 이루어질 겁니다. 우리 모두 바라니까요, 당신의 그 환한 미소를."

위의 기도를 해준 남편 친구 부인 양순 아네스와 가족처럼 함께 하시며 어려울 때 기도로 우리를 일으켜 세워주신 엄마 같은 이 베드로 수녀님, 성경말씀을 통해 생면부지인 유방암 환우들을 위해 기도해준 김 엘리사벳과 헌신적으로 성경을 알려 주었던 이은희 베로니카 자매님에게 얼마나 큰 위로를 받았는지 모른다. 그래서 나도 거저 받았으니 거저 줄 수 있는 능력을 주시기를 기도했다. 함께 투병을 하면서 친자매처럼 서로 의지가 되었던 한원숙 세실리아 동생과 함께 성경공부를 해주신 부천 기도모임팀, 정한수 프란치스코 선교사님께 감사했다.

항암주사를 맞는 날 초주검이 되어 있는 내 손을 꼭 잡아주면서 강명희 헬레나 언니가 향기로운 꽃바구니와 『암과 싸우지 말고 친구가 되라』는 한만청 전 서울대 병원장님의 책을 선물해 주었다. 이웃사랑의 열매를 맺는 분들의 모습처럼 화사하고 곱고 눈부신 웃음을 가지신 강 기자님은 성녀 헬레나 같은 느낌이었다.

항암 주사를 맞고 오는 날이면 전복죽에 문어를 삶고 게장국을 끓이고 나물을 만들어 저녁준비를 해준 엄마 같은 내 남동생과 올케 그리고 언니 같은 여동생의 함께 아파하고 마음 졸여준 사랑을 먹고 나는 살아났다.

우리 집 근처로 이사를 온 후, 함께 기타도 배우고 기도하면서 공기 좋은 곳에 친구가 머물 수 있도록 늘 배려해주고 따뜻한 마음을 써준 겸손한 함승림 친구 내외분의 우정어린 맘과 또 항암제를 맞을 때마다 마산 진동에서 전화통을 붙잡고 복음성가를 부르시며 힘을 주시던 지부길 남편 선배님의 애틋한 후배사랑에 내가 살아났다.

나를 위해서라면 미국 앤더슨 병원까지 가서라도 살려낼 것이라고 하느님 바짓가랑이를 잡고 간절히 기도해 준 남편과 엄마를 위해 취직시험에 당당히 합격해 준 아들들과 대구에서 추어탕이며 콩잎절임이며 항암에 좋다는 음식을 보내주신 큰형님 내외분과 작은형님 그리고 많은 분들의 기도가 나를 또 살려냈다.

집으로 돌아오는 길에 운전하면서 졸음을 가누지 못하는 신랑을 보면서 가슴이 찡했다. 나에게 자신의 모든 것을 던지겠다는 순수하고 명랑한 순정 드라마의 주인공 같은 나의 배우자. 그 사람과 일치를 이루면서 사랑의 찬가를 부를 수 있으니 암은 차라리 사랑이고 용서이고 낮아짐으로 높아지는 축복의 통로라고 감히 말하게 되었다.

작은 것에도 감동하여 행복해짐을 느끼고 내 앞에서 나를 보살피시는 하느님 사랑에 감사하는 하루이다.

나의 영적 친구

"나의 영원한 영적 친구, 안젤라! 너의 글과 말에는 생명이 있어 나를 새롭게 움직이게 하네. 감사!"

오랜 친구 최숙경 카타리나의 문자메시지이다. 그녀는 나의 영적 멘토이다.

태우와 진우가 각각 여섯 살과 네 살 되던 해에 포항으로 이사를 했다. "여보, 바다가 보이는 언덕 위에 하얀 산호빌라를 구했으니 이사 준비해요."라는 남편의 들뜬 음성을 접하고 시부모님과 함께 개포동 집을 팔고 포항으로 용감히 이사를 갔다. 당시 나는 현모양처의 꿈을 이루기 위해 오랜 군 간호장교 생활을 퇴직하고 세상물정 모른 채로 사회에 첫발을 내딛은 신출내기 전업주부였다.

포항 북부해수욕장이 바라다 보이는 언덕 위의 산호빌라가 우리의 보금자리였다. 저녁이면 수평선 너머로 해가 지는 것이 보였고, 아침이면 바다 한가운데로 이글이글 해가 솟아오르는 자연의 경이로움을 만끽하며 살았던 곳이다. 자전거로 해안선을 달리며 모래성도 쌓고 그림도 그리고 조개도 잡으며 아이들과 행복한 시간을 함께했었다.

성당교우인 동시에 아이들 미술선생님으로 만난 친구는 보조개가 움푹 들어가고 눈웃음이 선해 보이고 친절한 성품이 해맑은 웃음 속에 스며들어 있었다. 고모가 수녀님이었고 육남매의 장녀인 그녀는 참으로 남을 배려하고 성직자 같은 성품을 가진 믿음 깊은 사람이었다. 에페소서 4장 29절의 "기회가 있는 대로 남에게 이로운 말을 하여 도움을 주고, 듣는 사람에게 기쁨이 주는 자가 되게 하라."는 말씀 안에 사는 친구였다.

나는 언젠가 이 친구에게 다음과 같은 편지를 보낸 적이 있다.

"너를 생각하면 삶과 신앙에 대한 열정과 웃을 때의 보조개와 나

늄의 천사, 뭉게구름, 흑인들이 미소 지을 때 보이는 하얀 치아의 아름다움, 손만 움직이면 비둘기가 장미꽃으로 변하는 마술사 같은 타고난 달란트가 많은 소녀 등등이 떠올라.

나는 널 보며 내가 다시 공부하게 된다면 미술을 하고 싶었어. 세상을 아름답게 보고 창조하는 마인드를 함양할 수 있게 너를 내 치부도 드러낼 수 있는 단 하나의 친구로 주신 주님께 감사드리는 아침이야. 기침으로 목이 쉬었어. 말할 수 있는 은총에 감사하고 핏대 세우며 내 말 들어달라고 할 때보다 상대가 집중해 주니 의사전달이 더 잘되고, 남의 말을 더 잘 들어줄 수 있어 다시 목소리가 회복되어도 작고 적게 말해야겠다고 다짐했어.

오늘은 눈을 뜨면서부터 하느님의 자비와 사랑을 체험하네. 밤새 하느님께 속삭였던 일들을 알아서 해결해 주시고 아팠던 가슴을 어루만져 주시니 어찌 내가 하느님 덕에 산다는 말이 나오지 않겠어. 우리의 어떠한 희생도 사랑을 위해서는 쓰레기 같은 것이니 우리는 날마다 시시각각으로 그리스도의 새 옷을 입고 기쁨 속에 살게 되네. 벗의 묵상이 가슴으로 내려와 실천하는 우리가 되게 해주시라 믿고 기도해.

오늘이 우리 결혼기념일이야. 이제 내 멋대로 상대를 사랑하는 것이 아니라 서로가 원하는 대로 사랑하기로 둘이 결심하는 미사를 올리고 왔어. 감사로 가득한 하루가 되길. 사랑하는 벗이 삼성산 성지에서."

포항 생활 1년은 친구의 삶을 통해 많은 것을 배우고 신앙을 키우는 기회가 되었다. 그녀의 막내딸이 태어나던 날 그녀의 남편이 예비군 소집에 나가는 바람에 내가 대신 보호자가 되어 아이 발 도장을 찍어주었다. 나는 그렇게 태어난 효정이를 대녀로 받아들였다. 우리 둘째 진우가 첫 영성체를 받은 날에는 친구의 남편이 대부가 되어 주었으니 우리는 자식을 서로 나누는 귀한 인연을 맺기도 하였다.

친구는 시부모님을 모시고 사는 나를 늘 측은하게 생각하고 존경한다면서 도움을 아끼지 않았다. 서로가 포항을 떠나 살면서도 1년에 한 번씩은 만날 기회를 가질 만큼 우린 기도 안에서 늘 함께함을 느끼는 영적 친구이다. 내가 중병을 만났을 때 친구의 기도와 희생을 어찌 잊을 수 있겠는가!

삼성중공업 퇴직 후 인테리어 사업을 하던 친구는 성직자 분들이 은퇴 후 기거할 숙소를 짓기 위해 지리산 동네에 들어가 있었다. 고된 공사현장 속에서도 틈날 때마다 날 위해 쑥과 민들레를 채취하여 항암 치료에 좋다며 소포로 보내 주고 기도로서 응원해 주었다.

그녀는 나에게 하느님께로 갈 수 있는 다리를 놓아준 친구인 동시에 영적 교제를 하면서 서로 성장을 도와주는 참으로 소중한 내 삶의 동반자이기도 하다.

"사랑하는 나의 벗, 안젤라! 오늘 너의 고통을 나도 함께 하고 나누고 싶어. 앞서 우리의 스승이 되신 주님의 고통을 생각하고 잘 참기를 바라고, 내 삶에 앞서 고통을 진 너는 또 다른 나의 스승이자 나의 벗이 아닐까 해. 우리도 이담에 지금을 이야기하며 웃을 수 있겠지. 쑥 깨끗이 삶았으니 나누어서 국도 끓여 먹고 떡도 하고 부침개도 해서 먹어라. 좋은 지리산 약쑥에 내 마음을 담았어. 사랑한다, 힘내자!"라는 메시지와 함께 나를 위해 54일 기도를 벌써 두 번이나 해준 친구였다.

피를 나눈 형제보다 더 애틋한 사랑을 보내준 친구 덕에 그 힘들었던 항암시기를 은총으로 살 수 있었다. 친구의 바람들이 이제 다 이루어져 우리는 그때 그 고통을 감히 은총이라고 말해본다.

내 마음의 친구

4월 5일 식목일, 오늘 내 우정의 가슴에도 나무 한 그루를 심었다.

꿈 많고 희망에 차 있었던 간호사관 학교시절, 이성에 대해 알기도 전 사랑하는 친구 종숙이를 만났다. 대구 동산병원에 실습을 나가 그곳에 다니는 계명간호대학 출신 종숙이를 만나게 되었다. 함께 근무도 하고 쉬는 시간엔 빈 병실에서 수다도 떨었다. 간호장교 생활이 부럽다며 우리들의 미래를 위한 이야기로 시간 가는 줄 몰랐다. 쉬는 날 종숙이가 데이트를 할 때면 함께 나가기도 하였고 결혼 후에는 아이들과 함께 종종 집들이를 하기도 하였다. 만나면 헤어지기 싫었던 우리였는데 자주 만나지는 못하였다.

만날 약속을 하면 한 시간이나 일찍 약속 장소에 설레는 마음을 누르며 나갔다. 꽃이라도 사주고 싶고 보이는 좋은 물건마다 사주고 싶은 친구. 나는 아끼던 팔찌를 선물로 준비하였다. 그 아이는 곱고 당당하고 겸손하며 행복한 모습으로 내 앞에 나타났다. 내가 하는 일이라면 어떤 일도 믿어주고 격려해 주었던 친구이다. 그 아이는 늘 나를 인정해주고 나 역시 인정하고 존경하는 마음으로 우리는 많은 이야기를 나누었다.

주변의 희로애락을 조심스럽게 나누면서 어디까지가 한계이고 어느 선까지만 다가가야 하는 지에 대해서는 걱정하지 않았다. 우리는 서로를 잘 알고 있기에 행복했다. 아낌없이 주고 아낌없이 인정하고 존중해줄 수 있기에 우리의 우정은 언제를 기약하지 않고도 20년이 넘게 지속된 것인지도 모른다. 4시간이 넘게 함께하면서도 시간 가는 줄 몰랐다.

내 친구는 유럽여행을 혼자 다녀왔다는데 그럴 수 있음이 무척 부러웠다 "세계 속에서 사람들이 살아가는 모습을 보면서 궁극적으로 남을 위해 봉사하면서 살아가는 사람들의 모습이 아름다웠다." 고 했다.

하느님을 알고 자기 자신을 사랑하고 역지사지의 마음으로 나 이외의 사람들을 사랑하고 도움이 되고자 하는 삶이면 좋지 않을까? 영세를 받아 천주교인이 되었지만 시어머님과 절에 다니면서 불교 문학에 심취해 있었다. 우리는 알 권리가 있고 머무르며 행복할 권리가 있기에 친구의 선택을 존중하였다. 궁극적으로 하느님을 믿고 그분 안에서 살아가기를 열망하는 삶이면 좋겠는 생각에 그 아이의 세례명인 '실비아.'라고 부를 수 있는 날이 빨리 오기를 기도하면서 아쉬움을 뒤로 하고 헤어졌다.

내 친구를 생각하면 입가에 미소가 번진다. 큰 백색 항아리 가득

안개꽃을 꽂아 놓았던 졸업 발표회의 꽃꽂이처럼 화사하고 사려 깊은 친구여서일 것이다. 늘 서로를 지켜보며 격려해주는 맘을 알기에 우린 유안진 시인의 「지란지교를 꿈꾸며」 시처럼 "~~같은 날 또는 다른 날이라도 세월이 흐르거든 묻힌 자리에서 더 고운 품종의 지란이 돋아 피어 맑고 높은 향기로 다시 만나지리라."를 꿈꾸는 내 친구이다.

울어야 산다, 지부길 선배님의 사랑

암 전문의로 『울어야 삽니다』를 저술한 이병욱 박사는 내원한 환자에게 면역요법과 울음요법을 함께 처방하고 있다. 이 박사는 "수술해서 암을 없앤다고 해도 환경이 바뀌지 않으면 암은 언제든지 재발할 수 있는데 현대의학은 이것을 놓치고 있다."면서 "눈물은 면역력을 강화시킬 수 있고, 울면 암은 절대 발현되지 않는다."라고 강조했다.

덧붙여서 이병욱 박사는 "엔도르핀, 엔케팔린, 세로토닌은 모두 바이러스에 감염된 세포와 암세포를 죽이는 세포인 NK세포Natural Killer Cell를 자극하는 역할을 한다."면서 "눈물이 암을 막아준다는 말은 이 때문에 나온 것"이라고 설명했다.

나에게 울어야 산다는 자료를 보내 주시고 "시련으로 훈육하시는 하느님의 사랑을 믿고 감사하며 기쁨으로 눈물을 흘리면, 반드시 병마를 털고 일어날 것"이라고 '힘을 내세요'라는 복음성가로 나에게 힘을 주신 지부길 선배님께 감사를 드리고 싶다. 정말 보잘것없는 나에게 이렇게 많은 분들을 통해 용기와 희망을 주시며 일으켜 세워주시는 하느님께 감사와 찬미를 드리지 않을 수 없다.

남편의 대학 선배님이시지만 나에겐 오라버니처럼 따뜻한 분이시다. 8차에 걸친 항암 치료 동안 그분은 전화선을 통해 많은 힘이 되는 복음성가를 육성으로 불러주셨다. 마산 진동 바다를 바라보시며 눈물로 기도해 주신 사랑 덕에 나는 항암주사를 맞는 내내 감동으로 눈물을 흘리면서 고통스럽지 않게 치료를 마칠 수 있었다.

그분은 나에게 기쁜 일만 찾아내어 감사의 눈물을 흘리면 치유된다는 확신을 심어주셨다. 그리고 꿈을 꾸라고 하였다. 자녀들이 사랑하는 짝을 만나 결혼하고 손자를 낳는 꿈을 꾸고, 그 손자를 보살펴 주는 할머니로 살고 싶다고 간절히 기도하면 꼭 이루어질 것이라고 하셨다. 한 치 앞도 예측할 수 없는 두려운 현실 속에서 내 정신이 번쩍 들게 해주셨다.

나는 건강이 회복되면서 제일 먼저 선배님을 찾아 진동 바닷가를 가보았다. 호수같이 잔잔한 바다가 보이는 간절히 기도해 주신 마음을 고스란히 느낄 수 있는 곳이었다. 서울 우리 집에도 오셔서 거실 한가운데서 쾌유를 비는 성가를 불러주실 때는 얼마나 감사의 눈물을 흘렸는지 모른다.

그분께서 심어준 꿈이 지금은 다 이루어져 나는 손자를 돌보는 할머니가 되어 있다. 나를 사랑하는 남편의 맘이 흘러넘쳐 이렇게 다른 분들을 감동시켜 기도하게 하였으니 그 사랑을 어찌 갚아야 할까!

고통은 사랑하는 사람들의 숨겨진 마음을 확인하는 마술거울 같다. 나는 그 고통을 통하여 사랑받기 위해 태어난 사람이 되었다. 나는 반드시 승리하여 내가 받은 사랑의 2배, 아니 30배, 60배로 내 도움을 필요로 하는 이웃들을 위해 사랑하는 사람으로 거듭날 것이다.

살아 있음에 감사합니다 그리고 사랑합니다

산바람이 싱그럽습니다. 땀 흘리며 숨 가쁘게 올라오면서 많은 열을 발생하였기에 가질 수 있는 느낌입니다. 노력하지 않으면 얻을 수 있는 것이 하나도 없다는 것을 다시 한 번 느낍니다.

집안 대소사와 결혼식 등 챙길 것이 많았지만 이런저런 이유로 신랑 혼자 대구로 내려 보내고 아들 부부와 손자를 보면서 모처럼 혼자만의 행복한 시간을 가져보았습니다. 운동도 등산도 뒤로하고 육체가 편안하고 입이 즐거운 휴식에 빠져 있었어요. 저를 배려해 점심 먹고 함께 나가자는 아들 부부의 마음은 알지만 손자 지후도 힘들어할 것 같고 오랜만에 부부 둘만 오붓하게 쇼핑하게 해주고 싶어, 전 지후를 데리고 집에 남았습니다.

손자와 놀아주면서 TV 다큐멘터리 〈사랑〉이란 프로그램을 시청했습니다. 여러 가지 가슴 애틋한 장면 중에 4년 전 첫딸을 낳고 3개월 밖에 못 산다는 위암 판정을 받은 안소봉 씨 이야기가 가장 마음 아팠습니다. 딸의 돌잔치만이라도 보고 죽고 싶다 하였지만, 결국 그 바람을 이루지 못하고 하늘의 부름을 받고 만 젊은 엄마의 투병기를 보고 대성통곡하였습니다. 안소봉 씨와 남겨진 가족이 불쌍하고, 한편으로는 그녀와 비슷한 처지였던 저에게 지금 손자를 안고 있게 해주신 하느님 사랑에 복받치는 눈물을 어쩔 수 없었습니다.

지금 누리는 이 행복은 거저 가질 수 있는 것이 아니었습니다. 저를 사랑하는 모든 이의 간절한 기도와 헌신, 남편의 순애보적인 사랑, 자식들의 절절한 기도와 희생을 통한 가족 사랑의 결과임을 잠시도 잊어서는 안 되는 것이라는 생각에 정신이 번쩍 났습니다.

'초심으로 돌아가야 한다. 지금 죽는다면……. 수없이 반복하며 내려놓았던 욕심들이었는데 방심하는 사이에 나를 다시 움켜쥐게 하였다. 부끄럽다.'

조금 더 인정받고 사랑받기 위한 욕심 때문에 혼자 상처받고 가족에게 상처를 주는 어리석음을 범했습니다. 주어도 못다 줄 사랑만 하기에도 바쁜 시간을 더 이상 허비할 수 없었습니다. 가족 사랑을 위한 최우선은 내 건강을 스스로 지켜 나로 인한 아픔을 주지 않는 것이라는 생각이 들어, 그 길로 등산복을 주워 입고 유모차를 챙긴 후 지후와 함께 밖으로 탈출하였습니다.

삼성산 자락인 우리 동네는 아파트 단지만 돌아도 등산이 됩니다. 늘 저를 위해 모든 조건을 포기하고 이곳으로 이사와 준 가족들에게 감사하곤 합니다. 손자와 산책을 하다가 귀가 중인 아들 부부와 만나 지후를 넘겨주고, 저 혼자 산을 올랐습니다.

요즘은 건강한 사람들이 활기차게 산행하는 모습이 참 부럽습니다. 우리 두 아들 부부도 건강이 최우선임을 이 엄마를 통해 깨닫고, 지금부터 건강관리를 위해 등산도 하고 운동도 했으면 좋겠습니다. 모녀가 함께 하기도 하고, 모자가 함께, 연인이 함께, 부부가 함께하며 수없이 지나가는 등산객들을 보내면서 혼자 꿈을 꿔보았습니다. 우리 손자 다윗 지후와 날씬해진 아들과 예쁜 며느리와 신랑과 함께, 우리 집 앞산을 자주 등산하는 모습을! 또한 멀리 떨어져 있어 자주 보지 못하는 차남 부부 마태오와 로사와 세상 나올 준비를 하고 있을 예쁜 손주를 자주 볼 수 있기를!

제 앞에 펼쳐져 있는 연둣빛 새싹들이 품어내는 희망의 메시지와 싱그러운 바람이 속삭이는 사랑의 언어와 따사로운 햇살 속에서 하느님의 축복을 온몸으로 만끽하면서, 다시 한 번 살아 있음에 감사를 드립니다. 그리고 사랑합니다.

나를 키워준 국군간호사관학교

2006년 11월 3일, 30분간 국군방송 인터뷰를 한 적이 있다. 그 당시 간호병과장으로 근무하던 민병숙 대령의 추천이었는데 그녀는 내 국군사관학교 동기생이며 내가 존경하고 좋아하던 친구였다.

방송은 전역을 하고 군에서 받은 혜택으로 사회생활도 훌륭하게 하는 사람을 찾아 방영함으로써 현직 군인들이 군 생활에 보람을 가지고 잘할 수 있도록 긍정적 힘을 실어 주는 내용이었다.

이미 퇴역 후 민간병원에서 간호의 중추적 역할을 하는 친구들, 외국에서 간호계통 일을 하는 프리랜서와 성직자, 교육계에서 일하는 양호교사, 교수, 사업가, 애국사회단체 임원, 중장인 남편을 내조하는 주부, 사회에서 봉사하는 목사 등 훌륭하게 살고 있는 친구들 중에서 가장 부족한 나를 추천해주었다. 학교 졸업 후 30주년 행사를 담당했던 동기회장에 대한 예우였던 것 같다.

고등학교 졸업 후 특차였던 간호사관학교를 20대 1의 경쟁을 뚫고 당당히 합격했을 때 참 기뻤고 설레었지만 교사가 되고 싶었던 또 하나의 꿈과 자유로운 대학 캠퍼스에 대한 동경을 접어야 했다.

그래도 경제적인 부담을 줄여 부모님께 효도를 한 것 같았고, 도미 유학을 통해 엄마의 꿈을 이루어 줄 수 있고 백의천사가 될 수 있다는 자긍심으로 난 나의 선택에 감사했다. 그렇게 시작한 나의 또 다른 삶은 나에게 많은 것들을 경험하게 했고 그 안에서 많은 것을 이루어 내는 밑거름이 되었다.

기숙사 생활을 통해 동료애를 키웠고 부모형제보다 더 따뜻한 우정과 사랑을 체험하였다. 부모형제는 늘 그리움의 대상이었다. 우리가 보살펴야 하는 환우는 젊은 나이에 나라를 지키기 위해서 입대한 우리들의 오빠, 동생들이었기에 가족처럼 돌보았고 의무품 하나하나 국민의 세금이었기에 아끼고 아끼며 애국의 맘을 키웠다.

누가 나라 살림을 이렇게 체계적으로 관리하겠느냐며 우리 일선의 간호장교들이 살펴야 한다고 잔소리하던 선배님들이 지금 생각하면 모두 애국자이고 존경스럽다. 나는 나라를 지키기 위해 간호사관학교 제도를 도입하여 젊은 여성들을 전문인력으로 양성하고 군병원을 통해 봉사하게 하여 나라살림을 아끼고 사회에서는 한 가정을 이루어 훌륭한 자녀들을 키워내고 애국심 있는 사회인으로 살 수 있게 해준 국가의 선택에 박수를 보내며 늘 감사한 마음이다.

무엇보다 간호장교 생활 중 같은 꿈과 같은 가치관과 같은 정치이념을 가진 나의 배우자를 만난 것은 신의 축복이라고 생각한다.

우리보다 열악한 환경 속에서 나라를 위해 헌신하셨던 선배 간호장교님들, 학교 존폐의 위기 속에서도 학교를 지켜 오셨던 훌륭하신 선배님들 지금도 정열을 불태우며 발전해 가는 후배님들께 감사의 마음을 드린다.

우리는 지금도 기숙사 생활을 통해 동고동락했던 친구들이, 아니 전우들이 더 소중하고 서로 아끼며 잘 살아가기를 빌어 주며 살고 있다. 나의 와병 중에 헌신적 도움을 주었던 친구들께 감사의 마음을 전하고 싶다. 고마운 친구들 늘 건강하고 행복하길 기원한다.

나에게 더 나은 삶으로 날갯짓을 할 수 있게 해준 나의 모교가 자랑스러운 아침이다.

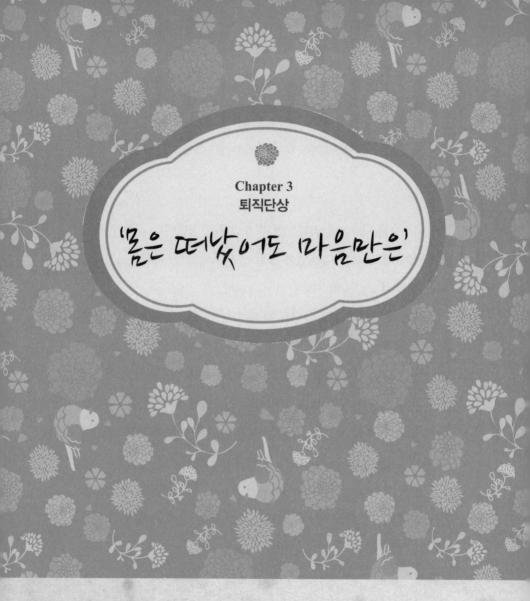

Chapter 3
퇴직단상
'몸은 떠났어도 마음만은'

남편 이야기: 30년 다닌 외환은행을 퇴직하며 · 최후의 만찬 · 대인관계의 성공의 열쇠는 스마일 · 대구에서의 첫 지점장 · 내공을 쌓자 · 겸손이 온화한 인품을 만든다 · 직장 후배에게 전하는 어드바이스 10가지 · 사람은 누구나 인정받고 싶어 한다 · 그리운 사람들과 안부를 주고받는다는 것 · 젊음을 유지하는 비결 · 지피지기 백전백승(知彼知己 百戰百勝) · 퇴직 후 3개월, 아직도 난 외환은행 직원

아내 이야기: 정년퇴임을 하는 신랑에게 · 사랑하는 아버지께─큰아들, 큰며느리, 작은아들, 작은며느리 · 칠삭둥이 나의 퇴임식 · 고마운 사람들 · 역지사지(易地思之) · 가장 축복받은 시간

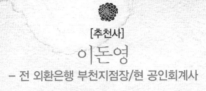

김원수 씨는 30년의 외환은행 직장생활 중 3번이나 같은 부서에서 근무하며 고락을 나누었던 동료이자 후배로서, 나와는 늘 마음의 안부를 주고받으며 지내는 사이입니다.

매사에 우직하리만큼 최선을 다하며 향기 높은 크리스천의 표본으로 살아가는 이 부부의 일상은, 늘 외경의 마음을 품게 하는 아름다운 모습입니다. 이들은 매일 아침 주변의 오밀조밀한 이야기와 신부님의 강론을 재치 있게 요약하여 이웃들에게 전해 줍니다. 그들의 진솔한 모습 때문에 '땅 끝까지 복음을 전하는 평신도 '가톨릭 선교사' 라는 애칭을 갖고 있는 분들이기도 합니다.

이 부부가 삶을 성실히 살아가면서 만났던 희로애락과 가슴에 쌓아두었던 이야기를 모아 『내 인생의 터닝 포인트』라는 한 권의 책으로 내놓았습니다.

이분들이 살아온 삶의 굽이굽이는 우리네 일상과 다를 바 없이 소박하고 평범합니다. 두 사람이 인생의 반려로 만나 아름다운 사랑의 결실을 맺은 것이 아마도 가장 극적인 터닝 포인트일 것입니다.

소시민적인 직장생활을 하면서도 늘 꿈을 키우고 두 아들을 멋지게 키워내기까지에는 적지 않은 인생의 전환점들이 있었으리라 생각합니다. 성공과 환희의 뒤안길에는 모든 인간이 숙명처럼 마주치는 남모르는 시련과 굴곡, 몸과 마음의 아픔이 있게 마련입니다.

"어리석은 사람은 인연을 만나도 몰라보고 놓치지만 현명한 사람은 옷깃만 스쳐도 인연을 살려낸다."는 이야기처럼, 이 부부는 일상적인 인연을 놓치지 않고 소중한 보석처럼 가꾸어 내는 지혜를 보여주었습니다.

이들의 꾸밈없는 이야기는 서양난처럼 보는 이의 탄성을 자아내는 화려한 모습은 아니지만, 깊은 산골짜기에 은은하고 단아하게 피어난 야생화처럼 오랫동안 우리의 마음을 사로잡습니다.

나는 이 부부가 쓴 지극히 담백하고 사랑스러운 이야기를 읽으며 내내 미소를 지었습니다. 길 위의 조그마한 돌멩이 틈새에서 희귀한 보석을 찾아 올리듯 인생의 전환점을 찾아낸 김원수·박필령 부부! 이들이 반평생을 봉직한 직장을 떠나서 새롭게 맞이하게 될 인생 후반부의 이야기가 벌써부터 기다려집니다.

우리들 주변의 선량한 이웃들이 이 책『내 인생의 터닝 포인트』를 접함으로써 가슴에 작은 희망의 꽃씨들을 싹틔우고 아름다운 꽃을 피워 그 은은한 향기로 이 사회를 적시는 계기가 되었으면 하는 바람입니다.

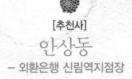

안상동
– 외환은행 신림역지점장

이 책의 저자 김원수 선배님은 고교 2년 위 선배이면서 직장 선배라는, 저와는 깊은 인연의 고리로 연결되어 있습니다. 그래서 꽤 오랜 시간 멀리서 또는 가까이서 그분을 지켜볼 수 있었습니다. 제가 알고 있는 선배님은 사고방식이 상당히 적극적이고 긍정적이며 늘 에너지가 넘쳐흐르는 분입니다.

SNS가 대세를 이루는 요즘 여느 젊은이 못지않게 각종 매체를 통해 활발히 소통해 특히 스마트폰 다루는 실력은 타의추종을 불허할 정도입니다. 보통 사람 같으면 귀찮게 생각할 수도 있는 일이건만 선배님은 지인들에게 수시로 좋은 정보와 생활 속의 단상들을 전해 주고 있습니다.

그런 점에서『내 인생의 터닝 포인트』는 삶에 대한 선배님의 열정의 산물이라 하여도 과하지 않을 듯합니다. '글은 글쓴이의 얼굴'이란 말이 있듯이 선배님처럼 꾸밈없이 소박하고 편안한 글을 읽다 보니, 에너지 넘치게 사는 선배의 마음을 한층 더 이해하고 또 큰 감동을 받게 되었습니다.

책의 첫 장「나의 가장 소중한 사람」에 쓰여 있는 "나에게는 보고 있어도 그리운 사람이 있다."는 구절이 눈에 띕니다. 다름 아닌 선배님의 33년 옆지기 형수님 이야기입니다. 요샛말로 '아내 바보'라 표현할 수 있는 선배님의 사랑이 일방적인 짝사랑인 줄 알았는데, 책을 읽다 보니 형수님 역시 '남편 바보'였습니다.

앞뒤 가리지 않고 자신을 위해 공기 좋은 관악산 근처로 이사해 준 남편에 대한 고마움과 절절한 사랑이 형수님의 글 속에도 고스란히 배어 있습니다. 서로를 닮은 '아내 바보' '남편 바보'인 두 분의 관계가 천생연분이란 생각과 함께, 세상 모두가 부러워할 정도로 참으로 아름다운 '부부 바보'라는 생각이 들었습니다.

형수님의 유방암이 간까지 전이되는 그 고통과 시련의 과정 속에서도 충만한 성령과 감사의 마음으로 긴 터널을 빠져 나오신 선배님 부부가 무척 존경스럽습니다. 더불어 저자의 표현처럼 "고통이 축복의 통로가 된다."는 말에 깊은 공감을 느낍니다.

또한 「이보다 더 좋을 수는 없다」파트에 등장하는 두 사돈과의 돈독한 인관관계는 두 아들을 아직 출가시키지 못한 저로서는 꼭 벤치마킹하고 싶은 부분이기도 합니다.

『내 인생의 터닝 포인트』 출간을 진심으로 축하드리며 이 자리를 빌려 선배님 부부에게 존경과 감탄의 마음을 전합니다. 그리고 출간 후 이 책을 접하게 되는 많은 사람의 마음에도 잔잔한 감동을 일으켜 독자가 독자를 부르는 기적의 효과가 일어나길 기원합니다.

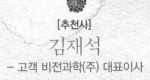

김재석

- 고객 비전과학(주) 대표이사

러시아의 문호 톨스토이는 "인생에서 가장 중요한 시간은 지금 현재이고, 가장 중요한 일은 지금 내가 하고 있는 일이며, 가장 중요한 사람은 지금 만나고 있는 사람"이라고 했다.

지난 30여 년간 사업을 하면서 메이저 금융업계인 외환은행에서 평생 봉직한 절친 김원수 지점장을 알게 되어, 기업 거래처의 한 사람으로서 무척 기쁘게 생각한다. 한 직장에서 대과大過 없이 근무하고 정년퇴직 한다는 것이 쉬운 일이 아닌데 전국 점포에서 부러워할 정도로 우수한 지점장으로서 직장생활을 마무리했으니 얼마나 감사한 일인가.

제 앞가림도 쉽지 않은 세상에서 모범적으로 어려운 이웃을 꾸준히 돕고 훌륭한 아내와 두 아들 내외, 손자 손녀를 둔 벗이 부러울 때가 많다. 그렇지 않아도 정년퇴직을 한 그가 소설을 쓰기 위해 '글쓰기 공부'를 한다고 해서 대단하다고 생각했는데, 그 노력이 결실을 맺어 드디어 부부가 함께 쓴 『내 인생의 터닝 포인트』라는 거포를 날렸다. 이 작품을 통해 저자는 지나온 세월과 땀과 손자국이 묻어나는 귀한 삶의 발자국을 되돌아보면서 감회에 젖었을 것이다.

저자가 서문에서 밝힌 "자서전을 쓰면서 치유와 회복의 은혜를 입었고, 분노와 미움이 용서로, 부끄러움이 대견함으로, 참회와 반성이 영적 성숙을 가져왔다."는 구절이 마음 깊이 와 닿았다. 생각은 해도 그것을 실천으로 옮기기는 쉽지 않은 법이다.

누군가는 성공을 끊임없는 노력의 결과물이라 했고, 또 누군가는 성공은 감사의 횟수에 비례한다고 했다. 그런 점에서 지금 이 순간도 끊임없이 노력하며 감사한 마음으로 살고 있는 이 책의 저자야말로 위대한 성공인이라고 찬사를 보내고 싶다.

그가 날마다 스마트폰으로 전해 주는 묵상 글들과 생활의 지혜를 담은 글 등은 그러므로 '스마트 에세이'인 동시에 삶에 활력을 주는 청량제이다. 이처럼 하루도 빠짐없이 글을 쓸 수 있다는 것 자체가 어느 누구도 흉내 낼 수 없는 벗만의 탁월한 끼일 것이다.

우리는 누구나 자신의 삶을 통해서 마더 테레사처럼 선한 영향력을 끼치길 바란다. 암을 극복하며 부부가 함께 쓴 『내 인생의 터닝 포인트』가 이처럼 선한 영향력을 끼쳐 시련 속에 있는 수많은 부부를 살리고 아픔이 있는 가정을 되살릴 수 있는 생명수가 되길 바란다.

동시에 이 책을 접하는 모든 가정이 사랑과 꿈과 역전의 드라마틱한 가정과 부부로 변화하기를 바라며, 벗 역시 이 책을 계기로 더 다양한 장르의 글을 소화하여 국내외의 수많은 애독자를 갖게 되기를 간절히 바란다.

끝으로 『내 인생의 터닝 포인트』가 이 지구촌 모든 가정의 '터닝 포인트'가 되길 기원하면서 추천사를 갈음한다.

"마르띠노·안젤라 벗님, 사랑합니다! 그리고 감축합니다!"

30년 다닌 외환은행을 퇴직하며

새벽녘에 생생한 꿈을 꾸었다.

직장생활을 하면서 생긴 상사와의 갈등을 그보다 더 높은 분과 상담하는 내용이었다. 꿈에 등장한 높은 분은 우리 성당 주임 신부님이셨다. 높은 분과 상담하려는데 나와 갈등을 빚었던 상사가 나타났고, 그래서 삼자대면으로 이야기를 막 시작하려는 순간 잠에서 깼다.

정작 말을 꺼내지는 못했지만 어떤 상담을 하려 했는지는 기억이 난다. 사람은 장단점이 있다. 내 상사는 나의 장점은 인정하지 않고 취약점만 가지고 스트레스를 심하게 준다. 그러니 내가 직장을 그만두거나 아니면 다른 부서에서 일할 수 있게 해달라는 것이었다.

눈을 뜨고 나니 30여 년간의 직장생활에서 나의 취약점을 돌아보게 해준 꿈이라는 생각이 들었다. 외국환 전문은행인 외환은행에 근무한 한 사람으로서 외국어 회화도 잘 못했고 외국환 분야에서도 제 역할을 다하지 못했다. 그럼에도 만기 제대를 할 수 있음은 보이지 않는 그분의 돌보심이고, 나와 인연을 맺은 많은 직장 동료와 상사 분들 그리고 벗들과 가족들의 배려와 사랑 덕택임을 깨닫는다. 30년을 한 직장에 머물게 해주었던 외환은행에 감사할 따름이다.

내가 은행원이 되기로 마음을 정한 때는 초등학교 5학년 때였다. 하루는 담임선생님이 수업시간에 "장래 어떤 사람이 될 것이냐?"고 물어 보셨다.

대부분의 친구들이 대통령을 비롯하여 장군, 과학자, 파일럿이라고 대답할 때 나만 은행원이라고 대답했었다. 언젠가 이종사촌 형에게 들었던 은행에만 취직하면 봉급도 많이 받고 잘살 수 있다는 말이 떠올랐기 때문이었다.

우리 집은 논 한 마지기 없고 밭농사만 짓는 시골의 빈농이었다. 그래서 "은행에 들어가면 야간대학도 다닐 수 있고, 대구상고에 입학하면 은행에 취직할 수도 있다."라는 이종형님의 말이 내 가슴속에 박혔다. 그렇게 딴 생각하지 않고 소박하게 은행원이 되어 부모님 모시고 함께 사는 것이 나의 꿈이 된 것이었다.

초등시절에 이어 청소년시절까지도 은행원은 나의 꿈과 목표였다. 그러던 내가 고3 방학기간 중에 은행원이라는 목표를 잠시 잊어버리고, 학교장의 추천으로 대기업에 취업을 하게 되었다. 내가 회사를 다닌 지 며칠 안 돼 같은 회사에서 정덕진 고교 10년 위 선배님을 만났는데, 그분의 회사생활 이야기를 듣고 나는 곧바로 직장생활 중 첫 사표를 내던졌다.

그러고는 대학예비고사와 본고사를 위해 6개월여 동안, 도시락 2개를 싸가지고 시립도서관을 다니며 공부를 했다. 운이 좋게도 그해 지방대학인 대구의 계명대학에 합격했고, 27개월간 대구지방보훈지청에서 말단 공직 급여를 받으며 주경야독 생활을 2년째 하다가 두 번째 사표를 제출했다.

대학 3학년 진학과 동시에 ROTC 제도를 이용하여 국방부 장학금을 수혜하고 경리장교로 4년간 복무했다. 하느님의 은총으로 전역 전부터 준비해 왔던 서류전형에 합격한 후 전역과 동시에 최종 합격하여 외환은행에 입행할 수 있었다.

그렇게 해서 1982년 8월부터 지금까지 30여 년간 외환은행으로부터 매달 21일에 꼬박꼬박 급여가 입금되었다. 우여곡절은 있었지만 초등학교 때부터 품어왔던 은행원의 꿈을 외환은행에서 달성할 수 있었던 것이다. 부모님과 함께 아내와 아들 둘, 이렇게 여섯 식구가 행복하게 살 수 있는 터전이었던 외환은행에서의 직장생활은 내 인생의 큰 보람과 기쁨이었다.

오늘 출근하면서 일정표를 보았더니 이제 출퇴근할 수 있는 기간이 8일밖에 안 남아 있었다. 막상 내게는 가족이나 다름없던 외환은행을 퇴직하려고 하니 벌써부터 가슴 한쪽이 허전하고 시려온다. 그렇지만 다니는 날까지 나의 자리를 지키며 최선을 다해 근무할 생각이다. 다시 한 번 아무 탈 없이 직장생활을 할 수 있게 해준 회사와 동료들을 비롯한 모든 분들께 감사의 인사를 전한다.

최후의 만찬

"저는 2011년 5월 말로 명퇴하고, 이달 말까지 직장에서 '내부통제관리역'이란 직명과 함께 다소 자유로운 출퇴근을 하는 외환은행 별정직 직원으로서 소속되어 있습니다. 이달 말에 완전히 퇴직 병장 만기 제대입니다."

아직도 출근을 하느냐는 누군가의 질문에 대한 답변이다.

오늘은 나의 퇴직을 위로하고 새로운 출발을 축하하고 싶다는 취지로 아내의 벗까지도 식사 제의를 해주어 고맙기만 하다. 지난 2월 말에는 서울대학교 제3인생대학에서 공부를 함께하는 부부로부터 축하 꽃다발과 우정이 듬뿍 담긴 카드를 받았다.

또 지난달에는 직장 내 ROTC 동문회인 환록회에서 만찬과 기념품으로 상품권을 준비해 주었고, 직장 내 고교 동문회에서도 회식과 함께 퇴직선물과 상당한 전별금을 주면서 직장의 만기 제대와 새로운 출발에 대한 축하와 위로를 해주었다.

더할 수 없이 고마운 분들이다. 퇴직 때문에 다소 울적했던 기분이 스르르 풀렸다.

요즘은 이렇게 동료들과 지인들로부터 위로 겸 축하 문자가 폭주하고 있다. 오늘도 점심식사 중에 몇 곳으로부터 문자를 받고 그 회신으로 "늘 고맙습니다. 동료부장 10명과 중식을 했습니다. 환송식사를 하면서 주님의 최후의 만찬이 떠올랐습니다."라고 써서 발송했다.

앞으로는 아침에 나갈 곳이 없어 시간이 많아 좋겠다는 생각도 들지만 그것보다는 지금까지 출근할 수 있었던 직장에 감사했다. 30년 이상 삶의 터전이었던 내 직장 외환은행이 고마웠고 앞으로도 무궁한 발전을 기원한다. 이제는 고객이 되어 팬으로서 응원할 것이다.

이제 출근은 내일 하루 남았다. 마지막 출근 후 말없이 떠나는 게 맞을까? 아니면 직원들과 악수라도 하고 떠날까? 전 직원에게 보내는 작별인사는 회사 홈페이지에 올렸다. 동료직원 일천 명 이상이 글을 읽었다. 고마운 사람들이 많았던 직장이라 더 시원섭섭하다.

며칠 전에는 지점 인근의 고객이면서 ROTC 동기인 김창희 친구와 자리를 함께했는데 의도치 않게 내 환송연이 되어버렸다. 친구는 고등학교 교장선생님이면서 지역의 명망가이고 유지이다. 교장선생님이 되기는 참 어렵다. 훌륭한 벗이어서 교장이 된 것이다. 어떤 직장이든 최고의 자리에 오르기는 쉽지 않다. 나도 연속하여 10년을 지점장으로 근무하며 조직의 목표를 달성하고자 동분서주해봤기 때문에 잘 알고 있는 사실이다.

어제 저녁에는 직장 내 대구상고 동문회 신년모임에서 환송식을 해주었다. 동문회장의 스피치 요청에 "그동안 감사의 뜻을 전하며, 앞으로도 동문회의 발전과 동문들 모두가 뜻하는 바를 이루고 건강하고 행복하길 바란다."라고 화답했다.

요즘 참석하는 자리마다 최후의 만찬 같다는 생각이 들어 비장한 느낌마저 감돌았는데, 한편으론 이리 많은 사람들이 나의 앞길을 축복해 주고 격려해 주는 걸 보니 그동안 세상을 헛살지는 않았구나 하는 자부심이 생겼다.

돌아보니 얼마 되지 않은 것 같은데 30년이란 세월이 참 빨리도 지나갔다. 그렇지만 기죽지 않고, 이번 부활절에는 나도 부활해 보고자 작정을 했다.

대인관계의 성공의 열쇠는 스마일

"명절 잘 보내셨나요? 바쁘시겠지만 내일 은행 고교동문회에 꼭 참석하셔서 후배들에게 덕담 한 말씀 부탁합니다. 양문병 드림."

직장 내 고교동문회 신년회 겸 2013년 상반기 퇴직 동문의 환송연을 한다면서 총무가 연락을 해왔고, 고교동기인 동문회장이 위와 같은 문자를 보내왔다. '덕담'이란 상대방이 잘되라고 빌어주는 말이며 정초에 행하는 세시풍속 중 하나이다. 새해를 맞이하여 인사 겸 서로의 복을 빌고 소원이 이루어지기를 기원하는 예절에서 비롯되었는데 승진, 득남, 합격, 완쾌, 사업이 번창하기 등등 상대방의 바람이 성취되길 빌어주는 것이다.

우리 집에서도 이번 설날에 두 아들 부부가 세배를 한 후, 내가 덕담 한마디를 해주길 기다렸다. 사실 난 제대로 준비를 못했기에 평소 우리 집 가훈인 "늘 감사하고 늘 기뻐하고 늘 기도하자. 늘 웃는 모습을 유지하면서 살아가자."라고 당부했다.

내가 30여 년간의 직장생활에서 크게 느낀 점이 한 가지 있다.

그것은 사회에서 대인관계를 어떻게 풀어 나가느냐에 따라 인생의 성공 색깔도 달라진다는 점이었다. 늘 상대에게 웃는 모습을 보여준다면 대인관계에서 많이 유리하다. 그렇지만 늘 웃는다는 것이 쉽지만은 않다. 내 안에 여유가 있거나 남다른 훈련이 있어야 가능하다. 사실 여유를 갖는 것도 쉬운 일이 아니다. 내가 남에게 도움을 줄 수 있는 능력과 실력을 갖추고 있어야만 여유도 가질 수 있는 것이다. 나 자신이 먼저 평화롭고 행복하여야 상대나 다른 이들에게도 평화를 줄 수 있고 행복바이러스를 전파할 수 있다.

천성적이든 후천적으로 훈련을 통해서든 우선 자신의 내면에 기쁨과 평화가 넘치게 해야만 남에게도 웃음을 줄 수 있고, 대인관계도 좀 더 여유롭게 할 수 있는 것이다. 그러자면 공부를 게을리 하지 말아야 하고, 건강을 위해 꾸준한 운동이나 좋은 음식 섭취 등의 지속적인 노력이 필요하다.

무엇이든 한 번에 잘할 수는 없다. 공부와 운동으로 자신감을 만들고 지식과 지혜와 자신감으로 일하다 보면 보다 빨리 소기의 목표를 달성할 수 있을 것이다. 목표나 꿈은 구체적일수록 좋다. 막연한 목표가 아닌 기한이 있는 목표를 세워야 한다. 일상사에 바빠 잊어버릴 수 있으니 자기가 잘 볼 수 있는 위치에 적어두고 수시로 보는 것이 바람직하다.

대인관계를 잘하게 되면 자신이 이룬 업적 이상으로 평가를 받기도 하므로 어찌 보면 원만한 대인관계야말로 성공의 지름길이라고 할 수 있겠다. 그 원만한 대인관계의 첫 번째 열쇠가 앞에서도 말했듯이 바로 미소이다.

빤한 이야기 같지만 남다른 노력만이 성공한 인생을 살게 하는 것이다. 결론적으로 말하면 성공의 열쇠인 원만한 대인관계를 위해서는 스마일이 최고라는 것이다. 한마디로 잘 웃자는 것이다. 내가 웃어서 옆 사람까지 활짝 웃게 만든다면 또 그 옆의 사람도 웃게 될 것이고, 그러면 당신은 이미 성공자이다.

스! 스쳐도 웃고, 마! 마주쳐도 웃고, 일! 일부로라도 웃는 올 한

해가 되길 바라본다.

또한 고정관념의 틀을 깨는 역발상의 한 해가 되었으면 한다. 새해가 되면 우리는 늘 뭔가 한 가지쯤 새로운 결심을 하게 되는데 금연, 금주 등 백 날 해봐야 안 되는 것들만 계획을 세우고 결국 지키지는 못한다. 그러니 올 한 해는 생각을 바꿔 무엇 무엇을 끊기보다는 평소 하고 싶었던 일을 더 열심히 하는 것으로 계획을 세웠으면 한다.

이렇듯 우리 모두가 최악의 상황에서도 미소를 잃지 않고 긍정적인 판단을 하는 역발상의 한 해가 되었으면 참 좋겠다. 자, 모두 스마일!

대구에서의 첫 지점장

"걱정 말아요. 잠시 눈을 붙였는데 벌써 천안이네. 편히 쉬어요. 조금 후에 당신 혼자 ME모임 가려면 썰렁하겠다. 사랑해요!"

혼자 고향으로 내려가는 나를 염려하고 있는 아내에게 내가 보낸 문자 메시지이다. 고향 영천과 대구에 집안 행사가 있으면 나 혼자 가는 일이 종종 있다. 예전에는 자동차로 아내와 함께 가곤했지만 요즘은 운전하는 일이 피곤하고 힘들어서이다.

기차를 타고 혼자 고향으로 내려가다 보니 대구에서 첫 지점장을 할 때가 생각났다. 2001년 2월부터 2004년 3월까지 만촌동 지점장을 하면서 3년간 주말부부 생활을 했었다. 40대 중반의 혈기왕성할 때라 누구보다 열정적으로 일했다.

지점장은 조직의 목표 달성과 실적 향상을 위해 직원들 관리와 고객 만나는 일을 주로 한다. 사람과 친해지려면 식사와 음주, 혹은 운동을 함께하면서 인간적으로 친밀감을 형성하는 것이 필수였다. 한때는 '지점장이 무슨 기생인가?' 하는 생각을 할 만큼 사람들을 접대하는 일에 진이 빠지기도 했었다.

어쨌든 수십 년 만에 지점장이 되어 고향으로 내려왔으니 초등동창 모임과 중·고·대학 총동창회에 지역 주민자치위원회와 방범위원회, 대구 ROTC 로터리클럽 등등에 회원가입을 하고 지역 봉사활동도 열심히 했다. 성당의 기도신심단체 레지오까지 가입하여 신앙생활과 병행한 바 있다. 그 첫째 이유는 조직의 목표 달성 때문이었다고 생각하지만, 누군가의 강요에 의한 것이 아니라 스스로 열정적으로 참여한 것이었다.

주중에는 거의 먹고 마시고 일하는 생활의 반복이었고 주말에는 상경하여 아내와 아이들을 보는 재미로 살았다. 지금 와서 돌이켜보면 나름 즐거운 점도 있었지만 다시 하라면 거부할 정도로 건강을 해쳤고 바람직하지 않았다는 생각을 해본다.

그렇지만 그때는 내가 할 수 있는 한 순간순간 최선을 다하였다. 대구에서의 6번의 경영평가 중 한번은 전국에서 이익목표 달성률 1위와 종합경영평가 1위를 하였다. 그 덕분에 실적급 보너스 250%와 해외연수 참여기회가 주어졌고, 직장 해외연수를 4번이나 경험할 수 있었다. 1992년 9월 초순에 대리로 싱가포르와 태국에, 2003년 2월에는 지점장으로 베트남과 캄보디아, 2004년에는 중국

북경과 상해를 다녀왔다. 그 뒤 인천의 가좌동과 구월로 지점장에서 삼정동 지점장을 할 때까지 모두 상위실적을 유지한 결과로 시니어지점장 챌린지투어 2010년 3월 서유럽인 스위스, 프랑스와 이탈리아를 순회하였다. 이때 부부동반으로 연수를 갈 수 있었던 것이 직장생활을 하면서 가장 기쁘고 보람찬 일이었다.

본부 생활은 감사부서에서 7년간 근무한 것이 전부이다. 1996년 10월로 감사출장으로 22박 23일 동안 미국 서부의 샌프란시스코와 동부의 뉴욕과 워싱턴, 남부의 마이애미 그리고 캐나다의 토론토와 몬트리올에 출장 여행을 다녀온 일은 행운이었다.

지난날을 회상하다 보니 벌써 기차가 낯익은 고향땅에 들어서고 있다. 내릴 준비를 하며 생각했다. 주어진 여건에 감사하고 최선을 다할 때 행운이든 행복이든 주어지는 것이 아닐까 하고. 늘 깨어 생각하고 계획하고 실천하고 반성하는 나날이 되기를!

내공을 쌓자

며칠 전 내 마지막 직장상사 박용철 본부장으로부터 정중한 중식 초청을 받았다.

그와는 20년 전 부천지점에서 함께 책임자로 근무한 적이 있었다. 연배로는 나보다 아래지만 여러 가지 면에서 탁월한 능력과 인품을 갖춘 내 직장의 마지막 상사였다.

그의 탁월한 대인관계는 오래 전부터 내가 감탄해 온 바 있다. 상사와 고객은 말할 것도 없고 동료와 부하들과도 참으로 원만한 관계를 유지하였으며 평가실적도 늘 좋았다. 그와 함께한 1994년에는 종합평가에서 연속 두 번이나 1위를 차지하기도 했다. 그 후 그는 감사부로 영전되었고, 나도 얼마 뒤에 감사부 검사역으로 근무하게 되었다.

그의 면면을 보면서 나는 한 가지 분명하게 느꼈다. 그가 내공이 보통 사람이 아니라는 점과 직장의 성공자로서의 성패 여부는 인간관계를 어떻게 하느냐에 달려 있다는 점이었다. 그러나 알면서도 잘되지 않는 게 인간관계이다. 나로서는 그가 언제부터 중용, 겸손, 순명, 인내 등등의 내공을 키워왔는지 묻고 싶을 정도였다.

그를 알고 난 후부터는 더더욱 내 두 아들과 직장 후배들에게 성공적인 삶의 첫째 요소로 원만한 인간관계와 내공을 쌓아야 한다고 강조하고 있다. 몇 번을 강조해도 지나침이 없는 사실이다. 물론 나는 개인적으로는 인간관계에 하느님과의 관계도 추가하고 싶다.

박 본부장님과 작별 후 조금 전 실업급여 신청을 했다. 그런데 2분이 늦었다고 교육장에 입장도 못하고 땀만 흘린 채 다음을 기약하고 돌아와야 했다. 내가 지각을 하는 우를 범했지만 기분은 참 별로였다.

나 역시 대학 재학 중인 1974년부터 27개월간 말단 공직에서 근무해봤다. 그래서 그들의 고충을 알고는 있었지만 몇몇 공무원들은 그때나 지금이나 융통성이 없고 힘이 많이 들어가 있는 것 같았다.

직장을 퇴직하고 처음으로 느낀 '을'의 입장이 된 사람으로서의
서글픔이었다. 그렇지만 마르띠노에게 내공을 더 쌓으라는 주님의
뜻으로 받아들이기로 했다.

겸손이 온화한 인품을 만든다

변화된 세태인가? 나도 모르게 한숨이 나왔다.

노인들이 버스나 전철을 타고 빈자리가 없어 앞에 서 있어도 좌
석을 차지한 젊은이들은 노인들이 앞에 서 있거나 말거나 아는 척
도 하지 않고 핸드폰 자판만 두드리고 있다. 나는 나대로 앉아서 가
기 위해 한 정류장이나 걸어서 버스에 승차하고 좌석에 착석했는데
결국 내가 어르신에게 자리를 양보하였다.

오늘 대중교통을 이용해 동료의 여식 혼인식에 오가는 길에 맞닥
뜨린 광경이다. 우리나라의 좋은 풍속이던 경로사상이 점점 사라지
는 것 같아 안타까운 생각이 들었다.

참석한 결혼식장에서 옛 동료들을 많이 만났다. 그중에서 지금도
카톡으로 안부와 소식을 주고받는 존경하는 본부장님 두 분을 만나
서 반가웠다. 김순환 본부장님과는 피로연 내내 옆자리에 나란히
앉아 식사를 했고, 다른 한 분인 이태범 본부장님과는 식사 후 차를
함께 마시면서 대화를 나눴다.

김 본부장님은 퇴직 후 자회사 감사로 3년 임기를 마친 후 지금

은 자원봉사를 하며 지내신다고 하였다. 내가 그분을 처음 만난 것은 한참 오래 전으로 거슬러 올라간다. 본점의 감사부 검사역을 맡고 있을 때였는데 지점을 감사할 때 그분은 영업점의 지점장이었다. 그러다가 10년 전 내가 만촌역 지점장으로 근무할 때 본점 핵심부장을 맡고 계신 선배님과 다시 만났다. 선배님이 상무님을 모시고 대구지역을 순방 중일 때였다.

그 당시 나는 김 본부장님이 나이로나 은행 경력으로나 여러 면에서 한참 은행 후배인 현 상무님을 극진히 모시는 장면을 보면서 감동을 받았다. 그 후 김 본부장님은 보직을 중임하시고 퇴직 후 자회사로 옮겼다.

커피를 함께한 이태범 본부장님은 1985년 내가 감사실 총무계장으로 근무할 때 검사역이었던 분으로 본부장을 지내신 후 퇴직하셨다. 퇴직 후 외환은행의 관리회사로 옮기셨는데 선배님이 맡자마자 그 회사는 1년 만에 여신관리를 졸업하여 정상을 되찾았고, 그때의 공을 인정받아 지금까지 6년째 부사장으로 근무하고 계신다고 한다. 그러고는 맛있는 거 사줄 테니 아무 때나 방문을 하라신다.

수년 선배인데도 얼굴빛이 참 건강해 보여 보기에도 기분이 좋았다. 부사장까지 하고 있는 것은 관리회사의 회장이 의리가 있는 분이라 그렇다고 겸손하게 말씀하셨지만, 나는 선배님의 능력과 온화한 인품이 그 이유라고 생각한다. 작별 후 귀가 중에 전철 안에서 한 부자父子의 모습이 찍힌 동영상을 보내드렸더니 바로 문자가 날아왔다.

"김 박사, 오늘 모처럼 얼굴을 보아서 반가웠습니다. 보내준 글

잘 읽었고 감동적임과 동시에 요즈음 세태가 매우 안타깝습니다. 말짱한 자식들과 아버지 간에 맺은 인연이 이처럼 보잘것없는 것인지……."

나도 바로 문자를 보내드렸다.

"본부장님 뵙게 되어 반가웠습니다. 같은 연배의 다른 분들은 다 놀고 있는데 이 선배님은 아직도 수입이 생기는 일을 하고 계시니 놀랍습니다. 더 젊어지시고 건강해 보였습니다. 주님의 축복이십니다. 늘 건강하시고 행복하세요. 샬롬!"

이 본부장님은 교회의 장로 직분으로 독실한 크리스천이다.

"감사합니다. 김 박사처럼 인생을 멋지고 아름다운 모습으로 사는 모습도 보기 좋습니다. 주님의 사랑과 은혜 가운데 가족 모두 건강하시고 행복하시길 빕니다. 또 연락하십시다."

오늘 만난 두 분의 본부장님은 겸손함이 배어 있다. 그 겸손함이 온화한 인품을 만든 것이다. 능력이 있어도 자랑하지 않고 어느 기업의 광고처럼 소리 없이 강하다.

그분들에 비해 나는 시끄러운 깡통이 아닌가 하는 생각이 들어 문득 반성을 해본다. 오늘 버스에서 맞닥뜨렸던 씁쓸한 세태와 훌륭하신 선배님들을 만나 느꼈던 일들을 글로 옮겨본 주말 오후이다.

직장 후배에게 전하는 어드바이스 10가지

어제는 입행 전부터 알고 지낸 우리 직장의 후배를 만났다. 그의 어머니와 내 아내가 간호장교 선후배라는 귀한 인연이었다. 언젠가 독실한 크리스천인 그가 조용하고 내성적인 성격이라, 은행 영업부서와 직원들과 잘 어울리지 못한다는 이야기를 간접적으로 들은 적이 있었다. 안타까운 마음에 어제 그가 근무한 지점을 방문하여 대화를 나누었다. 평소에도 카톡으로 안부와 묵상 글을 주고받으며 잘 지내는 사이였다.

나는 그에게 신앙적인 측면을 제외하고 직장선배로서 성공적인 직장생활을 위한 어드바이스를 해주었다. 헤어지고 난 후 그 내용을 정리하여 한 번 더 카톡으로 보내주었다.

1. 좋은 관계 유지 – 주님, 가족, 상사, 동료, 부하, 고객, 이웃 등과의 원만한 관계가 행복한 삶과 직장생활에서의 성공과 실패를 좌우하는 가장 중요한 요소가 아닌가!

2. 실력 보유 – 전문가로서 퍼펙트해야 함. 퍼펙트한 사람이란 남들과는 차별화된 능력, 유창한 외국어 실력, 상식을 배양하는 폭넓은 독서, 간접경험을 통해 얻은 지혜 등등이 풍부한 사람이며, 매사에 자신감이 충만한 사람을 말함.

3. 좋은 인상 유지 – 끊임없는 훈련으로 내공을 쌓아 늘 얼굴에 미소를 띠면, 대인관계에서도 가점을 받을 수 있음.

4. 건강관리 – 육체적 정신적 건강을 위해 늘 운동할 것. 운동은 자신감을 준다.

5. 자격증 획득 – 미래의 예상치 못한 경쟁력 확보를 위해 세무사, 감정사, 사회복지사, 공인중개사 등등의 자격증을 단계별로 획득해 둘 것.

6. 자세의 중요성 – 매사에 적극적이고 능동적 자세로 임할 것. 남의 입장에서 생각과 배려를 하고, 상대보다 내가 좀 더 손해 보겠다는 자세가 필요함.

7. 책임감 강한 직장인 – 조직의 목표를 달성할 수 있도록 최선을 다할 것. 상사가 준 목표를 초과달성할 수 있어야 책임감 강한 직장인으로 인정받을 수 있음.

8. 사회성과 신의 – 융통성을 발휘해 때로는 소주 한 잔씩 대접하며 마시는 것도 필요함. 나의 멘토 직장상사는 교회 장로이시면서도, 특히 상대가 원할 때는 거절하지 않고 소주 몇 잔으로 늘 분위기를 조성했음.

9. 성실성 – 남들보다 부지런할 것. 성실은 자기인생의 기본!

10. 적절한 취미생활 – 스트레스 해소와 재미있는 취미생활을 찾을 것. 부부가 함께하는 것이라면 더욱 좋음.

이상! 이 과장 파이팅!

얼마 후 후배로부터 답글이 왔다.

"지점장님, 감사합니다! 직접 방문해 주셔서 정말 영광입니다. 반했습니다."

나는 그에게 회신이 와서 안도했다. 남에게 충고한다는 것이 쉽지 않은 것인데 혹시 괜한 짓을 하여 기분을 상하게 한 건 아닌지 내심 걱정이 됐기 때문이다. 그렇지만 역시 진심은 통하게 마련인가 보다. 나의 진심어린 말들이 아끼는 이 후배에게 조금이라도 도움이 되어 그가 늘 승승장구하기를 기도한다.

사람은 누구나 인정받고 싶어 한다

어제는 영업점장 인사를 함에 있어 영업현장의 의견을 듣고 싶다는 인사부장의 메일을 한 통 받았다. 곰곰이 생각하다가 몇 년 전에 함께 근무한 적이 있는 한 직원을 영업점장으로 추천하는 메일을 보냈다. 내 의견이 얼마나 반영될지는 모르지만 그는 지점장이 될 능력이 충분했고 경력도 그 이상이었다.

그 후 그가 이번 인사의 승진대상에서 누락될까봐 잘 검토해 달라는 취지의 글을 한 번 더 발송했다. 만약에 이번 승진인사에서 밀렸다 하더라도 관련 인사부서장과 최종인사고과권자인 직속 본부장이 기억해 주기를 요청하는 의미였다. 아울러 본인에게는 예전의 상사가 관심을 가지고 지켜보고 있고 응원하고 있음을 보여주고 싶었고, 자신이 다른 이로부터 인정받고 있음을 확인시켜 사기를 진작시켜 주고 싶었기 때문이다.

사람은 누구나 인정받고 싶어 하는 욕구를 가지고 있다. 인정받고 싶은 욕구는 소속의 욕구와 함께 사람의 마음속 깊이 내재하는 심리이다. 언제 어디서든 다른 사람으로부터 인정을 받는다는 것은 삶의 활력소가 되어준다. 그렇기 때문에 우리는 늘 타인의 인정을 받으려고 애를 쓰면서 사는 것이다. 때로는 벅차고 힘들 때도 있지만 최선을 다해 노력하면 꾸준한 노력이 축적되어 결정적일 때 좋은 결과로 나타날 수 있다.

다만 인정받고자 하는 욕구가 지나치게 많은 사람은 피곤하고 다른 사람에게도 부정적인 영향을 미칠 수 있다. 그러므로 평소 기본에 충실하면서 주위 상하와 동료 간에 신의를 다하고 그들과의 좋은 관계를 위해 지속적인 노력을 해야 한다. 우리는 더불어 살아가는 사회적 동물이기 때문이다.

나 역시 인정받고 싶은 욕구가 있다. 그리고 그 욕구를 성취하고자 쉬지 않고 노력한다. 그러나 가끔씩 욕구가 지나쳐 욕심이 되어버릴 때가 있는데, 그럴 때마다 나는 인정받고 싶은 욕구를 뛰어넘을 수 있어야 한다고 생각한다.

내가 꼭 해야 할 일이 아님에도 자청한 일이 구역모임과 아가페모임 등 단체의 연락책이다. ROTC 동기동창 모임이나 성당단체 친교부부 모임, 직장 사회 여러 부분 단체모임까지 내가 총무 직을 여러 곳에서 맡고 있는 것이다. 물론 누군가는 해야 할 일이고 작은 헌신이 공동체를 위하여 필요하다는 생각에서였지만…….

그래서 최근에는 인정받고자 하는 욕구보다는 내가 잘할 수 있는 달란트로 봉사하는 것이 더 낫다는 마음이 들었다. 내가 인터넷과 이메일, 그리고 휴대폰 문자 메시지 등을 많이 쓰게 된 데는 나름대로 이유가 있었다. 경상도 사람이라 억양이 세고 급하면 말을 더듬는 약점을 감추기 위해서였다. 또한 말보다는 글을 쓰는 것이 내 생각과 의도를 훨씬 효과적으로 전달할 수 있었기 때문이었다. 더욱이 하느님을 좀 더 알고부터는 기도를 통하여 내 삶과 생각을 정리정돈하는 것을 좋아하여 수시로 글을 올리게 되었다.

내 컴퓨터에 등록된 다른 이의 휴대폰 번호가 약 5천 개에 이른다. 스마트폰에만도 2천 명의 전화번호가 저장되어 있고, 카톡에 등록된 사람도 1천 명이 넘는다. 최근에는 스마트폰 요금이 10만 원 내외지만 한때는 문자요금으로 최고 25만 원까지도 나왔었다. 내가 가진 달란트로 봉사하고자 자칭 여러 단체의 연락책을 맡고 보니 나도 모르게 많은 숫자가 등록되어 스스로도 깜짝 놀랐던 것이다.

이제부터라도 인정받고 싶은 욕구를 뛰어넘을 수 있도록 힘을 좀 빼야겠다. 내 힘을 빼고 하느님의 뜻에 초점을 맞춘다면 만사형통일 것이다.

그리운 사람들과 안부를 주고받는다는 것

지난주 중에 동료 한 분으로부터 "인사발령이 나서 본점부서로 가게 되었습니다."라는 전화를 받았다. 카톡으로 종종 소식을 전하면서 지내지만 직접 전화를 주어 더 반가웠다.

그날 밤이라도 함께하자면서 통화를 했고 오늘 중식 약속을 잡았다. 다른 동료 한 분과 동행하여 중국식 점심을 먹고 그와 헤어져 사무실로 복귀하면서 문득 그리운 사람들이 생각났다. '지금쯤 무엇을 하면서 살까? 잘 살고 있을까? 많이 늙었겠지?' 나는 가끔씩 생각나고 그리운 사람들이 많은 편이다.

초등시절 우리 시골집 옆집에 살던 한 살 아래인 그녀를 못 본 지도 50년이나 되었다. 또 한사람, 초등학교 동창이며 대학 때까지 가끔 연락하며 대구에서 차 한 잔씩 했던 그녀와도 연락이 끊어진 지가 40여 년 되었다. 그러고 보니 충주 어디에선가 살고 있다는 소식을 들은 것 같다. 그리고 주경야독 시절에 만나 가볍게 데이트했던 사람도 몇 있지만, 그녀들은 그립다기보다는 안부가 조금 궁금한 정도이다.

직장의 경우 1년간 근무했던 포항지점에 다시 보고 싶은 동료들이 많다. 지금까지도 소식을 주고받는 홍경희 님, 이혜란 님, 한갑애 님! 잘 살고 있음을 알지만 그래도 보고 싶은 동료들이다. 부산 범일동 지점의 김미경 글라라. 캐나다에 가서 잘 살고 있겠지만 최근에 안부가 끊어져서 궁금하다.

자갈치 지점에서 함께한 최순희 님과 김경자 님, 폐쇄된 안양의 병목안 지점의 이정화 님 소식도 궁금하다. 대구 만촌동 지점에서 만난 임선이 계장, 이상훈 차장 부부도 그립다. 인천 가좌동 지점 김선미 계장과 윤재숙 과장, 구월로 지점 직원들, 그리고 부천 지점 이은영 계장은 결혼 후 미국에서 잘 사는지 궁금하다.

마지막 지점장을 한 삼정동 지점에서 만난 여러 동료들은 지금도 카톡 그룹방에서 안부를 주고받고 있다. 그리움이 쌓여가고 있어 조만간 방문할 예정이다. 조직생활을 하는 만큼 인사발령이 나면 어쩔 수 없이 옮겨 다녀야 하는데 어떤 지점이든 정이 들어 섭섭하면서도 한편으로는 좋은 동료들과 함께할 수 있어서 감사했다.

이렇게 오랜 시간이 흐른 뒤에도 생각나고 궁금해지는 누군가가 있다는 것 자체가 행복한 일이다. 더욱이 그 그리운 사람들과 아직도 연락을 주고받는다는 것은 정말이지 살맛 나는 일이 아닐 수 없다.

젊음을 유지하는 비결

30년 이상 근무한 직장에서 훌륭한 분들을 많이 만났다. 그중에서 가장 존경하는 분은 전국 만여 명의 직원을 보유한 외환은행KEB에서 세 번이나 같은 부서에서 함께 근무한 나의 멘토 이돈영 지점장님이다.

행원 때 감사실에서 처음으로 같이 일하게 된 후, 내가 부산에서 대리로 근무할 때 그분이 시카고 지점에서 부산의 충무동 지점장으로 오셨다. 자갈치 부근 충무동지점에 이어 마닐라 지점장으로 가시기 전 부천 지점장으로 재직 중일 때도 그분을 모시게 되었다. 세 번을 3년 이상씩 함께 일하면서 나는 한 번도 그분이 짜증을 내거나 화를 내는 것을 본 적이 없고, 그건 지금까지도 마찬가지이다. 입행 전부터 공인회계사 자격을 획득한 실력에다 덕장의 인품, 더욱이 독실한 크리스천이셨기에 나의 멘토가 되신 분이다.

그분을 세 번째 만난 부천 지점에는 동료와 선후배가 정기모임을 하며 서로의 경조사를 챙겨주는 '도원회'라는 모임이 있었다. 이 모임의 막내가 지금 본부장을 하고 있고 대부분이 지점장 직급으로 은퇴를 하였다. 그럼에도 정기모임 때는 서로 스폰서를 하겠다고 나서고 연회비 부담도 적어 총무인 나로서는 늘 즐겁게 모임준비를 한다.

서론이 길어졌지만 이 모임의 고문이시며 나의 멘토이기도 한 이돈영 지점장님은 60대 후반이면서도 아직도 동안의 미소와 젊음을 유지하고 있다. 언제가 그 비결을 물었더니 운동이라고 대답하셨다. 그중에서도 주로 걷기와 등산이라고 하셨는데 한 가지 특이한 것은 스포츠댄스를 하고 계신다는 것이었다. 아무리 높은 층을 가도 엘리베이터를 타지 않을 정도로 걷기의 생활화와 등산이 몸에 밴 분이셨는데 몇 년 전부터 무릎이 약해지는 바람에 그 대안으로 찾은 운동이 바로 스포츠댄스였다는 것이다.

사모님과 함께 시작하여 꾸준히 계속해 오면서 건강에도 무척 도움이 된다는 사실을 깨달으셨다면서 나에게도 적극 권하셨다. 그때부터 기회가 되면 한번 해보리라 생각하고 있었는데 마침 이번에 서울대학교 제3인생대학 4기 학우들의 동아리가 형성되어 스포츠댄스를 배워볼 좋은 기회가 생겼다. 우리는 동기생으로서 부부가 함께할 수 있어 더욱 좋았다.

내가 몸치인 줄은 알지만 지난 9개월 동안 청일점으로 에어로빅을 배워본 경험도 있었기에 용기를 내서 시작하였다. 그렇게 어제 처음으로 스포츠댄스라는 것을 배워보았다. 생각보다 쉽지 않았지만 운동도 되고 재미도 있었다. 또한 일주일에 한 번씩 스포츠댄스를 통하여 벗들과의 우정도 발전시킬 수 있을 터이니 도전하길 잘한 것 같다.

새로운 것에 대한 도전과 배움 그리고 지속적인 운동이야말로 젊음을 유지하는 비결 중의 비결일 것이다.

지피지기 백전백승(知彼知己 百戰百勝)

어제 저녁 퇴근 후 헬스클럽에서 워킹을 하면서 프로야구 삼성과 SK의 게임을 관전했다.

결과는 내가 응원하는 삼성의 승리로 2년 연속 KS 우승을 차지했다. 양팀간의 정규시즌 전력을 볼 때는 큰 차이가 없었고 2승2패로 장군 멍군의 대등한 실력이었다.

5차전은 SK 입장에서는 이길 수 있는 아쉬운 경기였다. 수비 실수와 결정적인 한 방이 없어 승리의 행운이 삼성 쪽으로 갔다. 팀은 삼성을 응원했지만 개인적으로는 SK 이만수 감독의 팬이라서 안타까웠다. 어제 6차전의 패인은 '지피지기 백전백승'을 깨닫지 못한 전략의 부재였다. 특히 SK 투수진의 실패였다. 잘 알면서도 마음대로 안되는 게 투구이고 상대 타자와의 승부겠지만 어제는 SK 투수들이 상대할 타자를 잘못 골랐다고 생각한다.

SK의 선발투수는 최근 슬럼프였고 결국 삼성의 부동의 4번 타자 박석민에게 투런 홈런을 맞았다. 바뀐 투수도 왕년에 날리던 이승엽을 상대로 투아웃 만루에서 3루타 3타점을 내주고 말았다. 그것이 결정적이었다. 힘들었어도 그들의 앞 선수와 대결했어야 했다. 덕분에 박석민과 이승엽은 자신의 실력을 유감없이 보여주어 팬들에게 보답했다.

내가 강조하고 싶은 것은 상대를 보는 식견에는 첫인상도 중요하고 현재 무슨 일을 하는지도 중요하지만, 과거에 어떤 일을 했는지도 절대 무시해서는 안 된다는 것이다. 과거가 현재를 만들었고, 현재 하고 있는 일과 행동이 미래를 만든다. 최근의 과거는 더욱더 무시해서는 안 되고 그 상대가 적이라면 더 철저하게 고려해야 한다.

'지피지기 백전백승'을 잘하는 부류가 바로 고위직이다. 그들은 퇴직 후에도 사기업의 고문으로 초대를 받는다. 오랜 기간의 노하우와 전문가적인 지식과 경험에서 나오는 지혜를 활용하고자 함이다.

나는 비록 고위직 출신은 아니지만 30년간 은행에서 일하면서 10년 동안 지점장 보직을 받을 수 있었고, 두 아들까지 행복한 가정을 이룰 수 있게 해준 가장이었다는 점에 큰 자부심을 갖고 있다. 만약 내가 일찍부터 '지피지기 백전백승'의 전략을 갖고 있었다면 좀 더 높은 직위에 오를 수 있었음을 은퇴할 시기가 되고 나서야 절실히 느끼고 있다.

사랑하는 두 아들과 후배들에게 강조하고 싶은 것은 상대의 능력을 인정하고 높이 평가하면서 자신을 부족하게 여기는 '지피지기 백전백승'의 전략으로 사회생활에 임한다면 원만하고 좋은 관계를 유지해 나갈 수 있음을 잊지 말라는 것이다.

이와 더불어 상대의 입장에 서서 생각할 줄 아는 지혜를 터득해야 한다. 몇 달 전 나는 직장 내 고교동기모임에서 만나는 요일이나 장소를 변경할 수 없겠느냐는 요청을 한 적이 있었다. 내가 다니는 성당사정으로 레지오 주 회합요일이 변경되는 바람에 고교동기모임에 참석하기가 여의치 않았기 때문이다. 나는 신앙인으로서, 또 22년간 계속된 신심기도단체의 임원으로서 레지오 주회가 우선일 수밖에 없었다.

그런데 고교동기모임에서는 내 요청을 받아들이지 않았다. 사실 나는 친구들이 내 입장을 감안해 주지 않은 것이 못마땅하고 무척 서운했다. 지금도 그 모임은 화요일이라 매번 동참하는 것은 포기하고 가끔 한 번씩만 참석할 생각이다.

그러다가 내가 주도하는 다른 모임에서 한 친구가 "오늘 아버님 기일이라 불참한다."는 연락을 준 적이 있었다. 친구는 며칠 전부터 미리 알려왔지만 내 입장에서 모임날짜를 변경하기가 어려웠다. 다른 친구들에게 양해를 구하는 것은 둘째로 치더라도 내 스케줄만 해도 양보할 수 없는 선약들로 꽉 차 있었기 때문이다.

전과는 반대의 입장에 서게 되니 친구의 사정을 알면서도 감안해 줄 수가 없었다. 물론 미안한 마음은 있었다. 나는 그제야 고교동기모임의 회장이나 총무의 입장도 이해할 수 있게 된 것이다. 돌이켜 생각하니 나 하나의 신앙생활을 이유로 요일 변경을 요구하는 것도 염치없는 일이었다. 설사 내 입장을 감안하여 요일을 변경한다 해도 나 때문에 선의의 피해를 보게 되는 또 다른 사람이 있을 수 있지 않은가. 그래서 지금 모임에 나가지 못하는 강서회와 KEB 46회가 편안한 마음으로 참석할 수가 없다. 자기 자신이 당해 봐야 상대의 입장을 더 잘 이해할 수 있게 되나 보다. 앞으로는 좀 더 세심하게 상대의 입장에서 생각해 봐야겠다.

친구들아, 이해를 구한다!

퇴직 후 3개월, 아직도 난 외환은행 직원

"형님! 장 교수님은 내일 지점 방문을 약속하셨고요, 계좌개설과 인터넷뱅킹, 이지원 서비스, 해외체재자 등록 등 모든 거래를 역삼동 지점에서 하시기로 했습니다. 감사합니다."

"수고하셨습니다. 김 지점장이 최선을 다해 도와드리면 고맙겠습니다."

이상은 어제 외환은행역삼동 김지성 지점장과 주고받은 문자 내용이다.

지난 6월 서울대학교 제3기 인생대학을 수료한 내게 학기 내내 수고해 주신 부교수님이 미국에 교환교수로 가시면서 환전 관련 자문을 구해 오셨다. 내게는 무척 고마우신 분이라 어떻게든 도움을 드리고 싶었는데 현직을 떠나 있는 몸이라서 자신 있게 자문해 드릴 수가 없었다. 그래서 평소에도 안부 글을 주고받고 있는 외환은행 동료선후배 카톡 그룹방에 도움을 요청했다. 고맙게도 내가 대리승진을 하면서 부산 범일동 지점에서 근무할 때 신입행원으로 만났던 김 지점장이 "전화번호를 알려주시면 도와드리겠다."라고 바로 연락을 해왔다. 그 덕분에 신뢰할 수 있는 지점장을 부교수님께 소개해드릴 수 있었던 것이다.

며칠 전에 2박 4일간 내가 소속된 성당의 주임 신부님과 수녀님을 모시고 마카오와 홍콩으로 성지순례를 다녀올 기회가 있었다. 출국하기 전 인천공항의 외환은행 환전소에 들러 그다지 많지 않은 돈을 환전했다. 그때 외환은행 직원들이 무척 친절하고 신속하게 업무 처리하는 것을 보면서 '과연 고객 중심의 최고의 은행답다.'는 생각이 들었고 새삼 외환은행의 일원이었다는 사실에 자긍심을 느낄 수 있었다. 또 돌아오는 길에는 귀국신고서 직업란에 내가 아무 생각 없이 '외환은행원'이라고 적고 있는 것을 알게 되었다. 30년 동안 몸에 밴 습관이었던 것이다.

이렇듯 퇴직 후 3개월이 지난 지금까지도 나는 외환은행 직원으로서의 사명감과 마인드를 갖고 살고 있는 것이다. 몸은 떠났어도 마음만은 늘 외환은행원의 한 사람으로!

사실 그럴 수밖에 없는 것이 30년 7개월을 출퇴근한 외환은행은 참 좋은 직장이었다. 부모님을 모시고 살고 싶다는 나의 첫 번째 꿈을 실현시켜 준 곳이었고, 처자식에게는 가장의 도리를 할 수 있게 해주었으며, 나 자신에게도 무역금융과 국제금융 분야에서 독보적인 은행의 직원이라는 긍지와 자부심을 심어준 곳이었다. 이와 더불어 별다른 사고 없이 내게 주어진 30년 세월을 열심히 일하며 마무리할 수 있었으니 이 또한 축복이 아닐 수 없었다.

그동안 우리나라 수출입·환전 업무와 국위선양에 절대적인 기여를 한 한국 외환은행이 '세계를 지향하고 이웃과 나누는 은행Think Global, Share with the Neighbors'이라는 슬로건에 걸맞게, 앞으로도 더욱더 고객과 사회로부터 사랑과 신뢰를 받는 은행으로 자리매김하기를 소망한다.

나 역시 노후를 위한 퇴직연금과 개인연금 등 전 예금을 예치하였고, 앞으로도 죽 외환가족임을 감사히 여기며 살아갈 것이다.

아내
이야기

정년퇴임을 하는 신랑에게

사랑하는 마르띠노! 어제 내리던 봄비가 그치고 햇살이 비치는 아침입니다. 오늘은 아이들과 당신의 30여 년 직장생활을 성공적으로 마칠 수 있게 해주심에 감사하는 모임을 갖는 날입니다.

「개미와 베짱이」 우화가 생각납니다. 겨울을 준비하기 위해 여름 내내 성실하게 땀 흘려 일한 개미처럼 젊은 날 가족을 위해 최선을 다하며 성실하고 근면하고 정직하게 살아온 당신 덕에 우리 가족 모두의 오늘이 있는 것 같습니다.

당신의 꿈을 이루어준 '외한은행'에 감사하는 맘입니다. 우리 신혼의 단꿈을 꾸게 해주었고, 시부모님 봉양하면서 자식들 대학공부까지 뒷바라지 끝내고, 두 아들 결혼시켜 분가까지 할 수 있었고, 노후준비까지 하여 안정된 생활을 하게 해주었으니 그저 감사할 따름입니다. 게다가 부모님 모시고 철마다 가족여행을 할 수 있었고 부부가 함께 유럽여행과 미국여행 등을 할 수 있게 참 많은 것을 베풀어 준 당신 직장은 저에게도 동고동락한 추억이 많은 감사한 곳입니다. 강남 개포동의 직원아파트를 첫 집으로 장만했을 때 정말 얼마나 큰 기쁨과 행복을 누렸는지요!

지금껏 외환은행 가족으로서 많은 혜택과 자긍심을 누렸는데 이제는 그런 회사를 그만 두어야 하는 당신 마음을 충분히 헤아릴 수 있습니다. 그래도 회사에 감사하며 후배를 위하여 당당하게 퇴직하는 당신이 자랑스럽기만 합니다.

사랑하는 마르띠노! 저는 믿습니다. 이제부터는 우리의 욕심들을 하나하나 주님께 의탁하며 내려놓고, 새로운 도전도 함께하면서 성실하고 기쁘고 보람되게 주님 보시기에도 좋은 부부로 살아갈 수 있을 것이라 믿습니다.

우리에게 당신 닮은 두 아들을 주시어 성가정을 이루며, 서로 존중하고 사랑하며 살아가게 축복해 주심을 또한 감사드립니다.

마르띠노! 당신의 친구로 애인으로 배우자로 연인으로, 당신의 야당으로 여당으로 동반자로 살아온 것에 감사드리고 저에 대한 순애보 같은 당신 사랑에 마음 깊이 감사드립니다.

– 당신을 사랑하는 아내 안젤라 드림

사랑하는 아버지께

아버지! 30년 넘게 한 직장에서 저희 가족 돌보시느라 고생 많이 하셨습니다.

이제는 그 짐 내려놓으시고 그동안 하고 싶었던 일들 어머니와 함께 하시면서 즐거운 인생 사십시오.

혜경이와 저도 부모님처럼 열심히 성실하게 살아가겠습니다. 앞으로는 항상 즐겁게, 하고 싶은 거 다 하고 사세요. 제가 서포트해 드릴게요. 사랑합니다.

– 큰아들 드림

아버님. 저도 얼마 전 11년 직장생활을 퇴직하고 난 후 허전함을 느꼈습니다. 그런 와중에 가장 먼저 생각나는 분은 아버님이었습니다. 30년 일하시고 퇴직하신 아버님은 저보다 몇 배 더 허전하셨을 거란 생각에서지요. 이제부터 그 허전함을 대신해 하고 싶은 일 하시면서 더 열정적으로 지내시길 바랍니다. 지금까지 고생하셨고 앞으로 더 멋진 인생이 아버님을 맞이하고 있을 거라 생각합니다. 항상 감사한 마음이 큽니다. 그 마음 안고 평생 살게요. 아버님 사랑합니다.

– 큰며느리 드림

아버지, 정들었던 평생직장을 그만두시려니 무척 섭섭하시지요? 그동안 열심히 일하신 덕에 저와 형, 어머니까지 우리 네 식구 남부럽지 않고 행복하게 살 수 있었던 것 같습니다.

은행원으로 청렴결백하게 일해 오신 아버지가 늘 존경스러웠고, 저희 모르게 힘든 일도 많이 겪으셨을 텐데도 가족에게 내색 한 번 하지 않으시고 묵묵히 저희 가족을 위해 일하신 아버지께 늘 감사드립니다.

이젠 저희가 열심히 일해서 아버지께서 그랬던 것처럼 아버지 어머니께 효도하고, 앞으로 태어날 우리 아이들에게 자랑스러운 아버지가 되도록 노력하겠습니다. 앞으로도 어머니와 함께 그리고 저희들과 함께 행복한 하루하루 보내시고, 이제껏 열심히 사셨으니 하고 싶으신 일 맘껏 하실 수 있도록 저도 돕겠습니다.

그동안 고생 많이 하셨고, 새로운 인생 즐겁고 행복하고 건강하게 사시길 늘 기도하겠습니다. 사랑합니다, 아버지!

— 작은아들 드림

아버님! 30년 넘게 일하신 직장을 정리하고 나오신 아버님의 마음을 생각하니, 그 존경스러움으로 눈물이 날 것 같습니다. 평생 한 직장에서 근무하는 일이 쉽지 않은 일이라는 것을 잘 알고 있습니다. 아버님의 끈기와 열정으로 은행원의 최고의 자리까지 오르시고 이제 다시 내려오시는 모습이 감동적이기까지 합니다.

저희 부부도 앞으로 살면서 아버님의 모습 잊지 않고 본받아 맡은 바 일에 최선을 다하며 성실히 살아가겠습니다. 우리 태어날 헬시에게도 자랑스러운 부모가 되도록 노력하겠습니다. 앞으로 더 행복하시고 어머님과 즐거운 생활 하시길 기도드립니다. 항상 감사드립니다! 수고하셨습니다! 사랑합니다!

— 작은며느리 드림

칠삭둥이 나의 퇴임식

모리 선생님은 미소 지었다. "미치, 내가 이 병을 앓으며 배운 가

장 큰 것을 말해 줄까?" "뭐죠?" "사랑을 나눠주는 법과 사랑을 받

아들이는 법을 배우는 것이, 인생에서 가장 중요한 거야."

-『모리와 함께한 화요일』중에서

사랑하는 마르띠노!

저도 어제가 사랑을 받아들이는 법을 터득하고 배운 참으로 행복한 날이었습니다. 함께 미운 정 고운 정 들어온 간호사들이 갑작스럽게 발생한 유방암으로 간호과장을 보내야 하는 황당한 상황에서도 저를 위해, 눈물로 마련한 퇴임식 장소는 감동의 장이었어요.

저는 사실 유방암에 대한 두려움보다는, 병으로 인해 제 보금자리이면서 제가 천직으로 생각했던 간호사 일을 더 이상 할 수 없게 됐다는 사실이 더 두려웠습니다. 제가 아끼고 공들이고 기도하면서 보살펴 온 간호사들과 이별하고, 엄마처럼 의지하던 글로리 식구들과 이별하는 일이 참으로 슬펐습니다.

이런 제 맘이 그대로 전달되었는지 한 사람 한 사람이 저에게 보여준 사랑의 마음을 피부로 느끼면서 간호과장으로서 저의 삶이 헛되지 않았다는 것을 깨달았고, 하느님께 영광을 돌리게 되었답니다. 그리고 제가 베푼 것보다 몇 배로 되갚아 주시는 하느님의 사랑 앞에 머리 숙여 감사하였답니다. 다만 당신과 그 자리를 함께하지 못한 것이 아쉽기만 했어요.

저녁 늦게 돌아와 전 직원들이 마련해 놓은 선물들과 편지들을 보면서 더욱 감동받고 감사하고, 이들의 기대를 저버리지 않기 위해 병과 싸워 이겨 내야겠구나 생각했어요. 병원 망년회때 환자들을

위로하기 위해 간호과 식구들이 수화를 직접 배우며 발표했었는데 직원들이 '당신은 사랑받기 위해 태어난 사람'이라는 그 노래를 수화와 함께 저를 위해 불러 주었습니다.

저는 지금껏 살아온 날도 사랑받기 위해 태어난 사람이었고, 병이 난 이후에도 사랑받기 위해 태어난 사람이었습니다. 고통을 주신 주님이 아니라 고통 중에서 저를 구해 내시는 하느님 사랑까지 듬뿍 받을 수 있는 사람이었습니다. 그런 사람임이 기쁘고 더없이 감사한 마음으로 행복했습니다. 병문안 오셔서 간병까지 해주셨던 마음이 따뜻하고 인간적이고 성실하신 사재형 원장님의 쾌차하고 꼭 함께하자시던 따뜻한 마음과 오늘 저녁 당신께서 마련해 주신 오페라 초대권으로 수간호사들과 함께 시간을 보낼 수 있다는 생각에 마음이 즐겁습니다. 모두 당신의 배려에 감사하고 있어요. 이제 걸어서 운동하고 집으로 들어가겠습니다.

당신께 평생 발을 씻어드릴 수 있는 감사의 맘을 전하면서 건강 조심하소서!

                                              – 당신의 아내 안젤라 드림

고마운 사람들

봄비가 내리는 날이지만 오래 전에 한 약속이어서 만남을 준비하였다. 택배아저씨가 비가 와서 저녁때쯤 배달된다는 통지에 저녁식사 후 꼭 도착해야 한다고 부탁하였다. 좋은 마음으로 준비한 것이니 주님께서 알아서 해주실 것 같았다. 식사를 끝날 때쯤 표고버섯 택배가 도착하여 수간호사들 손에 내 마음을 들려 보낼 수 있었으니, 그분께서는 역시 내 맘을 아시는 것 같았다. 할머니 외출을 눈치 챈 듯 지후가 잠들지 않아서 오히려 다행으로 여기고, 약속장소에 안고 나갈 수 있었다. 늘 내 건강 안부를 중계방송 해주는 신랑도 우리 수간호사 선생들과는 잘 아는 터라 당신이 한 턱 낸다고 운전까지 해주니 금상첨화다. 과장님 완치판정을 축하한다면서 다섯 개 초에 촛불을 켜고 바라보는 눈망울들이 정겹고 감사했다. 나 같은 것이 뭐라고 이렇게 5년이 넘는 세월 동안 한결같이 존경의 맘을 보내오고 명절을 챙기고 생일을 챙기며 정을 나눌 후배님들을 주셨는지, 하느님께 감사하고 후배들에게 감사했다. 그래서 가슴 저 밑바닥에서부터 감사의 눈물이 올라왔다. 주책 부리듯 눈물을 훔치는 나를 보고 수간호사들도 서로 눈물을 훔쳤다.십년 전 새로 개원한 인천 소재 재활병원 간호과장으로 취임하면서 면접을 통해 새로 뽑은 수간호사들이었다. 나는 현직에서 더 좋은 포지션으로 옮기는 사람보다 아이들 때문에 잠시 쉬었다 나온 경력자들을 선택했고 그들과 함께 새로 시작하며 부족한 것은 채워주고 잘한 것은 칭찬해 주며 서로 가족처럼 사랑하는 법을 배우며 지내왔다.

그렇게 창립병원 2년이 지나 이젠 체계가 잡혀 새롭게 시작할 계획도 많았는데 나에게 충격적인 일이 거짓말처럼 생겼다. 그해 건강검진 결과는 분명 이상이 없었는데 초음파를 공부하는, 딸처럼 나를 따르던 김혜영 방사선과 직원에게 시험 삼아 했던 유방초음파에서 유방암이 발견되었던 것이다. 나보다 나를 잃게 된 간호과 직원들과 병원식구들에게 더 충격적인 일이었다. 나는 수술을 하고 항암치료를 받는 중에도 병원 걱정에 또 힘들어할 아이들 걱정으로 우울증에 걸릴 여유도 없었던 것 같다. 일일보고 식으로 나를 현직 간호과장처럼 병문안 오고 우대하며 대해 준 수간호사 선생들이다. 퇴원 후 와병을 이유로 사표를 내었을 때 명예로운 퇴임식을 해주었다. 전 직원이 모여 송가를 불러주고 라면 박스만한 상자 가득 전 직원이 한 사람 한 사람 써준 편지가 가득 들어 있는 선물을 주기도 했다.

항암 치료의 어려웠던 시기에 직원들의 마음이 담긴 편지로 인해 나는 참 많은 위로와 힘을 얻을 수 있었다. 혼자서는 오래 서 있을 수 없듯이 그때 모든 이들의 사랑이 나에겐 든든한 버팀목이 되어주었던 것이다.

벌써 만 5년이 되었다며 축하해 주러 온 후배님들을 통하여 난 사람과 사람 사이를 흐르는 따뜻한 정을 느낄 수 있었다. 그래서 생각하면 생각할수록 감사함으로 마음에 따뜻한 강이 흐른다.

역지사지(易地思之)

어느 날 해와 달이 만났습니다.
해가 달을 바라보며 "나뭇잎은 초록색이야." 하고 말했습니다.
그러자 달이 "나뭇잎은 은빛이야."이라고 우겼습니다.

이번엔 달이 먼저 말했습니다. "사람들은 잠만 잔다."

그러자 해가 달에게 잘못 알고 있다며 대답했습니다.

"아니야, 사람들은 언제나 바쁘게 움직인다."

해의 말에 달이 그렇지 않다고 하며 어느덧 다투었습니다.

그때 바람이 나타났습니다. 바람은 둘이 다투는 소리를 듣고 허허 웃으며 말했습니다.

"너희들은 쓸데없는 다툼을 하고 있구나. 낮에는 해의 말대로 나뭇잎은 초록색이란다. 사람들도 바쁘게 움직이고 땅도 시끄럽지. 그러나 달이 뜬 밤에는 모든 것이 변해 땅은 고요해지고 사람들도 잠을 잔단다. 나뭇잎은 달빛을 받아 은빛이 되지. 늘 우린 이렇게 자기가 보는 것만을 진실이라고 우길 때가 많단다."

위의 글은 인터넷에서 '역지사지'를 검색했을 때 눈에 띄었던 내용이다. 역지사지의 뜻대로 상대방의 입장이 되어보지 못하면 그 사람의 생각과 고충을 알 길이 없고 사람은 어리석어서 자신의 입장에서 생각하고 자신의 경험에 비추어 판단하고 결론을 내리는 경우가 많기에 남이 나와 다름을 인정하고 긍정적으로 받아들이며 나아가 긍휼히 여기는 넓은 마음을 갖기를 소망한다는 얘기를 덧붙이고 있었다.

역지사지는 내 좌우명이기도 했다. 나도 여기에 한 가지 덧붙이고 싶은 것이 있는데 그것은 "모든 것을 그리스도 사랑으로 처리하십시오."라고 하는 사도 바오로 말씀이다.

역지사지는 내가 고등학교를 졸업하고 간호사관학교 기숙사생활을 통하여 터득하였고, 또한 간호학을 배우면서 다져진 전인 간호를 위한 초석이기도 했다. 아니, 내 천직으로 평생 일해 온 간호사에게 꼭 필요한 덕목이기도 하였다. 중환자실에서 말 못하는 환자를 보면서 그분 입장에서 원하는 것이 무엇인가를 찾아 일할 때면 나는 잠시도 쉴 틈이 없었다. 수술실에서는 집도의가 원하는 것이 무엇인지 눈빛만 봐도 알 수 있었고 집도의만큼 수술과정을 공부해야만 그분 입장에서 필요한 것을 준비할 수 있었다.

그땐 내 뜻이 전혀 없는 타인의 감정에만 충실해야 하는 것이 훈련되고 인격화된 시기이기도 했다. 난 상대가 원하는 것이 무엇인지를 잘 알아차리기에, 그것을 채워주는 동물적 타성에 길들여져 있었다.

배우자를 만났을 때도 내 의견보다는 그가 원하는 대로 하였고, 직장생활과 자녀양육과 시부모님과 함께 살 때도, 그리고 두 며느리를 맞이할 때도 손자를 돌보아 주는 지금까지도 그렇게 하고 있다. 나의 가치관 덕에 힘든 일도 어려웠던 일도 시련과 고통까지도 기쁘게 견딜 수 있었으며 "모든 것을 그리스도 사랑으로 처리하라."는 말씀처럼 하느님 뜻 안에서 살 수 있었던 것 같다.

또한 역지사지의 삶을 살지 못해서 나를 사랑하는 이들의 가슴에 상처를 남긴 일들도 회개하며 용서를 구하고 하느님 자비를 청하는 심정이다.

어제 사우나에서 자그마하고 예쁜 어린 아줌마가 "저는 키가 크고 늘씬한 사람을 보면 부럽기도 하고 자신이 위축되기도 해요."라며 말을 걸어왔다. "난 키가 아담하기를 바랄 때가 있었는데!"라고 대답하며 내가 웃었다.

언젠가 사랑의 마음으로 며느리에게 그게 아니라고 제스처를 크게 하며 말한 적이 있는데, 그때 며늘아기가 내가 자기를 윽박지르는 줄 알았다는 말을 해서 깜짝 놀랐던 기억이 난다. 며늘아기를 보면서 나는 그냥 사랑스럽게 얘기한 건데 그런 말을 듣고 나니 '아직 내가 어렵나 보네.' 하며 섭섭한 마음이 들었었다. 사우나를 나오면서 그제야 '아, 우리 며늘아기들도 아담하고 여린 아이들인데 시어머니인데다가 덩치가 큰 내가 그동안 얼마나 두렵고 어려웠을까?' 하는 생각에 미안해졌다.

주님! 오늘도 저에게 주어진 사람들을 역지사지의 맘으로 대하고 저에게 일어나는 섭섭함이나 시기, 욕심, 분노, 미움의 온갖 나쁜 마음들은 제 마음밭의 문제로 여기고 저를 바라보며, 주님 자비로 치유되는 은총을 허락하소서!

가장 축복받은 시간

어느 날,
내가 누군가로부터 사랑받고 있다는 것을 알았다면
그 시간은 이 세상에서 가장 빛나는 시간이었습니다.

어느 날,
내가 누군가를 사랑하고 있다는 것을 알았다면

그 시간은 이 세상에서 가장 빛나는 시간이었습니다.

어느 날,
내가 누군가의 아픔을 가슴으로 느끼면서 기도하고 있었다면
그 시간은 이 세상에서 가장 따뜻한 시간이었습니다.

어느 날,
내가 누군가의 모두를 이해하고 그 모습 그대로 받아들였다면
그 시간은 이 세상에서 가장 아름다운 시간이었습니다.

어느 날,
내 마음이 누군가를 향한 그리움으로 가득했다면
그 시간은 이 세상에서 가장 애절한 시간이었습니다.

– 펌글

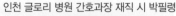
인천 글로리 병원 간호과장 재직 시 박필령

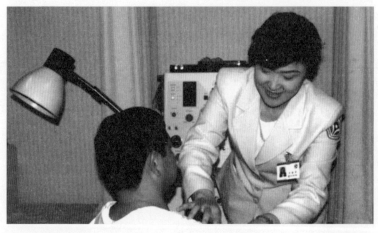

Chapter 4
신앙의 힘
'고통 또한 축복이리라'

남편 이야기: 행복의 선순환 · 나의 좋은 습관 · 비난 대신 격려를 · 참 행복 · 사람 일은 한 치 앞을 모른다 · 죽음은 영원한 생명의 문 · 웰다잉(well-dying) · 후회 없는 삶을 살려면 · 『김 수환 추기경의 친전』을 읽고 · 하루 10가지 이상 감사하기 · 아버지학교 참관기 · 소공동체는 작은 교회 · 매일 미사 강론요지와 말씀 묵상 기도 한 편 · 베스트셀러 작가와 선교사

아내 이야기: 누군가 날 위해 기도하네 · 감사한 날들 · 성모님께 올리는 기도편지 · 존경하 옵는 차 신부님께

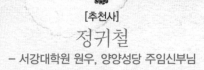

김원수(마르띠노) · 박필령(안젤라) 부부께서 자서전을 출간한다는 소식을 듣고 '참 대단한 분들이구나!' 하는 생각이 들었다. 그러나 한편으로는 당연하다는 듯 고개가 끄덕여졌다. 이 부부님은 내가 만난 부부들 중 가장 특별한 부부님이었기 때문이다.

이분들을 처음 만난 것은 서강대학교 경영전문대학원 가톨릭경영자과정 12기에서였다. 활달하고 자신의 느낌을 잘 표현하는 마르띠노 님에게는 보통 한국의 중년 남성들과는 전혀 다른 분이라는 느낌을 받았다. 동문들과도 잘 어울리시고 유머까지 풍부하셔서 보고 있는 것만으로 그 행복한 에너지가 그대로 전달되는 것 같았다.

소중한 인연이 이어져 맏아드님의 결혼식에도 참석하였고, 둘째 아드님의 결혼식은 내가 주례를 보게 되어 더욱 마음이 가는 부부님이 되었다. 그 후 양양본당 신부로 내려오게 되어 멀리 떨어져 있지만 하루도 빠짐없이 카카오톡을 통하여 깊이 생각할 수 있는 글들을 띄워 주시니 그 정성에 또 매번 감동할 뿐이다.

이런 귀한 분들의 책 『내 인생의 터닝 포인트』를 읽어 보니 역시 내가 생각했던 대로 확실한 가치관을 갖고 열심히 인생을 가꾸고 살아온 훌륭한 부부님이라는 것을 다시 한 번 확인할 수 있었다.

부부 문제가 심각한 사회 문제로 떠오르는 이때에 이렇게 하느님 보시기에 아름다운 부부로 살아가는 분들도 무척 드물 것이라 생각된다. 서로 사랑하며 존경하는 마음으로 30여 년을 한 땀 한 땀 아름다운 수를 놓으며 살아오셨기에, 그 어려운 암투병도 이겨내신 것이리라.

두 분과 가족들 그리고 이웃과 벗들이 서로 격려하고 사랑하면서 믿음의 힘으로 고통을 축복으로 바꾸는 모습은 한 편의 드라마 같다는 느낌이 들었다. 그리고 무엇보다도 사람들과 아름다운 관계를 이어가는 모습과 끈끈한 사랑으로 묶여 있는 따뜻한 가족의 모습을 통하여 현대를 살아가는 이들에게 좋은 본보기가 될 것이라고 생각한다.

부디 많은 독자들이 마르띠노와 안젤라 부부의 거짓 없는 삶이 담긴 이 한 권의 책을 통하여 신앙의 힘과 부부 사랑의 힘 그리고 가족과 이웃 사랑의 힘이 얼마나 인생을 아름답고 풍요롭게 만드는지를 깨닫게 되기 바란다. 그리하여 그 사랑이 각자의 삶에 행운의 터닝 포인트가 되어주기를!

행복의 선순환

최근에 내가 연일 대박이라면서 나의 기쁜 소식을 카톡방과 카페
에 올렸다.

"참 신기할 정도로 마르띠노 집안은 좋은 소식만 가득하네. 주님
축복 많이 받네요. 축하드려요. 복덩어리 마르띠노 파이팅!"

나와 문자를 주고받는 칠십대 중반의 한 자매님이 보내준 격려문
자이다. 어제도 한 편의 글을 올리면서 "주님, 제가 무엇이기에 이
토록 사랑해 주시고 많은 은총을 주십니까?"라며 마무리 지었다.

지난날을 돌이켜 보면 나는 참으로 하느님의 은혜를 많이 받았
다. 나의 삶은 비교적 순탄한 항해였다. 어쩌다 크고 작은 파도와
태풍도 만났지만 그때마다 그 한가운데에서 보이지 않는 강력한 힘
을 느끼며 어려움에서 벗어났다.

어렸을 때부터 결혼할 때까지 수십 년간 귀에서 물이 나온 만성
중이염, 부산에서 자전거를 타고 가다가 당했던 교통사고, 퇴근하
던 길에 2층에서 떨어졌던 추락사고, 편도선 수술 후 수차례의 재
발, 담석증으로 응급수술 후 16일간의 중환자실 입원, 2004년 구
조조정에서의 위기일발, 장남의 자동차 전파 교통사고, 아내의 중

환 발병 등등. 이러한 크고 작은 파도 속에서도 주님이 나를 지켜주었음을 한참 후인 2박 3일간의 피정 중에 깨닫게 되었다.

깨달음을 얻고 나서 행복의 선순환으로 생각하는 "늘 감사! 늘 기쁨! 늘 기도~!" 데살로니카5장 16절~18절 말씀을 우리 집 가훈으로 정하게 된 후부터는 신기하게도 하는 일들마다 탄탄대로였다. 기쁜 일들이 부지기수로 계속되었다.

"자랑하려거든 주님 안에서 자랑하라."는 말씀을 되새기며 내 그림자처럼 동행해 주시는 주님의 뜻을 살피며 새삼 자랑을 해본다. 기도하면 다 들어주는 하느님 아버지의 축복을 받는 재수 좋은 마르띠노! 하느님과 함께하면 불가능한 일이 없다. 아버지 하느님은 늘 나의 큰 백이시다!

주님 감사, 찬미, 영광, 알렐루야. 아멘!

나의 좋은 습관

나는 이상하게도 초저녁에는 눈꺼풀이 붙어 힘을 못 쓰고 새벽에는 눈이 초롱초롱하다. 충분한 수면시간을 확보하기 위해 늦잠을 자고 싶지만 잘되지 않는다. 나는 전형적인 아침형 인간으로 좋은 습관이라고 생각한다.

또 내가 가진 좋은 습관 중 하나는 긍정적인 사고이다. 좋지 않은 상황일 때도 '주님의 뜻이 있겠지!' 라며 절망보다 희망을 가진다. 예전에 아내가 상당히 심각한 유방암 4기의 중환자였을 때도 '주님이 지켜주시겠지!'라고 믿으며 걱정보다는 기도를 하였다. 나의 기도만으로는 부족할 것 같아, 많은 교우와 지인들에게 기도 요청을 드렸지만 그런 상황에서도 낙심한 기억은 없다.

어떤 일을 하고 싶은데 그것이 잘되지 않을 때에도 포기하기보다는 다음 기회를 기다린다. 이것이 다 하느님이 나의 기도를 안 들어준 적이 거의 없다고 믿고 있기 때문이다. 그 예시는 참 많지만 지면상 몇 가지만 적어본다.

지난날 어머니가 편찮으시기만 하면 나는 기도를 드렸다. 그 때문인지 91세에 노환으로 돌아가실 때까지, 잠시 병원에 계신 적은 있지만 비교적 건강하셨다.

세 분의 형님들도 성인병인 당뇨 합병증으로 고생하시면서도 연세에 비해 잘 버티셨다. 형수님은 늘 삼촌의 기도 덕분이라고 말씀하셨다. 큰 형님은 병원 출입을 한 지 10년 넘게 건강하시다가 불과 얼마 전에 돌아가셨지만, 사시는 동안은 건강한 사람과 큰 차이가 없었다. 둘째 형님도 셋째 형님도 몇 번의 고비가 있었지만 다 잘 계신다.

현대의학의 발전과 자연회복력이 그 이유가 될 수 있겠지만 나는 신앙인으로서 기도를 들어주신 아버지 하느님 덕이 그 첫째라고 믿는다. 이것이 믿음이고 신앙이 아닐는지.

매일 아침식사 전 미사에 참례한 지가 5년이 지났다. "주님이 늘 우리를 지켜주시고 나의 기도를 언제나 들어주신다."라는 굳건한 믿음이야말로 좋은 습관이다.

비난 대신 격려를

격려는 용기나 힘 따위를 북돋아주는 것이고 비난은 남의 허물을 드러내거나 꼬집어 나쁘게 말하는 것이다. 한마디의 말이 얼마나 중요한 것임을 의미하고 있다.

박 필의 저서 『당신의 말이 기적을 만든다』 중 "말하는 대로 된다."는 구절이 있다. 말 한마디가 사람을 죽이기도 하고 살리기도 하는 것이다.

성경의 히브리서 4장 12절에도 "하느님의 말씀은 살아 있고 활력이 있어 좌우에 날선 어떤 검보다도 예리하여 혼과 영과 및 관절과 골수를 찔러 쪼개기까지 하며, 또 마음의 생각과 뜻을 판단하나니."라고 말씀의 중요성을 강조하고 있다.

어제 성당에서 오랜만에 인사를 나눈 교우 한 분이 나를 보고 말하셨다. "새신랑 같이 좋아 보입니다." 상대가 기분 좋으라고 한 인사말인 줄 알면서도 아내에게 두 번씩이나 말을 옮기며 자랑을 했다. 모르긴 해도 그분 앞에서는 보다 젊게 보이려고 노력할 것이란 생각을 해보았다. 적어도 얼굴 표정이라도 환하게 지을 것 같았다.

또 며칠 전에 올린 묵상 글에서 "나의 여생에서 언제 죽을지 모르니 이제부터라도 건강을 챙기고 공부를 계속하여 석사, 박사학위를 획득할지도 모른다."라고 했더니 "마르띠노 씨의 정신과 열정으로 보아 석박사가 되고도 남습니다. 응원할게요."라는 격려의 글이 올라왔다.

그 글을 읽고 나니 내가 마치 이십대 청소년처럼 느껴지고 나도

할 수 있다는 자신감이 생겼다. 자신감은 곧 성공의 비결이고, 공부와 운동에서 오는 것 아닌가!

오늘은 모처럼 아내와 저녁을 맛있게 먹고 삼성산 성지를 참배하며 야간등산을 했다. 아내와 대화를 나누면서 의견 일치를 본 것이 있다. 우리 부부는 천생연분이고 하느님의 은총도 참으로 많이 받았으니 앞으로도 걱정할 것이 없다는 것이었다. 덧붙여서 걱정하는 대신에 준비를 더 하자는 것이었다. 좋은 공기 마시고 좋은 음식 먹으면서 적당한 운동을 병행하여 건강을 챙기는 것이 곧 돈을 버는 것이고, 두 아들과 두 며느리에게도 이래라 저래라 간섭하지 말고 믿고 기다려 주자는 것 등이었다.

셰익스피어의 유명한 말 중 "상대가 충고를 원하지 않으면 충고를 하지 말라."는 구절이 있다. 내가 좋아하는 말이다. 나를 포함한 모든 사람이 신이 아니기에 장단점이 있게 마련이고 그렇기 때문에 늘 다른 사람의 마음에 들 수는 없는 노릇이다. 자신의 단점을 굳이 지적하지 않아도 대부분의 사람들이 알고 있다. 그런데도 상대가 자신의 단점을 모르는 줄 알고, 관심과 사랑의 표시라는 명목으로 꼭 상대의 단점을 꼬집어 비난성 충고를 하는 사람이 있다. 그런 사람은 상대를 진심으로 인정하지 않는 부정적인 사람이라고 생각한다.

앞으로는 나 역시 누군가의 잘못을 목격하게 될 때, 비난 대신 격려를 할 수 있는 마르띠노가 되게 해달라고 주님의 이름으로 기도 드린다.

참 행복

"가슴으로 적으신 따뜻한 글에 감동이 한 소쿠리 전해지네요. 겨울을 재촉하는 가을비가 내리는 오늘 같은 날, 따뜻하고 진한 커피한 잔으로 긴 여운을 남기는 글을 읽고 짧은 글 전해 봅니다. 좋은 시간 보내십시오."

"하느님께서 김 부장께 참 많은 재능을 주신 것 같습니다. 축복합니다."

"좋은 말씀 잘 새기고 갑니다."

내가 카페에 올리는 글들을 읽고, 늘 이렇게 따뜻한 멘트로 격려해 주시는 벗들이 있어 난 행복하다. 하느님 아버지께서 나를 정말 많이 사랑하고 계심을 느끼니 또 감사하다.

언젠가 나의 간곡한 기도를 들어주셨을 때 하느님 아버지의 사랑을 온몸과 가슴으로 느꼈었다. 처음부터 '너희를 사랑하겠다.'라는 당신의 계획이 계셨지만, 더불어 인간에게 선택의 기회와 욕심까지 주셨기에 어리석은 우리 인간들이 욕망의 늪에서 헤어나지 못하고 있는 것이다. 그래서 자꾸 이 세상에서 행복하게 살다 오라는 아버지의 사랑을 잊어버리고 살게 되는 것이다. 그 때문에 보이지 않는 하느님이 여러 가지 방법과 사람과 사건을 통하여 우리를 사랑하심을 잘 느끼지 못한다.

누구에게나 공평한 시간과 건강과 사랑하는 가족 등등 많은 것을 가졌으면서도 언제나 남들보다 적게 가졌다고 불평만 하면서 우둔하게 산다. 파랑새는 결코 멀리 있지 않음을 깨닫지 못하고 욕심도 내려놓지 못한 채. 작은 것도 소중하고 감사하게 여기고, 빈손으로 왔다가 빈손으로 가는 공수래공수거空手來空手去의 진리를 깨닫는다면 내 가슴에 늘 감사와 기쁨, 행복이 가득할 텐데!

결코 부와 권력과 세속적인 명예에 대한 욕망이 참 행복의 길이 아님을 느낄 때, 내게 보이지 않게 많은 것을 베풀어 주신 하느님의 사랑에 더욱 감사하게 될 것이다.

> "좋은 일과 궂은 일, 삶과 죽음, 가난과 부, 이 모두가 주님에게서 온다. 지혜와 슬기와 율법에 대한 지식이 주님에게서 오고 애정도 선행의 길도 그분에게서 온다."
>
> - 집회서 11장 14절~15절

> "이제는 내가 사는 것이 아니라 그리스도께서 내 안에 사시는 것입니다. 내가 지금 육신 안에서 사는 것은, 나를 사랑하시고 나를 위하여 당신 자신을 바치신 하느님의 아드님에 대한 믿음으로 사는 것입니다."
>
> - 갈라티아서 2장 20절

사람 일은 한 치 앞을 모른다

어제는 아침미사 참례 후 성전 청소봉사를 하고 아가페 회원 몇 분과 입원 중인 회원의 방문 기도를 가기로 하였다.

삼성산 성지를 참배한 후 회원들과 함께 꼼짝도 못하고 누워 있는 교우를 방문했다. 기도를 드리고 그를 위로하면서 새삼 느낀 것이 사람 일은 한 치 앞을 모른다는 것이었다.

매주 청소봉사 외에도 좋은 일을 많이 하면서 열심히 살던 분이었는데, 며칠 전 배드민턴을 치고 나서 샤워를 하러 가는 중에 계단에서 미끄러져 허리를 다치셨다고 했다. 약 3개월 동안은 꼼짝없이 누워서 지내야 치료가 된다는 말을 듣고 마음이 짠해져 간곡하게 기도를 드렸다.

나도 1990년 부산 충무동 지점에서 가결산 업무로 늦게까지 근무하고 퇴근을 하던 중 2층 계단에서 굴러 떨어지는 바람에 인대가 끊어져 수술을 받고 두 달 이상 병원치료를 받은 적이 있었다. 비슷한 경험을 해봤기 때문에 교우의 답답한 심정을 헤아릴 수 있었다.

다행히 내 경우에는 그날 함께 근무하던 직원의 증언으로 공무 중 부상으로 처리되었고 이돈영 지점장님도 많은 도움을 주셔서 치료도 잘 받을 수 있었다. 그때 나를 위해 병원으로 출퇴근한 아내의 극진한 간호와 수고로움도 잊을 수 없다.

교우의 말을 듣고 나니 깁스를 한 채 출퇴근을 하던 그때가 떠올랐고 더 절절한 기도만이 교우의 쾌유에 도움이 될 것 같았다.

오늘은 노숙자 급식 봉사가 있어 약속장소인 성당 주차장으로 갔다. 내복을 입었지만 밤공기가 차서 한기가 느껴졌다.

준비를 마치고 구역장으로서 동시에 지역 구성원으로서 책임감을 갖고 을지로 등 시내 3곳에서 노숙인 무료급식 배식봉사를 하였다. 오늘은 마침 인근 서원성당 3040단체에서 동참해 주어서 봉사인원이 꽤 많았다.

내가 다니는 삼성산 성당에서는 이철학 주임신부님이 부임한 후로 매주 토요일 밤에 약150명 내외의 노숙자들에게 따뜻한 밥 한 끼를 대접하고 있다. 벌써 5년째 지속되고 있는 봉사활동인데, 나 역시 동참할 수 있음에 감사한 마음이다.

다행히 무사히 마치고 사용한 식기들을 성당 3층 주방으로 옮긴 후, 설거지를 하고 정리 정돈하였다. 그러고 나서 귀가하면 새벽 2시가 넘는다.

초저녁에는 정안나 여성 1지역장님 외 우리 3구역 공 데레사 총무님과 반장님 등 자매님들이 따뜻한 쌀밥과 쇠고기 국과 김치를 정성스럽게 만들어 주었다.

우리는 각자에게 맡겨진 달란트대로 봉사활동을 하지만 그 속에서 내가 받은 하느님 사랑에 감사하며 그분께서 원하는 이웃사랑 실천에 함께하고자 기쁜 마음으로 봉사활동을 하고 있는 것이다.

늘 봉사를 통해 깨닫는 것이 있는데, 어떠한 처지에서든지 나에게 주어진 모든 은총인 하느님 사랑에 감사하는 것과 교회 공동체 안에 있을 때만 주님의 은총을 받는다는 것이다.

조금 전 배식을 할 때도 노숙자 몇 분이 "감사합니다!"를 연발하면서 "복 많이 받으세요."라고 우리에게 복을 빌어주었다.

그분들을 지켜보다 보니 요한복음 말씀이 떠올랐다.

"예수님께서 대답하셨다. 저 사람이 죄를 지은 것도 아니고 그 부모가 죄를 지은 것도 아니다. 하느님의 일이 저 사람에게서 드러나려고 그리된 것이다."

노숙자도 환우도 장애인도 모두 소중한 사람들이다. 그들이 우리와 함께할 때 주님의 사랑도 느낄 수 있을 것이므로 기회가 되면 앞으로도 적극 동참하여 봉사의 은총 안에서 살고 싶다. 오늘 한 끼의 야식을 통해서 노숙자들에게도 그리스도의 사랑이 스며들어 변화되는 삶의 은총이 함께하길 기도해 보는 밤이다.

한 치 앞도 모르고 살아가는 인생사, 병환으로 힘든 환자들과 생활고를 겪고 있는 형제들과 벗들을 기억하며 전능하신 주님께 찬미 감사 후 기도하리라!

죽음은 영원한 생명의 문

어젯밤에는 교우의 조문을 다녀오는 바람에 자정이 지나서 취침을 했다. 한잠 자고 나서 이른 아침에 사부인이 운전하는 뒷좌석에 앉아 다시 한 번 황 회장님의 명복을 빈다.

며느리 로사와 사부인 마리아님과 차남의 군 훈련 수료식에 참석하기 위해 가고 있는 중이다. 아내 안젤라는 손자 다윗을 돌보는 형편이라 가지 못하고, 그동안 수고에 대한 격려로 엄마의 마음을 담은 친서를 내가 지참했다.

늦은 군 입대라서 나이가 아들보다 어린 중대장과 군의관이 훈련병인 아들 녀석을 정중하게 대해 준다는 얘기를 들었다. 일주일간의 휴가를 마친 후 무의촌 공중보건의로서 국방의무를 대신하는 차남 마태오는 평소에도 늘 적극적이고 능동적이다. 운동이나 공부 등 무엇이든 열심히 한다. 그리고 인턴과 레지던트 생활을 하는 바쁜 와중에도 주일미사에는 꼭 참석했다. 우리 부부의 장점만 물려받은 것 같아 항상 자랑스럽게 생각한다.

차를 타고 가는 중에 임신한 며느리와 잠시 대화를 나누었다. 나는 며느리에게 과학적으로는 설명할 수 없는 태교의 중요성을 강조하며 "늘 좋은 생각으로 늘 기도하며 늘 좋은 음악과 양서를 보아라."라고 말해 주었다. 그러다가 문득 어젯밤에 서울성모병원에서 연도煉禱를 드린 고인 생각이 다시 났다.

많은 교우들의 조문이 줄을 이을 만큼 고인 황종범 힐라리오 회장님은 본당에서 수십 년 동안 예비자 교리교사 봉사자, 레지오 단장, 꾸리아 단장, 사목총회장, 성찬봉사자 회장 등 성당의 주요 봉사직은 거의 다 하셨을 정도로 예수님을 닮고자 노력한 참 그리스도인이었다.

내가 4년 전에 이사를 왔을 때도 레지오로 들어오라고 권유하셨고, 3년 이상 주 회합을 함께하면서 많이 존경해 왔던 분이다. 그래서 '후배들에게 좀 더 많은 것을 좀 더 오래 보여주셨으면 좋았을 텐데……' 하는 생각이 들어 무척이나 안타깝고 애통한 심정이다. 고인은 사회적으로도 조폐공사에서 정년퇴직할 때까지 영국에서 파견근무를 할 정도로 외국어에도 능통하고 해박한 지식을 지닌 지혜로운 분이셨다.

한 가지 아쉬운 점은 예순이 지났음에도 건강을 해칠 정도로 과로를 하셨다는 점이다. 지난해 여름에 위암 진단을 받으셨음에도 불구하고 바로 얼마 전까지 일을 계속하셨으니 당신 몸인들 버틸 수 있었겠는가.

내가 틈날 때마다 "중병 발병은 습생의 결과이니 지금까지 살아온 환경을 바꾸셔야 합니다. 그러니 일은 이제 그만두셔야 합니다."라고 간청을 드렸는데도 끝까지 일을 그만두지 않으셨다. 그렇지만 그때 이미 고인은 마음속으로 천국을 그리면서 죽음을 영원한 생명의 문으로 생각하고 계셨을지도 모르겠다.

나의 눈에 이슬이 맺힌다. 고인이 되신 황종범 힐라리오 회장님은 천국에서 우리를 지켜보고 계실 것이다.

웰다잉(well-dying)

"오늘은 성 금요일! 하루라도 제대로 단식과 금육을 해볼 작심이네요. 기쁜 부활을 위해 오늘 잘 죽어보렵니다. 웰다잉well-dying이 우리의 목표, 파이팅!"

서울대학교 제3인생대학 카페인 〈U3A4 행복한 백세 청춘〉에 내가 올린 글이다.

죽어야 부활할 수 있는 것은 당연하다. 죽지 않으면 부활할 수 없다. 구원자 예수님은 최후의 만찬을 하고 제자들의 발을 씻어주시며 "내가 한 것처럼 너희도 하라."고 하셨다.

나는 생전 처음으로 어제 이철학 바오로 주임신부님이 나의 두 발을 씻어주는 세족례에 참여하였다. 주임신부님이 내게 악수를 청한 후 두 발을 정성스럽게 씻어주시는 바람에, 황송하여 몸 둘 바를 모른다는 말을 실감하였다.

귀가 후에 신부님이 하신 것처럼, 나도 정성을 다하여 아내의 두 발을 씻고 닦아주었다. 아내가 감동을 했는지 사진을 찍어, 두 아들도 두 며느리에게 그대로 하라는 취지로 가족방에 올렸다. 아빠가 엄마의 두 발을 씻기는 장면이라면서.

발은 신체 중 가장 힘든 부위라는 김윤복 모세 보좌신부님의 강론을 들으면서 나는, 온몸을 지탱하며 다니느라 고생하는 발을 씻어주면 몸 전체를 씻어주는 것과 같다는 의미로 받아들였다.

지난주 수요일에는 서울대학교 제3기 인생대학에서 '영화를 통한 현대인의 죽음의 이해'라는 수업을 들었다. 두 시간 동안 온몸과 온마음으로 진지한 강의를 해주신 서울대학교 의과대학 내과교수님에게 크게 감동을 받았다.

우리 부부는 평소에도 죽음에 대하여 종종 대화를 나누고 묵상을 하였기에, 강의 내용이 친숙하게 들렸다. 일부 학우들은 너무 무거운 주제였다고 하지만, 우리 부부는 늘 생각해 오던 '잘 죽기 위해 잘 살아야 한다.'는 결론을 강의를 통해서 다시 한 번 확인하고 공감을 느꼈다.

로마의 철학자 키케로는 말했다고 한다. "지혜로운 사람에게는 삶 전체가 죽음에 대한 준비이다."라고.

죽음의 문제에 직면하여 각자 자신에게 주어진 삶의 가치나 존재 이유를 발견하도록 도와주는 데 있어, 영화는 효과적인 매체임을 여러 영화에서 확인할 수 있었다.

"내가 떠날 땐 많은 것들이 함께 떠날 거야. 기억들, 비밀들, 사랑하는 모든 것들을 언제가 떠나보내야 해."

"저녁노을이 이렇게 아름다운 걸 모르고 30년을 살았네. 그러나 이제는 시간이 없구나."

일본영화 〈이끼루生きる〉에서 주인공이 퇴근길에 한 대사이다.

죽음문화 정착을 위해 힘써온 알퐁스 데켄 신부는 〈이끼루〉 영화평을 다음과 같이 썼다.

"죽음에 임박해 타인에 대한 사랑을 통해 주인공은 기쁨과 만족을 느꼈고, 죽음에 직면함으로써 비로소 보다 바르게 살 수 있었다."

또 다른 일본영화 〈굿바이おくりびと〉에서도 죽음에 대한 대사가 등장한다.

"여기 화장터에서 오래 일하게 되면서 알게 됐지. 죽음의 문에 대해서. 죽는다는 것은 끝이 아니야. 죽음을 통과해 나가서 다음 세상으로 향하는 거지. 난 문지기로서 많은 사람을 배웅했지."

미국에서 발간된 〈생의 마지막 춤, 죽음과 대면하기〉의 서문에서는, 죽음을 꽉 막힌 벽으로 볼 것인지 열린 문으로 볼 것인지에 따라 삶을 살아가는 방식과 태도에 큰 차이가 있다고 얘기한다.

또한 2011년 초에 상영되었던 〈히어애프터Hereafter〉는 지금부터는 장래, 미래, 내세라는 뜻이다. 이 영화에서는 죽음에 대해 다음과 같이 표현하고 있다.

"인간의 육체는 영원불멸의 자아를 둘러싸고 있는 껍질에 지나지 않는다. 따라서 죽음은 존재하지 않고 다른 차원으로의 이동일 뿐이다."

교수님은 '죽음의 과정을 이해하고 나면 죽음을 내포한 생명의 본질과 의미에 대해 더 깊은 인식에 이르게 되어, 주어진 삶을 더욱더 충만하게 향유할 것'이라고 마무리하셨다.

나는 죽음을 영원한 생명의 문으로 받아들인다. 3일 만에 부활하신 예수님은 말씀으로 우리와 함께하시고, 다른 사람이나 사건을 통해서 보여주심을 믿고 있는 나로서는, 사랑실천과 복음전파야말로 나의 남은 생애에서 가장 우선적으로 해야 할 일이라는 생각이 들었다.

오늘은 외환은행 직장으로는 마지막 출근 날이다. 그러나 기분 좋은 날이다. 퇴직 또한 끝이 아닌 새로운 세계로의 출발일 것이기에!

후회 없는 삶을 살려면

지금 내게 주어진 것은 많지만 그중에서도 시간을 알뜰히 써야 할 것 같다. 하고 싶은 것은 많으나 한 번에 할 수 없기 때문에 우선순위를 정하고 선택을 하게 된다. 내 건강도 한계가 있기에 무엇보다 시간을 아껴 건강을 위해 쓰고, 잘 조절해 활용해야 함을 깨닫는다.

우리가 관리하는 경제 역시 마찬가지다. 아파트 상가 등 부동산이나 예금, 채권, 펀드 등 동산과 물질적 자산은 제한되어 있다. 화폐로 측정되는 자산을 자기가 사용하고도 여유가 있는 사람이 있는 가 하면, 부족한 이들도 있다.

나는 어떠한가? 쓰기 나름이겠지만 계획경제를 잘하여 적절히 쓴다면, 여생 동안 그럭저럭 지낼 수도 있을 것 같다. 계획 없이 많이 사용하여 모자라면 자식들이나 남에게 신세를 지게 되는 것이고, 반대로 지나치게 남는다면 그것 역시 계획을 잘못 세운 것이다. 생전에 어떤 형태로든지 다 쓰고 장례비 정도만 남기는, 수입과 지출이 비슷한 계획경제가 가장 바람직할 것 같다. 그래야만 내 사후에도 자식들이 물질적 유산으로 시시비비를 가리는 일이 없을 것이다.

요즘은 문명의 발달로 백 세 시대라고 할 정도로 수명이 연장되었다. 이는 축복인 동시에 재앙이 되고 있다. 누구든지 자신의 생존기한이 궁금하지만, 그건 인간의 영역이 아니다. 살아 있는 동안 건강하게 움직이며 살 수 있다면, 언제 본향本鄉으로 가든 문제가 안 된다.

우리 부부는 삼일절 연휴기간에 서로 배우자를 위로한다는 취지에서 여행계획을 짜보았다. 조금 멀리 가볼까도 생각해 봤지만, 아들 부부에게 손자를 돌보는 일로 신경 쓰게 하고 싶지 않아서, 결국 2박 3일 남도 여행으로 최종 확정했다.

나는 무엇보다 건강할 때 아내와 자주 여행을 다녀서, 둘만의 추억을 쌓는 것에 여행의 의미를 두고 있다. 이번에는 전과는 다르게 국내여행치고는 호텔과 특산음식 등의 고급스런 여행을 선택해 보았다. 가고 싶은 곳, 하고 싶은 것, 먹고 싶은 것을 원없이 해보는 것도, 여행을 다녀와서 아쉬움을 남기지 않는 방법 중 하나이다.

후회 없는 이 생에서의 삶! 내일 불려가더라도 억울하지 않는 삶을 살고자 한다. 지금부터라도 후회 없이 잘 죽기 위해 나를 정리하고 비우는 작업을 계속할 작정이다.

『김수환 추기경의 친전』을 읽고

예순을 바라보는 나는 많이 살았을까, 적게 살았을까?

우리는 살아가면서 존경하는 사람을 만나게 된다. 나에게는 가까이는 내 부모님과 형수님과 아내가 있고, 집안의 어르신과 은사님, 선배님과 직장상사, 송광섭 베드로 신부님 외 성직자 분들과 이영숙 베드로 수녀님 같은 수도자도 계신다.

종교적으로나 사회적으로 저명한 분 중에는 김수환 추기경님과 매번 신간서적이 나올 때마다 책을 보내주시는 고마우신 차동엽 신부님이 계신다. 차 신부님께서 보내주신 책 중 하나가 바로『김수환 추기경의 친전』이었다.

추기경님이 돌아가셨을 때 내 아내는 40만 조문행렬에 동참하여 그분의 마지막 모습을 뵈었지만, 나는 이런저런 핑계로 조문을 하지 못했고 아직 용인에도 가보지 못했다. 무척이나 존경하고 닮고 싶다고 입버릇처럼 말하면서도 달랑 그분이 남기신 책 몇 권 봤을 뿐이고, 사진 한 장만 보관하고 있을 뿐이다. 악수도 한 번 못했고 가까이에서 뵙지도 못했지만 그분의 말씀은 늘 내 가슴속에 새겨져 있다.

"기쁨과 희망, 슬픔과 고뇌, 인류의 그것들을 바로 우리들의 그것으로 여기는 교회가 되어야 합니다. 성직자는 물론 신자들도 그래야 합니다."

김 추기경님은 단 한 번도 다른 사람의 험담을 한 적이 없다고 한다.

"그분들에게는 그분들의 사명이 있고, 나에게는 나의 사명이 있는 겁니다. 그러니 그분들에 대해 함부로 말하는 것은 옳지 않아요."

시종일관 자주 강조하신 세 가지가 있다.

"우리가 진리, 정의, 사랑을 위해 살고 진리, 정의, 사랑을 위해 죽을 준비가 되어 있다면 이것이야말로 가장 값진 가장 보람된 삶입니다."

이와 더불어 나의 삶의 지표가 된 말씀이 있다.

"참으로 우리가 사랑으로 산다면 이런 형제들의 고통이 덜어질 것은 분명합니다. 바로 내 옆에 있는 가장 보잘것없는 형제를 사랑하는 것입니다. 그런데 그 보잘것없는 형제는 누구입니까? 그는 바로 나의 아내, 나의 남편, 나의 부모, 나의 형제, 나의 아들딸일 수도 있습니다. 또는 직장동료일 수도 있습니다. 그리고 늘 옆에 가까이 있으면 내 마음을 불편하게 하고 부담감을 주는 가난한 사람들, 도시빈민들, 행려병자들 등등 사회로부터 소외된 사람들이 바로 나로부터 버림받은 사람일 수 있습니다."

그러면서 김 추기경님은 사랑에 대하여 많은 말씀을 남기셨다.

"사랑은 배려입니다. 사랑은 친절입니다. 하지만 사랑은 깨지기도 쉽고, 토라지기도 잘 하고, 포기하기도 쉽습니다."

"아무리 모두가 이기주의로 흐르고 세파가 몰인정하다 해도 우리 마저 실천하지 말아야 할 이유는 되지 못합니다."

"사랑은 감정에서 시작되고 감정이 식으면서 끝나는 것이 아닙니다. 참으로 사랑하겠다는 결심에서 출발하여 이 결심을 지키는 의지로서 지속되는 것입니다."

"하늘에는 별이 있고 들에는 꽃이 있듯이 사람의 마음속에는 사랑이 있어야 한다는 말이 있습니다. 그렇습니다. 밤하늘은 별들이 반짝여 아름답습니다. 들판은 이름 모를 꽃들이 피어 아름답습니다. 우리 사람들 사이에는 숭고한 사랑이 있어 더욱 아름답습니다."

그분은 시인이요 실천가셨다.

"사랑은 가장 부드러우나 가장 강합니다. 가장 겸손하고 친절하나 가장 귀하고 높습니다. 무력해 보입니다. 그러나 총도 칼도 대포도 못하는 일을 이것은 할 수 있습니다."

내가 『김수환 추기경의 친전』을 읽은 후 실천하는 내용은 다음과 같다.

"노점상에서 물건을 살 때 깎지 말라. 그냥 돈을 주면 나태함을 키우지만, 부르는 대로 주고 사면 희망과 건강을 선물하는 것이다."

"인간은 근본적으로 진선미를 추구한다. 불멸의 가치를 추구한다. 인간의 교육, 지식, 문화는 이 같은 인간 노력에 크게 도움을 준다. 또 자기양심을 지켜주는 힘을 주기도 한다. 양심이 무너지면 인간이 무너진다."

그분의 "사랑이 머리에서 가슴으로 내려오는데 칠십 년 걸렸다."

라는 유명한 말씀을 되새기면서, 사랑이 내 가슴으로 오는 시간이
단축되길 바라본다.

하루 10가지 이상 감사하기

매주 화요일 저녁에 약 2시간씩 성서공부를 하고 있다. 멀리 강
동에서부터 오시는 변젬마 봉사자 선생님과 함께 최근에는 욥기를
공부하고 있는데, 변 선생님께서 '하루 10가지 이상 감사하기'라는
숙제를 내주셨다. 언제나 열정을 다해 지도하시며, 성서를 학문적
으로 접근하기보다는 실생활에 적용하길 강조하는 분이다.

오늘도 나의 일상을 적어보니 감사할 거리가 참 많았다.

1. 아침미사에 매일 참례할 수 있게 집, 성당, 수녀원이 가까워 감사한다.

2. 지난 주말은 우리 본당 원장수녀님이, 어제는 수녀원 원장수녀님의 영
   명축일靈名祝日이었다. 늘 기도해주시니 고마운 마음을, 추석 전후라서
   쉽게 전달할 수 있어 감사했다.

3. 가까운 곳에 장남 부부가 살고 있고, 손자를 돌봐줄 수 있는 아내에게
   건강을 허락해 주시니 감사하다.

4. 사돈도 인근에 살고 있어 함께 손자를 돌볼 수 있으니 고마운 일이고,
   평일에 아들 집에서 조식을 할 수 있으니 그 또한 감사하다.

5. 오늘은 손자의 독감예방 접종일이라 내가 운전을 해서 사부인과 아내
   의 수고를 덜어줄 수 있어 감사했고, 손자와 함께 우리 세 명도 며느리

의 신용카드로 독감 예방접종을 할 수 있었으니 고마운 일이다.

6. 병원에 다녀오느라 오늘도 출근을 다소 늦게 했는데, 큰 무리가 없는 내 직장이 감사하다. 무엇보다도 스트레스 없이 출퇴근할 수 있는 직장이 있어 감사하다. 내년 3월 말에는 완전히 은퇴하겠지만, 지금은 출근할 데가 있다는 자체가 크게 감사할 일이다.

7. 사무실 일을 마무리하고 일찍 나와 헬스클럽에서 워킹하면서, 이렇게 숙제를 생각하고 정리할 수 있는 것도 감사하다.

8. 운동 후 저녁에 여의도 성모병원으로 두 군데 조문을 갈 예정인데, 입행동기 부친상과 선배동료의 장인상이 같은 장례식장이라 감사하다.

9. 하느님께서 워킹하면서 YTN뉴스를 들으면서 이렇게 글을 적을 수 있는 달란트를 주셨으니 감사하다.

10. 조문 후 밤에 귀가해도 기다려주는 아내와 차남 부부가 있어 행복하고 감사하다.

11. 저녁에 돌아갈 편안한 내 집이 삼성산을 병풍으로 쳐놓은 전망 좋고 공기 좋은 위치하고 있어 감사하다.

12. 내가 무엇이기에 이렇게 날마다 많은 은총을 주시는가? 그것이 또 감사하다. 아버지 하느님! 지금까지 베풀어주신 모든 은혜에 감사하나이다.

아버지학교 참관기

지난해 8월 삼성산 성당에서 서울 천주교 '아버지학교' 7기에 입교했었다. 많은 감동을 받으며 개심改心을 하고 수료를 한 지 벌써 1년이나 지나 있었다.

그새 아버지학교에서 봉사하던 형제들이 보고 싶어졌고 그리움이 쌓여, 그 갈증을 조금이나마 해소하고자 오늘 다시 답십리 성당에 찾아온 것이다. 바쁘게 움직이는 그들과 반갑게 허그hug를 하고, 3시간 남짓 아버지학교 11기를 참관하였다. 끝까지 자리를 지키고 싶었지만 중요한 선약이 있어서 조용히 성당을 빠져나왔다. 봉사자 형제들에 제대로 인사를 못하고 나와 미안함으로 발걸음이 무거웠다.

그리 길지 않은 시간이었지만 오늘도 많은 감동을 받았다. 인간 쓰레기 같던 형제가 아버지학교를 통하여 자신은 물론이요 아내와 자녀까지 변화되어 가정의 평화와 진정한 행복을 찾았다는 진솔한 고백에서부터, 아버지로부터 받은 회개와 사랑의 편지 낭독, 아내와 자식에게 사랑할 것을 다짐하는 편지 낭독에 이르기까지. 눈물바다를 이루면서도 참가자 모두가 평온한 모습이었다. 선약장소인 한국외방선교회 후원음악회가 열리는 KBS홀에 도착할 때까지, 감동이 사라지지 않았다.

아버지학교 프로그램은 개신교에서 먼저 시작한 '두란노 아버지학교'를 벤치마킹하여 천주교에서도 교구별로 도입한 것이다.

내가 받은 사회교육 중 어떤 프로그램 못지않게 알찬 일정이었다. 주 1회 6시간씩 5번에 걸쳐 진행되는데, 나를 중심으로 아버지와의 관계를 뒤돌아보고 정리해 보며 아버지의 영향력과 사명을 가슴으로 느껴볼 수 있는 기회이다. 그리고 가장으로서 아내와 나, 자식들과 나와의 관계를 정립해 보는 나눔 중심의 교육 프로그램이다. 강의도 듣지만 그 비중은 얼마 되지 않으며, 주로 자신과 가족의 관계를 회고하고 반성하고 개심하여 축복기도와 허그 등 사랑을 표현하고 실천하게 하여, 스스로 변화가 되게 하는 좋은 프로그램이다.

나 역시 고인이 된 지 20년이 지난 아버님께 편지를 쓰고 읽었는데, 원래는 별로 눈물이 없는 편인데도 그날은 회개의 눈물이 앞을 가려 나눔 시간에 발표조차 제대로 못했었다. 그리고 6남매의 막내인 내가 부모님을 모시고 살았다는 이유만으로, 스스로 효를 다했다고 생각했던 것이 얼마나 큰 착각이었는지를 깨닫게 되었다.

나의 장남이 출생하기 직전부터 우리와 10년간 동고동락하셨던 아버님은, 76세에 갑작스런 폐암에 걸려 세상을 떠나셨다. 자식들 고생 안 시키려고 병원에 입원도 하지 않으셨고, "죽더라도 고향에서 죽겠다." 하시며 대구의 형님 댁으로 옮기신 후 2개월 만에 우리와 완전히 작별하셨다.

함께 살면서 한 번도 아버님과 다툼이 없었다는 점과, 어머님이 마지막 가실 때까지도 안방을 내드려서, 마음만으로 효를 다했다고 착각한 것이 후회되어 눈물이 쏟아졌다. 그중에서도 가장 못한 점은 불교인 큰형님과의 불화를 염려하시어 당신은 빼고 우리 부부만 성당에 다니라고 하셨던 아버님께, 대세代洗조차 시켜드리지 못한 점이었다. 신앙심이 지금 정도만 되었어도 무종교인 부모님께 전교를 했을 터인데…….

두 번째로는 두 손자를 지극정성 돌보아주셨음에도 정기적으로 용돈을 드리지 못한 점이다. '노인들이 우리 집에만 계시는데 돈 쓸 데가 어디에 있어?'라고 착각한 점이다. 아내가 수시로 드렸다는 이야기를 최근에서야 들었지만, 내가 그런 어리석은 생각을 했었음 에는 변명의 여지가 없었다. 이 밖에도 아버님이 나에게 많은 섭섭 함을 느꼈을 것이라고 생각하지만, 그나마 천사 같은 아내가 친정 부모님 대하듯 내 부모님을 모심으로써, 나의 불효가 조금은 커버 되지 않았나 생각해 본다.

내가 지금 이 세상에 안 계시는 부모님을 위해서 할 수 있는 일은 딱 한 가지이다. 영세를 받지 못하여 연옥에 계실지도 몰라 매일 기 도를 하는 것뿐이다.

또한 두 아들과의 관계에서도 크게 반성과 회개를 하였고, 개심 할 수 있었던 아버지학교였다. 그동안은 내가 '이 세상에서 가장 자 상한 아버지였고 자식들에게 의무를 다했다.'라고 착각했던 것이다. 나는 장남이 재수할 때 시내에 있는 종로학원까지 태워다주었고, 군 에 복무할 때는 약 2백 통의 편지를 매일 보내며 사랑을 표현하였 고, 학비 외에도 적당한 용돈을 정기적으로 주어왔기 때문이다.

내가 회개한 것은 가족을 부양해야 하는 가장이라는 명목 하에 직장생활에만 치중하여, 두 아들이 공부하기 힘들거나 고민할 때 그 어려움을 같이 나누지 않았다는 것이다. 이 밖에도 아들들에게 특별하게 잘한 것이 없다는 점이다.

특히 장남이 결혼한 후 얼마 되지 않아 "아버지를 존경하지만 어 렸을 때는 무서운 아버지로 기억됩니다. 예전보다 지금이 더 좋습니다."라는 말을 해서 충격을 받은 적이 있었다. 그래서 내가 아들들에게 무엇을 못했는지 한 번쯤 정리해 보고 싶다는 생각을 하고 있었다. 그러던 차에 아버지학교를 알게 되었고, 입소를 지원하여 좋은 아버지가 될 것을 결심하였던 것이다.

그 후로 지금은 결혼하여 분가한 두 아들에게 성가정聖家庭을 위한 기도를 하고 매일 미사에 참례하며, 신앙인으로서 솔선수범하여 사랑을 실천하고자 노력하고 있다. 두 아들 부부가 지금같이 예쁘게 살아가길 기도하고 바랄 뿐이다. 아버지로서 그 어떤 요구도 하지 않을 것이고, 그저 열심히 응원하면서 지금까지 아버지로서 못 다 한 것을 보속補贖하면서 살 것이다.

오늘도 주님의 계명인 "서로 사랑하라!"라는 말씀을 떠올리면서, 내가 먼저 가장 가까운 이웃인 아내와 두 자식과 내 형제와 벗과 이웃을 사랑하며 살 것을 다짐해 본다.

"주님, 저는 아버지입니다!"

소공동체는 작은 교회

나는 직장을 다닐 때나 백수인 지금이나 새벽부터 밤까지 바쁜 일정은 여전하다.

새벽미사 참례 후 삼성산 자연 속에서 2시간, 헬스클럽에서 1시간 남짓의 오전 시간을 보내고 오늘의 점심 약속장소인 문래동으로 이동 중이다.

마침 마을버스를 타려고 기다리고 있는데, 아파트 같은 라인에 사는 이웃 교우 미카엘라 자매님을 만났다. 내가 인사를 하며 "한 달에 한 번씩 구역모임에서 얼굴이라도 뵙지요."라고 말을 건넸다. 그러고는 미카엘라 자매님이 출근하는 길이라고 해서 업종을 물었다. 그랬더니 의외로 "30년 이상 인쇄업을 하고 있습니다."라는 대답이 돌아왔다.

성당의 모임에서는 보통의 경우 상대의 직업을 묻지 않고, 자기가 하는 일도 잘 말하지 않는다. 반가운 마음에 옛날 명함의 직업과 직명을 볼펜으로 지우고, 그 위에 요즘 내가 새롭게 직명을 단 '행복충전연구소장 김원수(전 KEB지점장)'라고 적은 후 명함을 건넸다. 그랬더니 자매님께서 고맙게도 새 명함을 만들어 주겠다고 하셨다. 이래서 이웃사촌이 좋은 건가 보다.

얼마 전에도 이웃사촌의 따뜻한 정을 느낄 수 있었다. 우리 집 아래층에 사셨던 윤 베드로 최 나타리아 부부님이셨는데, 몇 달 전에 이사를 했음에도 자매님은 구역모임에 종종 동참하셨다. 이번 성탄절에 교적을 옮겼다는 그분들은 우리 가족과는 형제같이 지냈다.

1년 동안 성경공부도 함께하였고 우리 집 현관 비밀번호도 알고 있을 정도로 사이좋은 이웃이었다. 이사할 때 많이 서운했지만 월 1회 구역모임이라도 참석하고 계셔서 그나마 다행이었다.

어제는 또 성탄 자축연을 겸한 송년모임을 가졌다. 같은 구역 교우들이 순서대로 한 해를 보내면서 느낀 점을 말하고, 말씀사탕을 읽고 음식나눔을 하였다. 평소 참석하던 몇 분은 보이지 않았지만,

처음 참석한 분들이 그 자리를 대신했다.

"두 사람이나 세 사람이라도 내 이름으로 모이는 곳에는 나도 함께 있기 때문이다."라는 마태 18장 20절 말씀대로, 보이지는 않지만 우리 곁에서 늘 지켜주시는 주님의 현존을 느낀 밤이었다. 동참한 구역교우들이 모두 즐겁게 웃고, 화기애애한 분위기에서 서로를 격려해 주고 위로해 주는 이웃 공동체였다. 그러므로 이웃 공동체인 소공동체야말로 작은 교회인 것이다.

어제 구역모임에서 뽑은 말씀사탕은 다음과 같았다.

"내가 진실로진실로 너희에게 말한다. 나를 믿는 사람은 내가 하는 일을 할 뿐만 아니라, 그보다 더 큰 일도 하게 될 것이다. 내가 아버지께 가기 때문이다."(요한복음 14장 12절)

소공동체를 위해 섬기는 소명을 다 할 수 있도록 힘주시는 말씀으로 어깨가 가벼워짐을 느꼈다.

매일미사 강론요지와 말씀 묵상 기도 한 편

저자가 5년이 넘는 시간 동안 가족들과 벗과 지인들에게 매일 미사 참석 후에 보내는 아침 묵상글을 여기에 올리고자 한다.

+찬미예수님♡

성 라우렌시오 부제 기념일 아침 미사 중 기억입니다. 우리 모두의 소망을 원하는 때에 이루어 주시도록 우리 주님 예수 그리스도 이름으로 빕니다. 아멘!

요점은 이렇습니다.

적게 뿌리는 이는 적게 거두어들이고 많이 뿌리는 이는 많이 거두어들입니다. 저마다 마음에 작정한 대로 해야지, 마지못해 하거나 억지로 해서는 안 됩니다. 하느님께서는 기쁘게 주는 이를 사랑하십니다.(코린도 9장 6절~7절)

할렐루야! 행복하여라, 주님을 경외하고 그분의 계명들로 큰 즐거움을 삼는 이! 그의 후손은 땅에서 융성하고 올곧은 이들의 세대는 복을 받으리라. 부와 재물이 그의 집에 있고 그의 의로움은 길이 존속하리라.(시편 112장 1절~3절)

예수님께서 다시 그들에게 말씀하셨다. "나는 세상의 빛이다. 나를 따르는 이는 어둠 속을 걷지 않고 생명의 빛을 얻을 것이다."(요한 8장 12절)

누구든지 나를 섬기려면 나를 따라야 한다. 내가 있는 곳에 나를 섬기는 사람도 함께 있을 것이다. 누구든지 나를 섬기면 아버지께서 그를 존중해 주실 것이다.(요한 12장 26절)

※송 신부님 강론요지

"가시고기는 자식의 번식을 위해 자기 몸까지 바치는 고기입니다. 암컷은 부화를 하고 떠나지만 수컷은 새끼를 보호하기 위해 남습니다. 다 큰 새끼들은 떠나게 되고 수컷은 홀로 남아있다 죽게 됩니다. 새끼들이 돌아와 죽은 수컷의 살을 뜯어먹습니다. 결국은 가시만 남은 죽은 수컷은 죽어서도 자식사랑을 보여줍니다. 남을 위해 자신을 포기하는 일은 쉽지 않습니다. 한 밀알의 희생은 값진 보석처럼 아름답습니다. 하느님 나라를 위한 선행이 또 다른 선행을 부릅니다. 예수님 몸소 밀알이 되시고자 죽으셨고 부활하셨습니다. 우리도 밀알이 되신 주님을 본받아 많은 열매를 맺는 삶을 살아갑시다. 아멘!"

※띠노 묵상

아침에 오늘의 말씀 묵상이 크게 와 닿습니다. 사랑한다는 것은 자신을 내어 주는 것이고 내어 줌이 자신에겐 기쁨이어야 한다는 것을 깨닫습니다. 나의 그릇이 작아서 아직은 작은 봉사라도 기쁘게 하지 못할 때는 욕심을 내려 놓고 기도하며 기다려야 한다는 생각입니다

아낌없이 주는 나무처럼 모든 것을 다 내어 주고 밑둥만 남아 있어도 지친 자식들에게 휴식의 의자가 되어 주는 것이 부모의 맘이고 예수님 맘이기에 오늘도 사랑실천을 위해 나를 내려 놓을 결심을 해 봅니다

살아계신 성자 예수 그리스도 주님 치유의 은총을 주신, 내가 무슨 생각을 하는지 다 아시는 주님은 늘 감사의 생활과 내 열정과 지혜의 원천!! 그럼에도 불구하고 감사, 기쁨, 평화, 사랑이 가득한

주님 축복된 나날 되길 기원합니다. 샬롬♡

2013. 8. 10.

김원수 마르띠노

베스트셀러 작가와 선교사

어제는 아침 미사 참례 후 평소와 같이 묵주기도도 하고 아내의 이야기를 들으면서 산행을 했다. 호암산 7부 능선에서 잠시 땀을 훔치며 문자를 확인하고 답신을 적는데 아내는 잠시 쉬는가 싶더니 계속 산을 올랐다. 곧이어 나도 다시 산을 올랐지만 아무리 올라도 아내가 보이지 않아 "안젤라, 안젤라!"라고 아내를 불렀다. 그러자 길목에서 쉬고 있던 한 중년이 그 소리를 듣고 "강아지는 한 마리도 지나가지 않았습니다."라고 하여 속으로 얼마나 웃었는지 모른다.

한참 올라간 9부 능선에서 나를 기다리던 아내에게 이 이야기를 했더니 앞으로 자기를 '안젤라 강아지'로 불러 달란다. 큰 소리로 또 웃었다. 이렇게 우리 부부는 건강한 육신으로 관악산의 호암산 정상을 일주일에 두어 번 오른다. 하느님께서 안젤라를 다시 일으켜 세워주신 덕에 가능한 일이다.

"전능하신 천주님. 지금까지 베풀어 주신 모든 은혜에 감사하나이다. 주님 찬미 받으소서. 이제와 영원히 아멘."

식사 후 매번 기도를 하듯 미사참례와 기도가 일상이 된 우리 부부는 늘 감사하고 기쁘게 살아가고 있다.

『내 인생의 터닝 포인트』를 쓰면서 나의 남은 인생 제3기를 '자원봉사의 삶'이란 막연한 생각에서 '평신도 선교사의 삶'으로 정리하였다. 그리고 내년 봄에 시작하는 가톨릭신학원에 입학하기로 결심을 했다. 2년간 열심히 공부하여 선교사 자격을 취득한 후 주님의 명령이신 복음 전파에 동참하고자 작정한 것이다.

그 전에 몇 달간은 축구의 연장전을 앞둔 달콤한 휴식 시간처럼 여기고 하고 싶은 일들을 하고 있다. 만나고 싶은 은인과 벗을 만나고, 등산을 하면서 자연 속에 머물고, 가고 싶은 곳을 찾아 떠나는 여행을 하면서 보낼 계획이다. 짧은 휴가를 요긴하게 활용하고자 한다. 주님께서 주신 나의 달란트를 당신의 사업에 동참하는 선교사가 되고자 하는 이유로써 나의 제3기 인생의 소명으로 받아드린다.

2011. 가을 통영 사량도 여행

아내
이야기

누군가 날 위해 기도하네

이제야 알았습니다.

원하는 게 많았습니다.

사랑받기를 원하고 한가롭기를 원하고

잃지 않기를 원하고 쌓아두기를 원하면서

진실로 가난하기를 원하지 않았습니다.

많이 갖고 싶었고 이름을 날리고 싶었고

잘난 사람이고 싶었으면서

정말 낮은 사람이기를 원하지 않았습니다.

괴로워하는 것만으로 내 할 일을 다 한 것도 아닌데

괴로워하는 것밖에는 아무것도 하지 못했습니다.

사람을 편협하게 사랑하고 더불어

고통 받으려고 하지는 않았습니다.

'고통 또한 축복이리라' **241**

입으로는 날마다 죽겠다 말하고도

실제로는 조금도 죽어 살지 못했습니다.

이제야 알았습니다.

나의 힘으로 내가 사는 것이 아니라

내 의지로 내가 살아온 것이 아니라

다른 이들의 기도로

다른 이들의 기도를 들어주시는 주님의 사랑으로

내가 살아왔다는 것을.

- 이제야 알았습니다(펌글)

"우리 삶 안에서 우리가 잘나서 용서받고 의인처럼 살 수 있었던 것만은 아니다. 누군가 우리를 위해 기도해 주며 부단한 노력을 했던 것이다."

위의 묵상 글을 보면서 가슴이 찡해졌다.

오늘 새벽에도 미사를 드리고 아들 집으로 향했다. 이러한 일상의 반복적인 삶을 누릴 수 있게 함께 해주는 배우자와 가족들, 그리고 날 위해 기도해 주셨던 모든 분들이 떠올랐다. 질병으로 모든 것을 내려놓았을 때도 나는 혼자라고 생각하지 않았다. 오히려 외로워할 때 나는 많은 사랑을 받았고, 아이러니컬하게도 행복하기까지 하였다.

내가 주인공으로 살았을 때는 가진 것이 많고 나눌 것이 많아서, 세상이 나를 위해 있는 줄 알았다. 내 힘으로 무엇이든 할 수 있었고, 그래서 내 안에는 교만과 오만이 자리 잡게 되었음을 알았다. 나는 늘 내가 준 것보다 더 많이 사랑받고 싶어 했고, 그것이 충족되지 않았을 때는 욕심으로 갈증만 나고 진정한 나눔의 행복을 가질 수 없었다.

그러나 갑자기 초대하지도 않은 불청객처럼 찾아온 질병으로 직장도 친구도 가족들까지 다 내려놓았을 때, 내 힘으로 어찌할 수 없음을 인정하고 하느님 앞에 자복自服하였다. 날 진심으로 사랑하며 고통의 시간들을 참아주고 부축해 주며 주님 안에서 기도해 주고 함께해 준 배우자가 있었고, 엄마를 위해 한눈팔지 않고 자기들의 앞길을 걸어가 준 자녀들과 눈물과 안타까움으로 기도해 준 형제자매 친지와 지인들이 함께 해주었기에 가능한 일이었다.

인간은 나약해지고 고독해지고 나서야 늘 곁에서 함께 해주시는 하느님을 알아차리고, 비로소 그분과 함께하는 것임을 깨닫게 된다. 그로 인해 작은 것에도 감사하고 주어지는 모든 것이 분에 넘침을 알게 되었기에, 스스로 작아지고 낮아져서 겸손의 삶을 살게 해주신다.

겉모습만으로 남을 판단하여 없는 자를 무시하고 있는 자에게는 비굴하였던 나를 보게 하시고, 내 삶을 회개하는 눈물을 철철 흘리게 하신다. 그리하여 나의 옳음의 틀에 묶여 남을 배려하기보다 비판하여 가까이에 있는 배우자와 자식에게도 상처를 주는, 사랑에 인색했던 내 모습에 고개를 들지 못하고 용서를 청하게 되었다.

"울어야 산다."는 어느 의사의 조언처럼 정말 잘 살아왔고 행복하다고 생각했던 지난 삶을 되돌아보며 회개의 눈물을 흘리고 나니, 내 안에 있는 독소가 다 빠져나가고 나는 다시 힘을 얻을 수 있음을 체험하였다.

그때서야 이 비참한 나를 자비로운 손길로 어루만져 주시고 일으켜 주신 그분의 사랑을 믿고 일어서서 걸을 수 있었다. 내가 고독했을 때 만나주신 그분께 모든 것을 맡겼을 때, 이 세상 모든 것을 통해 은총의 은총을 보내주셨다.

미사 중에 간절한 모습으로 두 손을 모으고 기도하는 남편과 아들의 모습을 보면서 내가 변화될 수 있었고, 평화로움 속에서 행복을 누리는 모든 것이 누군가의 간절한 기도 때문임을 알게 되었다. 고통의 짐을 나누어 져 주었던 모든 분들의 기도가 느껴졌다 그래서 고통은 축복의 통로라는 말에 고개를 끄떡이게 되었다.

앞으로 내 삶이 다시는 예전의 삶으로 되돌아가지 않도록, 늘 나를 돌아보며 초심을 잃지 않고 어떠한 처지에도 감사하고 기뻐하는 삶을 살아갈 것이다. 그리고 "주님은 포도나무요 나는 그 가지로다. 가지가 나무에 붙어 있지 않으면 아무런 열매도 맺을 수 없으나 가지에 붙어 있으면 많은 열매를 맺게 될 것이다."라는 말씀처럼 그분 안에서 함께할 것이다.내가 중학교 시절부터 애송하였던 윤동주 시인의 「서시」를, 이제야 가슴으로 보듬어 안는다.

"죽는 날까지 하늘을 우러러

한 점 부끄럼이 없기를,

잎새에 이는 바람에도

나는 괴로워했다.

별을 노래하는 마음으로

모든 죽어가는 것을 사랑해야지.

그리고 나한테 주어진 길을

걸어가야겠다.

오늘 밤에도 별이 바람에 스치운다."

감사한 날들

당신이 지쳐서 기도할 수 없고 눈물이 빗물처럼 흘러내릴 때

주님은 우리 연약함을 아시고 사랑으로 인도하시네.

누군가 널 위하여 누군가 기도하네.

네가 홀로 외로워서 마음이 무너질 때

누군가 널 위해 기도하네.

몇 년 동안 기도를 하면서 삼성산 성지를 오르내리며 불렀던 복음

성가입니다. 남편이 출근하면 혼자서 마실 것과 간식 기도서를 넣고

직장에 출근하듯 삼성산 성지로 향했습니다. 단풍나무에는 오색찬

란한 물감이 들어 있었고 도토리나무에선 연신 도토리가 머리 위로 떨어지는 정말 아름다운 가을을 두 번째 맞이하고 있었습니다.

오늘 따라 안개가 자욱한 삼성산 성지 길을 걸으면서 늘 부르던 성가를 부르는데 하염없이 감사의 눈물이 흘러내려 주체할 수가 없었습니다. 항암 중에도 이제껏 내가 살아온 반생보다 더 행복한 시간을 가졌고, 주님 안에서 누리는 이 자유로움과 사랑받고 있다는 이 느낌, 나눌 수 있는 이 기쁨에 가슴이 벅차 마냥 눈물이 흘렀습니다.

내가 누리는 이 모든 것이 날 위해 기도해 주신 모든 분들의 기도의 응답임을, 나를 가장 가까이에서 함께하며 숨죽여 염려하고 기도해 준 가족들의 사랑의 응답임을 알기에 흘리는 눈물입니다.

죄 없이 잘 살아온 나라고 교만하던 나에게 태어남으로 이미 원죄를 가졌고, 살면서도 입으로만 "주님! 주님!" 하면서 얼마나 죄 속에 살았는지도 몰랐던, 주님 앞에 비천하고 죄 많은 나인데도 나를 만드시고 길러주시고 지켜주시면서 기다려주신 그분, 사랑의 은총임을 깨닫습니다.

감사의 눈물을 흘립니다.
감사의 맘을 전합니다.
감사의 삶을 살면서 감사의 맘을 나눕니다.
거저 받은 그분의 선물들을 거저 돌려드리고 싶습니다.
그분의 평화와 사랑을.

나에게 다가오는 이 가을과 겨울이 지나면, 새로 돋는 생명의 기운을 받아 내 삶도 새로운 발돋움을 하기 위해 인내하고 있습니다. 주님 안에서 그분의 영광을 드러내는 딸이 될 수 있도록, 봄을 희망하며 제 맘을 올려봅니다.

항암치료를 하면서 매일 삼성산을 오르내리면서 적었던 일기 한 편이, 건강을 회복한 지금 제 가슴을 울립니다.

오늘은 남편과 함께 수녀원에서 새벽미사를 드리고, 늘 하던 대로 묵주기도를 하면서 삼성산 성지를 향해 걸었습니다. 장맛비로 계곡은 정갈하게 청소되어 맑은 물이 청량한 소리를 내며 흘러내리고 있었습니다. 아마도 쏟아지던 폭우는 이렇게 깨끗한 계곡을 만들기 위해서일 것입니다.

나이 들어 남편과 하루 종일 있으면 병이 생긴다고들 합니다. 그래서 남편은 집 지키고 여자들은 밖으로 나가게 된다는 얘기를 들었습니다. 그렇지만 우리 부부는 함께 일어나고 새벽미사 가고 등산하고 운동하고 밥 먹고 볼일 보고 책 보고 TV 보며 24시간을 함께하면서도 서로가 힘이 되고, 서로의 생각을 나눌 수 있어 기쁨이 되고, 힘들 땐 기댈 수 있어 든든하고, 함께 기도할 수 있어 감사할 따름입니다.

내 삶의 폭우 같았던 고통과 시련의 시간들이 오늘의 우리를 만들기 위해서였음을, 남편과 도란도란 얘기를 나누면서 느꼈습니다.

남편은 국민연금을 조기 수령하자는 내 제안을 일축하고, 영구로 받을 수 있는 연금으로 정하였습니다. 하루살이 같은 각오로 살고 있는 내 마음을 알았는지도 모르겠습니다. 그래서 또 저는 희망과 용기를 내어 남편을 위해 건강하게 오래오래 함께 살 수 있게 해달라고 기도하였습니다.

다른 날보다 조금 일찍 서둘러 산을 내려왔습니다. 오늘은 젊어서부터 하고 싶었던 스포츠 댄스를 하는 날이라 회원들을 위해 맥반석 달걀을 만들면서 무척이나 설레었습니다. 남편과 함께 하는 스포츠 댄스는 참으로 큰 즐거움이고, 동시에 삶에 활기를 줍니다. 우리는 크루즈 여행 때 함께 춤추는 모습을 꿈꾸고 있습니다.

늘 새벽미사에서 반주 봉사를 하는 이 크리스티나 자매님이 어느 날 손주를 기쁘게 돌볼 수 있는 방법을 가르쳐 주겠다며 우쿨렐레 ukulele를 들고 와 레슨을 해주었습니다. 그 덕에 지후랑 얼마나 기쁘고 즐거운 시간을 보냈는지 모른답니다. 지후 역시 할머니의 엉터리 연주에 노래하고 춤추며, 자기도 장난감 기타로 반주하면서 행복해하였습니다.

저를 위해 늘 천사들을 보내주어 기쁘게 살도록 해주시는 주님께 감사할 뿐입니다. 그래서 요즘은 성가를 부르기 위해서 오카리나를 배우고 있습니다. 오늘은 성지에서 제가 젤 좋아하는 '목마른 사슴' 성가를 서툴게 연주하였지만, 할 수 있음에 기뻤습니다. 잘하진 못해도 끊임없이 배움에 도전하고, 하고 싶은 일을 할 수 있음에 감사할 따름입니다.

죽는 순간까지 하고 싶은 일을 하면서 사랑하는 사람들과 함께할 수 있다면, 특별한 삶을 살지 않았어도 의미 있는 삶이 아닐까 생각하며 매 순간 순간이 감사하다고 느낍니다.

삼성산 성지의 정상을 오르내리면서 내 힘이 부칠까 걱정하고, 오르막에는 힘들지 않을까 손잡아 주고, 약수터에선 항상 먼저 물을 건네주는 남편의 사랑에 오늘도 감사함을 전해 봅니다.

성모님께 올리는 기도편지

오월의 장미꽃처럼 아름다우시고, 아카시아 내음처럼 그윽하고 향기로우신 천주의 성모님!

세상 욕심에 짓눌려 시든 꽃잎처럼 초라하고, 매순간 죄의 유혹으로 바람 앞의 촛불처럼 위태롭기만 한 우리 영혼이 불쌍하시어, 하느님께로 우리의 기도를 올리시는 사랑의 어머니!

감당하기 힘든 절망 앞에 금방이라도 달려들어 그 품에 안기면, 상처 입은 마음을 어루만져주시고 일으켜 세워주시는 희망의 엄마!

계절의 여왕 오월, 성모 성월의 끝자락에 삼성산 성령 수녀원 아가페 회원들이 어머니께 대한 감사와 존경과 사랑의 마음을 모아 함께 촛불을 켜고 어머니를 불러봅니다.

어머니! 엄마! 보잘것없고 죄투성이 저희가 성모님을 어머니라고 부를 수 있으니 감사하고 행복할 따름입니다. 이 은혜로운 시간 아가페 회원 한 사람 한 사람의 감사와 청원기도를 편지로 어머니께 봉헌하오니 들어 허락하소서!

어머니! 어머니께서는 이 세상 '죄인들의 회개'를 위해 피눈물을 흘리고 계시지만, 저희는 이 세상에 묶여 육신의 안락만을 취하고, 기아에 허덕이고, 홍수와 재난에 아파하는 이웃을 외면하고, 황금만능주의에 빠져 아버지의 뜻을 저버리는 비참하고 어리석은 삶을 살아가고 있습니다.

나누는 것은 조금 하고 받는 것에는 욕심내면서 사랑한다고 우쭐대었고, 용서한다면서 잘 난 척하고 오만하였습니다. 이웃의 아픔을 가벼이 여기고 외면하면서 제 아픔은 힘들다고 엄살을 떨며 떼만 썼던 어리석은 제 모습이, 이 시간 한없이 부끄럽기만 합니다.

어머니! 제가 안락하고 부유하고 행복하였을 때는 어머니의 전구로 아버지께서 손잡아주시고 지켜주시고 보살펴주신 은혜였건만, 제 힘으로 제가 잘나서인 줄 알았던 교만한 딸이었습니다. 십자가에 못 박혀 돌아가시는 아드님을 지켜보시며 한순간도 기도를 놓치지 않으셨던 어머니의 뜨거운 사랑을 느끼려 하지도 않았던 우둔한 딸이었습니다.

어머니! 아시지요? 저를 태중부터 사랑하시고, 눈에 넣어도 아프지 않을 귀염둥이라 하시며, 저 때문에 애간장이 녹는다고 하신 아버지께서 저를 당신 곁으로 부르시기 위해 큰 질병의 시련을 감당케 하셨던 4년 전 시련의 때를, 어머니는 아시지요? 고통 앞에서 전 어머니를 찾았고, 늘 함께 계셨던 어머니의 손을 잡을 수 있었습니다.

어머니! 두려움에 촛불을 밝히고 무릎을 꿇고 묵주기도를 올리면 어머니께서는 저를 인자로우신 눈으로 굽어보시고, 따뜻한 눈빛으로 저를 어루만져 주시며 시련을 견디고 이겨낼 수 있도록 손잡아

주셨습니다.

착하고 의롭게 살아왔는데 왜 저에게 이런 고통을 주시냐고 아버지께 부르짖었을 때 어머니께서는 묵주기도와 말씀을 통하여, 아버지를 경외하지 못하면서도 의인처럼 살았던 제가 얼마나 큰 죄인이며 비참한 죄인이었는지 끊임없는 회개의 마음을 넣어주시어, 아버지 앞에 용서를 청하고 회개의 눈물을 흘리게 해주셨으며, 저와 함께 울어주셨습니다. 시련과 고통 속에서 그때서야 어머니의 사랑을 느낄 수 있었습니다. 그 어둡고 긴 터널 속에서 아버지께로 인도해주신 어머니께 감사드립니다.

어머니! 이제 저도 어머니를 위해 사랑의 촛불을 켰습니다. 어머니께서 아들의 구원사업을 위해 아파하시는 곳에 위로의 손길이 되고, 어머니께서 순명하시고 인내하시며 겸손으로 묵묵히 걸어오신 그 길을 조금이나마 흉내 낼 수 있는 믿음과 용기를 가질 수 있도록 빌어주소서!

어머니! 신이 만드신 것은 모두 둥글고, 인간이 만들어 내는 것은 모가 나서 부딪치면 찌르고 상처를 준다고 합니다. 저희가 아버지를 닮아 둥글둥글 사랑의 향기를 풍기면서 살아가도록 빌어주소서!

어머니! 이제 함께한 아가페 회원들과 마음을 모아 어머니께 사랑과 감사와 찬미를 올립니다. 저희가 어머니의 따뜻하신 미소를 닮아 언제나 먼저 미소 띤 얼굴로 이웃에게 다가가, 친절과 위로를 나눌 수 있는 삶을 살도록 도와주소서!

어머니의 겸손하심을 닮아 우리 공동체가 서로 다름을 인정하고 받아들이게 하시어, 서로 배려하고 사랑하는 공동체 선을 이루도록 기쁨을 허락하소서!

어머니! 아버지께서 아가페 회원들과 그 가족들을 온갖 악에서 보호하시며 축복하고 지켜주시도록 기도해 주소서! 삼성산 성령 수녀원에 함께할 성소자를 허락하여 주시고, 신부님과 수녀님들의 영육간의 건강도 지켜주시도록 빌어주소서!

어머니! 엄마! 사랑합니다. 존경합니다. 고맙습니다.

천주의 성모님! 이제 와 저희 죽을 때에 저희 죄인을 위하여 빌어주소서!

성령과 함께 어머니 손잡고 우리 주 예수님의 이름으로 기도드립니다. 아멘!

존경하옵는 차 신부님께

가을비가 오는 아침 신부님의 연중 24주간 신나는 복음묵상 테잎을 들으면서 여느때와 마찬가지로 일상을 시작하고 있습니다.

오늘은 저의 부부 자서전 책이 세상에 인사하는 가슴 떨리고 설레는 날이기도 합니다.

2007년 7월 유방암 진단을 받았고 일 년 뒤 간암 선고를 받았을 때 절망감으로 허우적거리며 일어설 힘조차 없을 때 하느님을 바라보며 머물며 제가 얼마나 비참한 인간임을 고백하게 되었습니다. 그때서야 하느님을 만날 수 있었고 그분께 의탁하고 매달리면서 말씀으로 희망을 붙잡고 간절한 기도 속에서 하느님의 자비로우신 사랑으로 치유은총을 받으며 오늘을 살고 있습니다.

암으로 나는 세상에서 버림을 받고 남에게 쓸모 없는 인간으로 짐이 되는 사람으로 살 것 같은 두려움 속에서 빛을 찾아 터널 속을 헤매고 있을 때 만난 신나는 복음묵상테잎은 저희 등불이 되어 주었습니다. 늘 바로 곁에서 대화하듯 이어폰을 통해 들려주시는 신부님의 하느님 사랑 이야기을 들으며 함께 일어나고 밥을 먹고 산행을 하고 항암주사를 맞고 검진을 받으려 가고, 성체조배실이든 저와 함께하면서 신부님이 들려 주시는 말씀을 통해 하느님을 만나는 은총을 받게 되었습니다.

남을 판단만 하고 제 의로움으로 남을 단죄하는 교만하며 사랑에 인색하였던 저를 바라보게 되면서 시시때때로 회개의 눈물을 흘렸는지 모릅니다. 그래도 저를 사랑하기에 참아 주시고 기다려주신 하느님사랑으로 저는 돌아온 탕자처럼 그분과 함께하는 삶을 누리게 되었습니다.

이제 "하느님을 소유한 사람은 모든것을 소유한 것이니 하느님만으로 만 족 하도다." 대 데레사 성녀 말씀처럼 하느님을 만나게 해준 암은 저에게 고통이 아니라 축복이었습니다. 이제 저에게 베풀어 주신 사랑에 눈을 뜨게 되었습니다. 하느님 사랑이 얼마나 크고 넓고 깊은지 하느님 사랑을 외치고 싶고 저를 위해 기도해 주신 가족과 형제, 지인, 교우분들 모든 분들께 감사하는 맘을 전하고 저와 같은 분들께 희망 메세지가 되길 기도하는 맘으로 자서전 출간에 용기를 내었습니다.

저는 신부님 전하시는 메세지 중 희망의 귀환 책을 읽으면서 수없이 "괜찮아! 괜찮아 ! 주님 계시니 난 괜찮다."고 나 자신에게 들려주곤 하였습니다.신부님을 첨 뵈었을 때 말씀선포를 위해 열악한 환경속에서 고군분투하시는 모습은 마치 지팡이만 잡고서 불평불만 많은 이스라엘 민족을 이끌기 위해 고뇌하는 모세 모습 같았습니다. 그 당시 정말 암환자 주제에도 신부님 선교사업에 힘이 되고 싶었습니다. 저와 같이 말씀이 필요한 사람들과 테잎을 들으면서 신부님 책을 읽고 강의를 쫓아다니면서 많은 위로를 받았고 희망의 힘을 얻었습니다. 우리들을 하느님 사랑안으로 손잡고 길잡이가 되어 주셨던 것 감사드리면서 제 맘을 아시기라도 하듯 흔쾌히 추천사로 힘 주심에 감사드립니다.

신부님! 신부님 하시는 일과 신부님 건강을 위하여 저희부부 늘 기도 드리겠습니다.

주님께 찬미 영광드립니다. "주님께서 상을 차려 주시니 제 술잔이 넘치나이다."라는 찬미가가 제 마음 안에서 흘러 나오는 아침입니다.

신부님 감사드립니다.

2013. 9. 14

삼성산 소속 박필령 안젤라(내 인생의 터닝포인트 공동저자)

Chapter 5
황혼의 자화상

'비로소 보이는 것들'

우선 항상 밝고, 언제나 좋아 보이고, 참 행복해 보이는 김원수·박필령 부부의 『내 인생의 터닝 포인트』 출간을 축하드립니다. 이 모범적이고도 아름다운 잉꼬부부의 자서전에 추천서를 쓴다는 것이 혹 누累가 되지는 않을까 걱정이 앞섭니다.

그동안 서울대학교 제3기인생대학에서, 이 부부와 함께 배우고 여행하며 좋은 추억을 많이 쌓을 수 있어 고마웠습니다. 또 소모임과 카페, 카카오톡을 통한 많은 나눔으로 김원수 씨의 초인적인 열정과 깊은 신앙심, 박필령 씨의 헌신적인 사랑과 봉사적인 삶에 큰 감명을 받았습니다.

김원수 씨는 나와 같이 가난한 농촌에서 태어나 어려운 환경에도 굴하지 않고 스스로 삶을 개척한 사람입니다. 육군 장교로 제대한 후에는 우리나라 최고의 금융기관인 한국외환은행의 지점장으로서 성공적인 삶을 살았으며, 현모양처인 간호장교 출신의 아내 박필령 씨를 만나 아름답고 행복한 가정을 이루었습니다.

그 후 이 부부는 아들 둘을 희생과 사랑으로 훌륭하게 키워냈습니다. 그동안 마주쳐야 했던 모든 역경과 시련, 심지어 암까지도 굴복시켜 사랑과 행복으로 승화시키는 정말로 지혜로운 부부입니다.

더욱이 강인한 의지력으로 우리들의 모범적인 삶을 살아왔고, 지금
도 그렇게 살고 있으며, 앞으로도 그렇게 살 것이라고 확신합니다.

두 사람의 생각과 삶이 오롯이 담겨 있는 『내 인생의 터닝 포인
트』를 읽고 나니, 잔잔한 감동이 밀려옵니다.

특별히 이 부부의 삶이 저를 감동시킨 것은, 장남인 제가 하고 싶
어도 여건상 하지 못해 후회하고 있는 일을 해냈다는 것입니다. 6
남매의 막내임에도 불구하고 23년간을 부모님과 함께 살았다는 것
이고, 부모님 생의 마지막까지 봉사와 희생정신으로 극진히 모신
보기 드문 효자 효부라는 것입니다. 남편은 어릴 적부터 부모님을
모시고 사는 것이 꿈이었고, 그런 남편의 꿈을 탓하기는커녕 남편
보다 더 정성껏 모신 이가 또 그의 아내였으니, 두 분 모두 참으로
훌륭합니다.

바라건대 그 열정과 깊은 신앙심으로 앞으로 맞이하게 될 제3인
생에서도, 본인들이 지향하는 평신도 선교사가 되어, 길 잃고 방황
하는 영혼을 구원하는 자랑스러운 후배가 되기를 기대해 봅니다.

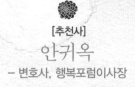

안귀옥
– 변호사, 행복포럼이사장

정말 우연한 기회에 김원수 선생님을 만났다. 그 우연이 인연이 되어 김 선생님의 소개로 글쓰기 공부에 함께 참여하기도 했다.

김 선생님은 날마다 오프라인과 온라인으로 참 부지런히 글을 써서 올리셨다. 그 부지런함 못지않게 한 가지 더 존경스러운 것은 글 속에 배어 있는 그분만의 삶과 사람에 대한 애틋한 사랑이었다.

김 선생님 글에는 늘 사랑이 넘친다. 손자에 대한 사랑, 자녀에 대한 사랑, 세상 무엇과도 바꿀 수 없는 아내에 대한 사랑, 친구에 대한 사랑, 은사에 대한 사랑 등등. 투박한 손과는 반대로 선생님의 글은 섬세하게 표현된 사랑의 문장들로 가득하다.

이렇듯 각양각색의 사랑이 촘촘히 모여 『내 인생의 터닝 포인트』라는 한 권의 책이 되었다. 선생님 부부만의 사랑과 신뢰를 자연스럽게 풀어 쓴 이 책은 우리네 평범한 가정들에게 모범적인 삶이 무엇인지를 알려줌과 동시에 고통을 함께 이겨낸 부부의 모습이 얼마나 아름다울 수 있는지를 깨닫게 해준다.

두 분의 자서전 출간을 마음 깊이 축하드리며 이 행복한 부부의 삶과 사랑을 보다 많은 이들이 공유하게 되기를 희망한다.

[추천사]

최복현

– 시인, 소설가

신께서 보시기엔 거기서 거기인데도 사람이란 서로 "네가 크냐? 내가 크냐?"로 다투는 가관인 존재일지 모른다. 서로 무시하기도 하고 뻐기기도 하는 사람들, 따지고 보면 난형난제인 사람들이다. 사람이란 너나 나나 별반 차이가 없단 말이다.

그러니 어떤 이야기를 하든, 어떤 이야기를 글로 쓰든 부끄러울 것도 없다. 쌓아두지 않고 글로 풀어버리니 늘 마음은 기쁠 것이다. 따라서 그 삶은 언제나 맑고 갠 날이며 행복한 날일 것이다.

이러한 마음으로 글을 쓰는 사람, 때문에 속내를 말끔하게 드러내는 사람, 때문에 항상 글감이 넘쳐서 즐거워하는 사람, 그분이 바로 김원수 선생님 아닐까.

김 선생님과의 인연은 다음Daum의 독서클럽 글쓰기 과정에서였다. 많은 수강생 중 항상 맨 앞에 앉기를 즐기셨고, 한마디도 빼놓지 않으려고 필기도 열심이셨다. '비록 지금은 서투르지만 남보다 앞서 가실 분'이란 생각을 그때 했었다.

글이 되든 안 되든 세상 살면서 일어나는 소소한 일상들을 어쩌면 그리도 하나 빼놓지 않고 쓰시는지 감탄할 정도였다. 그 열정이 아름다웠다. 아무리 과제물에 빨간 글씨가 많아도 개의치 않고, 매주 글을 쓰고 또 쓰셨던 기억이 생생하다.

　그리고 제법 시간이 흘렀다. 선생님 부부의 자서전 원고를 받았다. 작품성을 떠나 사람의 진실이, 일상을 하나라도 놓치지 않고 기록하려는 소박한 마음이, 옹기종기 모여 앉은 듯한 가족과 사람 간에 일어나는 소소한 일상들이 정겹게 다가왔다.

　아주 잘 쓴 글이라고는 할 수 없지만 이 글들은 아름답다. 남들이 평범하다고 그냥 흘려버릴 사소한 일들, 기억조차 하지 못할 일들, 때문에 그냥 지나가면 기억에서 아주 사라질 일들을 기록했다는 것만으로도 충분히 아름답고 좋은 글이라고 말하고 싶다.

　이 글들 속에는 특히 사람을 사랑하는 마음, 사람을 배려하는 마음, 그렇게 관계를 소중히 하고 서로에게 관심을 갖는 마음들이 담뿍 들어 있다. 따라서 세상 그 어떤 글보다도 가치 있고 의미 있는 글이라고 말할 수 있을 것 같다.

　자신의 소소한 일상에 보다 관심을 가지면 이렇게 좋은 글을 쓸 수 있고, 그 글들을 모으면 충분히 의미 있고, 충분히 가치 있는 책을 낼 수 있다는 모습을 보여주신 김 선생님의 마음이 아름답다. 이 책을 읽을 이들에게 큰 용기를 줄 수 있을 것이다.

　이렇게 글을 쓰고 모으는 일이 그리 쉽지 않다는 것을 알기에 김 선생님의 열정에, 그 성실함에, 사람을 사랑하고 삶을 사랑하는 마음에 진심에서 우러나는 박수를 보내고 싶다.

　그리고 자신의 삶의 진실을 말끔하게 드러낸 『내 인생의 터닝 포인트』 출간을 진심으로 축하드린다.

내가 살아온 지난날은 고마움뿐

비가 오는 소리가 들리는 기분 좋은 주일 아침이다. 비가 오면 차분해져 좋다는 아내는 그 이유가 오염된 세상이 씻어지고 새로 되는 느낌 때문이라고 했다.

어렸을 때 나는 비오는 날이면, 초가지붕에서 낙수가 뚝뚝 떨어져 내리는 걸 하염없이 바라보곤 했다. 지난날을 그리워하는 걸 향수라고 했던가.

내 살아온 60여 년을 돌아보니 어릴 적 13년을 아버지 소유의 시골 초가집에서 살았고, 도시의 슬레이트 슬럼가에서도 중학교 때 1년을 살았다. 또 세 들었던 기와집에서 1년, 형님 소유의 현대식 주택에서 8년을 살다가, 군 입대를 계기로 고향과 대구를 완전히 떠났다.

결혼한 후에는 직장에서 얻어준 단독주택과 빌라 전세로 8년을 살았고, 그 후 우리 부부 공동소유의 아파트생활이 25년이다. 군복무 중에는 국가 소유인 관사에서도 2년, 대구에서 주말부부 때는 직장에서 구해준 사택에서도 3년간을 살았다.

대학을 졸업할 때까지 23년은 부모형제의 도움으로 살았고, ROTC 임관 후 복무하면서 독립을 하였다. 나만의 공간이 생긴

BOQ 독신 장교숙소 2년도 좋았고, 정원에 옥수수도 심었던 관사에서 살았던 2년도 참 좋았다.

시골인 경북 영천에서 13년간, 강원도 철원 2년과 경기도 포천 2년, 도합 17년. 도시에서 산 것은 대구에서 미혼 때 10년과 초임지점장 때 3년이다.

직장 때문에 살았던 바다가 보이는 해수욕장 주변의 포항에서의 1년도 좋았고, 부산에서는 4년 반을 살면서 주말이면 금정산을 오를 수 있어 좋았다. 나머지는 경기도 부천 중동신도시 16년과 서울시 목동 단독주택에서 3년, 강남구 개포동의 우리 부부 첫 아파트에서 3년, 그리고 지금은 관악구 삼성동에서 6년째 살고 있다.

60여 년 동안 이사를 약 20번 했다. 그러므로 한곳에 머문 시간의 평균은 약 3년이다. 신혼 때 강원도 신수리에서의 2개월과, 전역 후 마포구 신수동의 문간방에서 다섯 식구가 월세로 살았던 3개월이 가장 짧게 산 기간이다.

결혼 후 주거에는 직장의 도움을 많이 받았다. 행원 때에도 전세를 얻어줘서 5년간 도움을 받았고, 책임자가 된 후에도 5년간 도움을 받았다. 또 직원주택 조합으로 개포동에 내 집을 처음으로 장만한 것도 직장의 도움이 컸다. 퇴직금 중간정산으로 아파트 평수를 늘린 것도 내 직장의 도움이었으니, 참으로 고맙고 좋은 직장이었다.

30년 정도 충실하게 보냈다고 명퇴금도 많이 주고, 전관예우로 계약직 근무까지 할 수 있었으니 이 고마움을 어떻게 갚을까.

지난날을 돌아보니 부모형제, 국가, 회사, 이 사회 모두가 고마움의 영속이다. 그동안 함께했던 부모님도 이 생을 떠나시고, 두 아들도 결혼 후 분가하여 우리 부부 곁을 떠났다.

퇴직을 앞두고 돌아보니, 지금까지 내가 노동의 대가를 받았던 기간이 총 37년 3개월이었다. 이제 그만하면 됐다는 생각이 들었다.

빗소리를 들으며 앞으로는 일을 해서 받게 되는 노동의 대가보다는, 어려운 이웃들에게 봉사하는 삶에 더 비중을 두고 살아야겠다는 결심을 해보았다.

목표와 꿈이 있는 삶

늘 활력이 넘치고 생기가 있어 보이는 삶이라면 분명 그 이유가 있을 것이다.

나의 경우는 무엇보다도 목표와 꿈이 있기 때문이다. 누구나 다 자신의 꿈과 목표를 생각하고 계획하고 실행하고 반성하면서, 그것을 이루기 위해 노력한다.

강렬한 목표와 꿈이 있다면 늘 깨어 있어야 한다. 만약에 꿈과 목표가 없다면 지루한 삶의 여정이 될 것이다. 내가 "목표는 기한이 있어야 하고, 달성하기 위해 존재한다."라고 외치고 주장한 지가 벌써 수십 년째이다.

내 장남 부부는 손자를 친할머니와 외할머니에게 맡기고 맞벌이를 하고 있다. 그렇게 하기로 금년 7월까지 기한을 정하였고, 며느리는 그것이 모두를 위한 것이라고 했다.

처음 그 이야기를 아내를 통해서 들었을 때 나는 내심 '요즘 취업하기도 하늘의 별따기이고 비교적 스트레스도 적고 출퇴근도 정확한 직장이니만큼, 양가 어머니들이 도와줄 때 좀 더 해도 될 텐데. 그렇게 되면 경제적으로도 안정되고 좋을 텐데……'라는 생각이 들었다.

그런데 어제 결혼식에서 만난 한 벗과의 대화 중에, 문득 며칠 전 내 생각이 틀렸음을 깨닫게 되었다.

'그래, 우리 며느리 생각이 맞고 고마운 일이네. 아내의 건강과 우리 부부의 여행을 위해서라도 좀 더 여유로운 시간이 있어야 될 테니까. 건강관리는 말로 하는 게 아니라 적당한 운동과 맑은 공기 그리고 아름다운 자연과 함께 창조주에 대한 찬미의 삶이지 않는가. 그러니 아내와 나의 건강한 노후생활을 위한 목표를 잊어서는 안 된다. 스트레스 없는 자원봉사를 통한 우리 부부의 꿈을 위해, 정해진 기한과 목적이 있는 삶을 절대 잊어서는 안 된다.'

그러던 중 맏며느리 마리아의 안부전화를 받고 "참 잘한 결정이야."라고 진심으로 맞장구를 쳐주었다. 게다가 시어머니가 시동생 이사를 돕는다고 원주에 가 혼자 지낼 시아버지 생각에 전화를 준 며느리가 기특하고 고마웠다. 우리 두 아들과 두 며느리는 지혜롭고 효성이 지극하다. 전화 한 통, 말 한마디에서도 따뜻함이 느껴진다.

"우리 모두에게 기한이 있는 목표와 꿈을 생각하자." 며느리에게 전화를 받고 끊으면서 내가 미처 하지 못했던 말이었다.

꿈 얘기가 나와서 하는 말이지만 나에게는 구체적인 꿈이 하나 있다. 그것은 내 책을 출간하는 것이다.

많은 사람들이 살아가면서 추구하는 명예와 부와 권력도, 각자의 가치관에 따라 그 우선순위가 다를 것이다. 나의 경우 예전에는 명예를 무엇보다 우선순위에 두었다. 그러므로 내가 꿈꾸는 책 출간도 금전적 출연을 하면서 명예를 위해 돈 들여 하는 일은 없을 것이다.

어제는 온종일 동분서주했지만 피로하지 않았고 오히려 기쁨과 보람이 가득했다. 왜냐하면 〈도서출판 행복에너지〉에서 내 책을 출간하기로 최종 결정이 난 날이기 때문이다.

어제 아침만 해도 원고 검토를 요청했던 다른 출판사에 가서 내 원고를 돌려받고, 다시 제본하여 출판진흥원의 출판지원금 신청서 붙임 자료로 제출하느라 정신이 없었다.

그러던 중에 지인으로부터 소개받은 〈행복에너지〉를 방문하여 출판사 권선복 대표님과 대화를 나누었다. 그런데 그 자리에서 뜻밖에도 나와 내 아내의 글을 공저로 출판사에서 기획 편집을 하겠다는 제의를 받은 것이었다. 게다가 내가 따로 비용을 투자하지 않아도 된다는 말에 놀라움을 금치 못했고 무척 기분이 좋았다.

유명한 사람들의 책도 팔리지 않는 요즘 같은 시대에 자비 부담 없이 출판한다는 사실 자체가 큰 영광이었다. 출판사 대표님은 책을 내고 싶어도 금전적 부담이 커서 못 내는 사람들을 위해 출판사를 처음 설립했다고 했다. 나의 지인과 벗에게 알리는 조건 이외에는 다른 이행조건이 없었고, 출판사 책임 하에 기획출판을 하겠다는 제의를 나는 주님 도와주심으로 알았다 . 드디어 나의 또 하나의 꿈이 현실로 이루어지는 순간이었다. 집으로 돌아가는 발걸음이 날

아갈 것 같았다.

돌아가는 길에 잠시 내 퇴직연금을 관리해 주는 부천의 도당동 지점에서 지점장과 직원들과 함께 점심을 먹고, 인근의 한마음 야채수 가게에 들렀다. 며칠 전 아내가 '야채수 체험수기 공모'에서 일등 당선되어 50만 원 상당의 야채수 6박스를 받았다. 3박스는 이웃에게 선물로 주어 기쁨을 나누었으니 또 감사한 일이었다. 귀가 후 〈행복에너지〉 대표님으로부터 선물로 받은 책들을 훑어보다가 잠자리에 들었다.

역시 꿈과 목표는 달성하기 위해 존재한다는 내 생각이 맞았던 것이다. 정말이지 행복하고 뿌듯한 하루였다.

여생을 기쁘게 보내는 비결

새벽에 어떤 한 분이 인터넷 카페에 올린 글을 보았다. 자신이 찾은 건강의 비결에 대한 이야기였는데, 그 비결이 "부부가 정답게 산에 다닌다."였다.

나도 문득 여생을 기쁘게 보낼 수 있는 비결이 떠올랐다. 꼭 해야 한다는 구속에서 해방되어 현재의 편안한 심리상태로, 하고 싶은 대로 마음이 가는 대로 하고 산다면 그것이 여생을 기쁘게 보낼 수 있는 비결이 아닐까 싶다.

하고 싶은 것이 많을 테지만 그중에서도 '지금' 내가 하고 싶은 것을 하는 것이다. 잠을 자고 싶으면 자고, 책을 읽고 싶으면 읽고,

글을 쓰고 싶으면 쓰고, 헬스장에서 운동을 하고 싶으면 헬스클럽으로, 등산을 하고 싶으면 산으로, 여행을 하고 싶으면 기차를 타고, 보고 싶은 사람이 있으면 형편되는 대로 찾아가서 만나고, 먹고 싶은 것 있으면 먹고!

자신의 건강에 유익하고 모든 이에게 도움이 된다면 더 좋지만, 적어도 폐를 끼치지 않는다면 내 마음 가는 대로 사는 것이야말로 여생을 기쁘게 사는 비결이라 생각한다.

수입으로 연결되지도 않고 강제적 의무도 아닌 일들에 스스로를 구속시켜서, 스트레스를 받을 이유가 없고 필요도 없다. 현재 주어진 형편 안에서 소위 '하고 법칙'대로 하면서 살면 되는 것이다.

특히 한 푼을 아끼려고 벌벌 떨면서 살아온 베이비부머들은 부모님을 모시며 살아 왔지만, 정작 자신들은 나중에 자식들의 부양을 받지 못할 처지임을 잘 알고 있다.

OECD회원 가입국으로 중진국이 된 우리나라에서, 개인은 오히려 상대적 빈곤함에 시달리고 있다. 대학 입학도 대기업 취업도 경쟁이 너무나 치열하다. 집값도 비싸고 물가도 비싸고 혼자 힘으로 결혼하여 독립하기가 힘이 드니 결혼할 엄두도 못 낸다.

안 먹고 안 쓴 산업화 역군들은 자신들이 근검절약한 것이 자식들에게 힘이 된다면 아낌없이 보탠다. 자식들에게 무조건 주지 말라는 먼저 경험한 선배들의 충고를 들으면서도, 또 '자식들 대학까지만 교육비를 부담하고 그 이후에는 일체 모른다.'라고 다짐해 놓고도, 막상 닥치면 별 효과가 없다.

그건 자식 사랑에 빠져 우둔해졌기 때문이기도 하지만, 바둥바둥 살아가는 자식들을 보면 마음이 아프기 때문이다. 게다가 여유가 있으면 문제가 없지만, 그렇지 않을 때는 노후에 자식들 눈치를 보는 힘든 처지가 된다.

그러니 내일의 일을 미리 걱정하지 말자! 지금 먹고 싶은 것 먹고, 가고 싶은 곳 가고, 하고 싶은 것 하면서, 좋아하는 사람과 함께하자!

◇ **즐겁게 사는 인생의 비법** ◇ (펌글 활용)

1. 일하는 동안 낄낄낄 웃는다.

2. 재미있게 말한다.

3. 콧노래를 부른다.

4. 즐겁고 열정적으로 일한다.

5. 무언가에 푹 빠진다.

6. 가장 하고 싶은 일을 한다.

7. 지금 하고 있는 일에 최선을 다한다.

8. 고통스러운 시간의 끝을 상상한다.

9. 매 순간이 단 한 번뿐이라고 생각한다.

10. 지금하고 있는 일을 사랑한다.

11. 내가 먼저 큰소리로 인사한다.

12. 유머러스한 사람과 친하게 지낸다.

13. 부정적인 사람은 되도록 멀리 한다.

14. 하기 싫은 건 열심히 해서 최대한 빨리 끝내버린다.

효는 만복의 근원

우리는 부천 중동 신도시에서 1992년부터 2008년 6월까지 16년을 살았다.

중동성당을 다니면서 그곳에서 1995년경에 만난 한 부부님은 매일 미사에 거의 빠짐없이 참례를 하였다. 그 당시에는 신앙심이 그리 많지 않았던 나로서는 이해가 잘 되지 않았다.

우리보다 한참 연배이신 박선규 벨라도.양정례 아가다인 부부님은 생활방식 등 여러 가지 부분이 달랐지만 나와 같은 점도 있었다.

젊었을 때 안 해본 장사가 없을 정도로 많은 고생을 하였단다. 그러다가 중년부터 몇 년간 부천의 성가병원(현 부천성모병원)내 장례예식장을 운영하게 된 후부터 상당한 경제력을 확보하고 자기가 구입한 부동산 임대소득으로 노후생활을 하면서 본당의 사목회 부회장 등 신앙생활을 중심으로 봉사하면서 검소하게 살아온 부부이다.

그의 집을 몇 번을 방문하게 된 이유는 우리 부부가 ME 중2동 대표를 하였고 그들을 고문으로 추대하고 같은 쉐링(나눔)조를 하게 되면서였다.

미국의 막내 동생과 생활을 하시는 부모님을 위해 안방을 비워둔 그들을 보면서 깊이 감동하였다. 일 년에 한 번 오실까 말까한 부모님을 생각하는 효성스런 마음을 엿볼 수 있었다. 마치 보이지 않은 하느님을 흠숭하며 사랑하는 마음과 같은 이치이다. 부모님께 끝까지 안방을 내어드린 우리 부부의 효심과는 비교가 되지 않는 좋은 사례로 기억된다. 한참 뒤 그들의 부모님은 귀국하게 되었고 박선규·양정례 부부님과 동거하는 것을 직접 보았다. 형님이 한 분이 계셨지만 인천교구의 신부님이셨다.

지금도 문자와 이메일로 안부를 종종 주고받지만 못 뵌 지 오래되었다. 오늘 문득 떠올려보았다. 그들이 복을 받아 지금 행복하게 잘 살아가는 것은 당연하다. 효는 만복의 근원이라 생각해본다.

글쓰기의 행복

글쓰기가 언제부터인지 정확히는 모르겠지만, 수년이 지난 지금은 나의 취미가 되었다.

글을 쓰는 순간은 내 마음이 평안해진다. 나에게 일어난 사소한 일은 물론이고 주변 사람들의 특별한 사건 사고를 보고 들으면서 생각하고 글을 써보면, 왠지 복잡했던 머리가 정리 정돈되는 느낌이다. 그들의 생사고락, 행복과 불행을 보면서 절대자 신의 뜻이 무엇인지 다시 한 번 묵상하고, 새롭게 다짐과 각오를 다지면 머리가 개운해지고 평화가 찾아온다.

어떤 경우에는 나를 포함한 주변인의 사건 사고를 글로 정리함으로써, 내가 받은 스트레스가 해소되고 기쁨이 된다. 때로는 그에 대하여 느끼는 우정이나 은근한 감정을 표현해 볼 때 소설가나 시인들의 기분을 이해하게 된다. 이 정도면 내가 글을 쓰는 이유가 충분하지 않을까?

지금도 새벽이지만 이른 아침에 글을 쓰면 머리가 개운해지고 기분이 더 좋아진다. 이런 나를 수년간 지켜본 아내는 이해를 하면서도 가끔은 짜증을 낼 때가 있다. 그 이유는 내가 새벽에 쓴 글을 벗과 공유하고 싶은 마음에 너무 일찍부터 문자로 보내고 카톡이나 카페에 올리기 때문이다. 아내가 다른 벗들을 배려하지 못한 행동이라며 충고하기를 여러 번이었다. 최근에서야 나도 아내의 충고를 충분히 이해하였다. 더욱이 나의 잘난 체하는 교만을 내려놓게 되어, 사전에 양해된 벗 이외에는 헬스클럽에서 워킹이나 자전거를 탈 때만 보낸다. 운동도 재미있게 하게 되고, 문자를 보내느라 귀한 시간을 따로 사용하지 않아도 되니 더 좋다.

또 대중교통으로 이동 중에도 글을 쓴다. 그 내용의 대부분이 내 삶의 이야기이다. 행복충전연구소 카페를 만들기 전에는 이메일로 보냈지만, 요즘은 이메일 대신 문자로 보내거나 카톡이나 카페에 올려둔다.

직장을 퇴직하기 전부터 틈틈이 적어둔 나의 졸필들을 프린트하여 모아보았더니, 상당한 분량이 되었다. 5개 차트별로 분리하고 제목을 『내 인생의 터닝 포인트』로 붙여보았다. 자서전이라고 해서 꼭 크게 성공하거나 출세한 사람들만의 전유물은 아니다. 평범한 소시민과 보통사람들의 이야기에 더 공감을 느낄 수도 있기 때문이다. 모쪼록 내 글 속에 녹아들어 있는 나의 경험들이 두 자식과 벗들에게 조금이나마 도움이 되었으면 하는 바람이다.

위의 글은 어제 새벽에 카페에 '내가 자서전을 쓰는 이유'라는 제목으로 올려놓은 글이다. 고맙게도 이웃들이 격려 섞인 댓글들을 달아주었다. "책이 보고 싶어요." "기대가 됩니다." "책 나오면 꼭 사서 볼게요." 등등. 도서출판 행복에너지에서 책 출간을 하기로 결정하기 전까지는 다음과 같이 답변했었다.

"책이 언제 나올지는 미정입니다. 제가 프린트한 원고 중 한 부는 제3인생대학의 숙제로 제출하고, 다른 한 부는 출판사 사장님께 보내 상의한 후 인쇄할 가치가 없다면 단호히 출간하지 않을 생각입니다. 이웃님들의 따뜻한 격려, 고맙습니다."

누구에게도 도움이 되지 않는 인쇄물이라면 굳이 시간과 비용을 들여 출판할 이유가 없었다. 그래서 사전에 예상 독자나 출판 전문가의 의견을 충분히 수렴하여 결정하고자 했다.

운이 좋게도 신뢰할 만한 출판사에서 출간이 결정되었으니, 하루를 시작하면서 창조주께 감사 찬미와 청원 기도를 올린다.

앞으로는 더욱더 빵으로만 아니라 생명이신 말씀으로 살아가고자 한다. 내 삶의 기준인 하느님이신 말씀에서 그 지혜를 찾으면서.

지금 당장 실천해야 할 건강관리 10훈

"백수가 과로사 한다."는 속설은 맞는 것일까?

최근에 나의 기억력이 급감된 것 같다. 날짜를 착오하여 약속을 지키지 못한 적도 있고, 친구들의 이름이 떠오르지 않을 때가 자주 있다.

어제는 오전에 장례미사 참석 후 광명역발 기차를 타고 동대구역에서 내려, 직장의 대구상고 친구들을 만나 반주를 곁들인 저녁을 함께했다. 말이 없고 얌전한 친구들이 직장을 그만둔 뒤 기대보다 일이 풀리지 않아 수년간 고생을 해왔는데, 지금은 그나마 자리를 잡은 것 같아 다행이었다.

박상백 친구는 산학협동 관련대학 전임교수로 임용되었고, 예의기 친구는 대구공단 내 부동산 중개업으로 자리를 잡았다. 또 오세현 친구는 공공기업에 취업하여 금전적으로는 여유가 없지만, 마음의 여유는 찾은 듯하였다.

이들과는 직장의 동기동창으로 내가 대구에서 지점장을 할 때, 월 1회 정기적으로 석식모임을 하던 사이였다. 내가 대구를 떠난 후부터는 거의 만나지 않다가, 최근에서야 나의 요청으로 다시 뭉치게 된 것이다.

그중 한 친구는 지방 신문사 편집실에서 근무하던 아내가 뒤늦게 유방암에 걸린 것을 알고, 수술 후 상당기간을 병원에 입원해 있었다고 어제서야 말해 주었다.

"왜 나에게 진작 말하지 않았냐?"는 질문에 그는 웃음으로 답변을 대신했다.

병은 알리라고 한 옛 속담과 중병은 교회 원로에게 기도를 요청하라는 말씀을 잘 지킨 나는, 내 아내가 싫어했음에도 많은 분들께 기도 요청을 했었다.

내 친구들만 둘러봐도 아내가 유방암 환자인 사람이 다섯 명이나 된다. 가장 먼저 경험한 친구는 부부교사로 나와는 40년 친한 친구이다. 10년이 지난 지금은 건강을 회복하여 다시 직장을 다니고 있다는데 참 긍정적인 사람들이다. 또 한 친구의 아내는 신앙심이 깊어 온전히 자신의 생명을 주님께 의탁하고 있다. 세 번째 친구의 아내는 가슴 아프게도 발병 후 3년 경과시점을 극복하지 못하였다.

다른 한 벗과 어제 만난 벗의 아내는 지금 투병 중이다. 잘 극복하길 바라지만 무엇보다 '과로 금지, 스트레스 안 받기, 좋은 음식과 좋은 환경, 신앙생활과 긍정적인 사고'를 늘 잊지 않았으면 좋겠다. 나는 이것이 병을 극복하는 대책인 동시에 예방책이라 생각한다.

어제는 잠자리가 바뀌어서인지 숙면을 취하지 못했다. 일상이 바뀔 때마다 건강의 리듬이 깨어져서는 곤란한 일이다. 때문에 오늘 저녁에는 나의 일상에 대해 생각해 봤다.

아침 미사 참례 후 강론 요지와 말씀을 옮겨보았고 삼성산 성지를 참배했다. 세 곳의 약수터 물을 한 컵씩 마셨고 흔들바위 국기봉을 찍고 호압사 길로 하산, 아들이 주거하는 아파트단지 내 헬스클럽으로 오면서 땀을 흘렸다.

그 후 11시부터 오후 4시 반까지 손자와 아내와 함께했다. 유아원과 놀이방과 아파트 내 놀이터였다. 어린아이를 돌본다는 것이 쉽지 않음을 새삼 느껴본 하루였다. 아내의 입장도 좀 더 이해하게 되었다.

오늘따라 봉 안나 사부인이 외손녀 나희를 돌보기 위해 아침부터 집을 비우신 날이라, 별다른 약속이 없었던 내가 아내와 함께 손자 지후 다윗을 돌보았다. 오늘밤부터는 아내가 원한다면 안마를 해줄 생각이다. 실제로 해보지 않으면 실감할 수 없다.

오전에는 산행 후 샤워만 했기에 조금 전 헬스장을 찾았고, 땀을 흘리면서 고교동기들 카톡 그룹방에 올라와 있는 법정 스님의 「중년의 삶」이란 글을 읽었다.

그중 가장 기억이 남는 것이 "아프지 마오. 아프면 괄시를 받는다."였다. 사실 나는 지금 죽어도 크게 무서울 것이 없다. 죽음에 대한 묵상을 자주 하기도 했지만, 이 세상에 와서 두 아들 결혼시켜 손자까지 봤고 직장도 다닐 만큼 다녀 은퇴를 한 입장이라, 특별히 죽으면 안 될 이유도 별로 없었기에 쉽게 받아들일 수 있었다.

생사는 우리의 능력이 아니고 절대자 신의 몫이다. 물론 이생에서 좀 더 천국의 삶을 살고 싶지만 그렇다고 목매달 정도는 아니다.

하지만 아프면 낭패이다. 본의 아니게 가족이나 타인에게 신세를 져야 하기 때문에, 지금 당장이라도 실천 가능한 것부터 건강을 지키기 위해 노력해야겠다.

1. 충분한 잠 2. 적절한 운동 3. 좋은 음식 섭취 4. 규칙적인 생활 5. 과로 안 하기 6. 스트레스 안 받기 7. 공기 좋은 데 오래 있기 8. 걷기의 생활화와 바른 자세 9. 긍정적인 사고 10. 기쁨의 삶을 살게 하는 신앙생활 충실

은퇴 후 우리 가정 경제

몇 달 전부터 한번 만나서 밥을 먹기로 했지만, 서로 바쁜 일정

때문에 미루었던 점심 미팅이 오늘에서야 잡혔다. 오늘 만나기로 한 벗과는 만난 지 1년도 채 되지 않은 사이였다. 그럼에도 누가 먼저 제의를 했는지 모를 정도로 동시에 밥 한번 먹자고 하였다.

그와는 서울대학교 제3인생대학에서 주 1회 만나 함께 강의를 듣는 학우로서 인연을 맺었다. 동년배이면서 나와 같이 은행지점장을 지냈던 학우이었지만, 같은 반이 아니어서 개별적인 접촉은 없었다. 그런데 학우회 등의 여러 모임에 적극 동참하는 그를 보면서, 삶을 능동적으로 살아가는 자신감 있고 활기찬 모습이 인상 깊게 남았다.

자신감은 평소에 상당한 실력과 내공이 있어야 나오며, 성공을 위한 중요한 덕목이다.

늘 공부하여 전문가로서의 탄탄한 실력을 갖추고, 늘 운동하여 건강을 유지하면 저절로 자신감이 생긴다. 성공한 사람들은 공부와 운동과 일을 균형 있게 챙겨서, 최고가 되고자 노력한 사람들이다. 내가 보기에는 오늘 만나는 이석호 학우님은 성공자이다.

오늘 점심 미팅에서는 지난주에 공부한 중년 이후의 경제적인 관점과 은퇴 준비를 주제로 대화하고 싶다.

나는 은퇴 후 경제비용을 충당하고자 개인연금을 충실히 준비하였고, 퇴직금 전액을 매월 수령하는 퇴직연금으로 전환하였다.

이는 아내의 수년간의 맞벌이와 두 아들이 유학을 가지 않고 결혼하여 독립해 준 덕분이었다. 그 바람에 노후준비를 내 계획대로 할 수 있었고, 이 점 늘 고맙게 생각하고 있다. 아내는 두 아들이

어렸을 때 10년간을 제외하고는, 일과 가사를 병행하다가 6년 전 중환 발병으로 퇴직하였다.

우리 부부의 국민연금을 합산해서 수령하면 생활비는 될 것으로 예상한다. 만약 부족하면 주택연금을 생각하고 있다. 부모님으로부터 좋은 것을 많이 물려받았지만, 금전적으로는 무일푼에서 시작했다.

나 역시 두 아들에게 딱히 남겨줄 재산은 없지만, 부모의 역할이란 경제적인 면에선 자녀를 교육시키고 결혼할 때까지만 도움을 주는 것이라고 생각한다. 두 아들 부부도 충분히 인식하고 있으니, 자신들의 힘으로 성실히 살아가리라 믿는다.

욕심은 눈을 멀게 한다

현대는 불신의 시대라고 말하는 사람이 있다. 많은 사람들이 예전보다 살기가 각박해졌다고 입을 모은다.

사람들의 말을 믿어야 하지만, 믿고서 낭패를 보는 경우도 더러 있다. 상대의 말을 믿었다가 나중에 사기를 당한 사람들이 민사·형사 소송을 하고, 그래서 그 대리인인 변호사가 필요한 것이다.

나는 한때 변호사들이 어떻게 수입을 올리며 살지 쓸데없는 걱정을 한 적이 있었다. 내 생각으로는 굳이 소송이 필요 없을 것 같았기 때문이다. 경찰서와 교도소가 왜 필요한지도 의문이었다.

내 삶의 기준인 성경 말씀에서도 "소송을 하지 말라."고 했다. 그

때문에 나 역시 십계명을 지키면서 사랑 실천을 하고 말씀 속에 있으면, 분별의 능력이 생겨 사기를 당하지 않을 것이고 그러면 소송할 일도 없다고 생각했다. 그래서 변호사들의 수입을 걱정했던 것이다.

최근에 한 벗의 딸이 사법고시에 합격하고 검사임용을 할 수 있었음에도 불구하고, 로펌에 스카우트가 되어 변호사가 되었다고 한다. 연봉이 상상 이상의 거액이었고 부모에게 주는 용돈만도 월 3백만 원이라는 이야기를 듣고, 나는 내심 크게 놀랐다. 모든 변호사들의 수입이 다 그런 것은 아니겠지만, 본인 입장에서도 열심히 공부한 합당한 대가였을 테고, 부모 입장에서도 자식을 위해 뒷바라지한 보람이 있어 좋겠다는 생각이 들었다.

나에게도 처음에는 "절대 사기를 당하지 않았습니다."라고 말하다가 세월이 흐른 뒤에는 "그 당시에는 사기당하는 줄도 몰랐습니다."라고 번복한 사건이 한 번 있었다. 20년도 더 지난 지금 와서 후회해도 소용없고, 당사자를 찾아 소송할 생각도 없다. 내 욕심이 원인이었는데 누구를 탓하겠는가.

욕심은 눈을 멀게 하고 욕심 많은 자들은 분별의 능력이 적어 사기를 당하게 된다. 그들이 억울하다면서 소송을 제기할 때 변호사들이 필요한 것이다. 그렇지만 아직도 나는 변호사라면 욕심에 눈먼 사람들의 대리행위로 잘 살아가는 사람들로만 보인다.

이런 나의 생각이 잘못된 것이라 해도 할 말은 없다. 곰곰이 생각해 보면 나 역시 쉽게 돈 버는 사람들을 100퍼센트 부러워하지 않는다고 장담할 수는 없을 테니까.

부러움은 마음이고 질투는 행동이라는 말이 있다. 누구나 자신이 가지고 싶지만 갖고 있지 못한 대상에 대한 부러움이 있다. 지나치면 시샘과 질투가 되지만, 부러움이 있어야 꿈과 목표를 생각하고 계획도 세울 수 있다.

어떤 이는 누군가를 부러워하면서 살고, 어떤 이는 누군가의 부러움을 받으면서 산다. 그렇다면 나는 현재 다른 이를 부러워하는 사람인가, 부러움의 대상이 되는 사람인가?

비교적 나는 다른 이를 부러워하기보다는, 다른 이들이 부러워하는 대상일 것이라고 생각해 본다. 나의 착각일 수도 있지만, 그 이유는 나 자신이 지금 만족하면서 살고 있기 때문이다. 꼭 필요한 것이 있는데 나에게 없다면 누군가를 부러워하겠지만, 내게는 꼭 필요한 물건이나 사람이 그리 많지 않다. 한때는 벤츠를 타고 다니는 사람을 부러워했지만, 이제는 그런 물질적인 풍요는 중요하지 않다고 생각한다. 남에게 으스대는 과시욕은 필요 없다.

예쁜 여자도 필요하지 않다. 지금의 지혜로운 아내로 충분하다. 큰 부자도 부러움의 대상이 아니다. 재산 관리하기 힘들고 시샘의 표적이 된다. 하루 3끼 밥 먹을 수 있는 지금의 우리 가정 경제이면 만족한다. 남에게 손을 벌리고 아쉬운 부탁을 안 해도 된다.

어렸을 때는 멋진 미남이 되었으면 했지만 그것도 이제는 별의미가 없다. 하느님이 창조한 인간은 각자 개성 있게 만들어진 것이고, 미남보다는 인상 좋은 남자가 더 좋기 때문이다. 그래서 난 좋은 인상을 주기 위해 노력하며 산다.

지금도 가진 것이 참 많고 감사할 거리가 충분하다. 걸어 다니고 볼 수 있고 들을 수 있는 사지가 건강하고, 사랑하는 아내와 부모를 소중히 생각하는 두 아들과 며느리도 성가정聖家庭을 이뤄 살고 있고, 나를 괴롭히는 사람들도 없다.

게다가 물질은 가난하지만 마음은 부자인 존경하는 형수님과 형님들이 있고, 절친한 벗이 있고 좋은 이웃들도 많이 있다. 무엇보다도 우리를 지켜주시는 하느님 아버지가 늘 함께하시니 부러워하기보다는 부러움의 대상이 아닌가!

더 이상 바라면 과욕이다. 욕심은 화를 자초하고 눈을 멀게 하는 것이다. 지금 나의 처지에 만족하며 분수를 생각하고 여생을 즐기면 된다.

인터넷 선교사

차동엽 신부님이 나를 '인터넷 선교사'라고 불러주신 것은 몇 년 전이다.

차 신부님은 가톨릭교회뿐만 아니라 일반인들에게 이백만 권 이상 구독된 『무지개 원리』의 저자이시고, 방송과 지면으로 많이 알려져 웬만한 사람은 다 알고 있는 유명한 성직자이시고 카톨릭의 정신적 대부이시다. 그분은 선교뿐만 아니라 해외에서 활동하시는 신부님 수녀님들을 물질적으로 후원도 하시며 신나는 복음묵상 테이프를 통해 생활 깊숙이 말씀의 힘을 넣어 주시는 분으로 아내에게 많은 힘이 되었던 분이다. 기회가 되면 신부님 하는 일을 응원하고 돕고 싶다고 생각한 적이 있었다.

　김수환 추기경님은 가톨릭계뿐만 아니라 우리나라의 정신적 어른으로서, 많은 이들의 존경을 한 몸에 받으셨던 분이다. 이 두 분도 내가 많이 존경하고 사랑하는 성직자이다.

　차 신부님이 차와 석식을 하는 자리에서 나를 인터넷 선교사로 불러준 후부터, 내 가슴속에도 인터넷 선교사라는 단어가 자리 잡았다.

　조금 전에 글 한 편을 내가 운영하고 있는 인터넷 카페 '행복충전연구소'에 올렸다. 어제 내 손자 지후 다윗과 그의 친할머니와 외할머니를 모시고 삼성산 성지에 간 사진 몇 장과 함께.

　나는 복음전파의 첫째가, 물론 성령께서 함께해야 가능하지만, 신앙인으로서 잘 살아가는 모습이라고 생각한다. 신앙생활로 인하여 열정과 젊음을 유지하고 바람직한 삶을 살고 있다면, 그 자체가 복음전파인 셈이다.

　열정과 젊음을 유지하는 원동력이 하느님과 함께하고 있는 것이라고 주장하는 나의 인터넷 글을 보고, 누군가는 냉담한 마음을 풀고 누군가는 신앙생활에 도움이 되고 누군가는 하느님을 알아보려고 하고 누군가는 영세를 받았다면, 나도 인터넷 선교사로서의 역할을 어느 정도는 한 것이 되지 않을까.

　실제로도 수년간 쉼 없이 올린 나의 졸필과 말씀 묵상글을 읽고, 십수 년 냉담했던 지인이 성당에 나가 고백성사를 하고 신앙생활을 재개하기도 했다.

더욱이 나의 두 사돈과 그 집안 식구들까지 하느님을 알고 함께 성가정을 꾸려나가는 것을 보면서, 난 큰 기쁨과 참 행복을 느낀다.

"매일 미사의 강론을 김 부장을 통하여 보고 큰 힘을 얻습니다."

어제 오랜만에 만난 행원시절의 옛 동료인 이상면 비오 형제님의 한마디도 나의 기분을 상승시켰다. 그는 우리 직장에서 본부장을 하던 중에 지방자치단체 전라남도 정무부지사로 스카우트되어 임기를 훌륭히 마친 인재였다. 지금은 광주대 교수로 재직 중인 고가 도로회원이다.

내가 문자 메시지나 글들을 카톡을 비롯하여 인터넷 카페, 본당 홈페이지 등에 자주 올리는 이유 역시 인터넷 선교사로서 역할을 다하고 싶기 때문이다.

나는 좀 더 공부를 해보고자 내년에는 가톨릭교리신학원에 입교하고자 한다. 어느 한순간도 놓치지 않고 늘 자비의 하느님 아버지를 느끼며 살고 싶다. 욥처럼 고통과 시련을 주시지 않더라도, 주님에 대한 내 믿음이 확고하니 이 또한 행복한 일이다.

모든 이들에게 주님의 은총이 있기를 기도하며, 알렐루야!

늘 그날을 준비하자

살다 보면 특별한 만남이 있다. 그들 부부를 만난 것은 대략 3년 전으로, 내가 자주 평일 미사에 참례하는 삼성산 성령수녀원에서였다. 당시 내 아내의 전언傳言은 "아내가 중환을 얻게 되어 하느님의 치유은총을 구하고자 기도를 드리는 부부가 있으니, 당신도 기도해 달라."는 요지였다.

나 역시 동병상련의 마음으로 그녀의 쾌유를 기원했다. 우리 부부보다 한참 젊어 보여서 안타깝다는 생각부터 들었다. 그녀는 우리 집을 몇 번씩 방문하여 아내에게, 미국에서 산 이야기 등을 진솔하게 털어놓았다. 나중에는 그녀의 남편까지 소개받았고, 그때 나는 그의 전화번호를 저장해 두었었다.

그 후 얼마 되지 않아 송 신부님으로부터 그녀의 선종善終 소식을 듣고 고인을 위해 기도를 드렸다. 그리고 한참 뒤에 카톡 번호로 올라온 남편에게, 종종 묵상 글과 나의 생활수기 등을 보내주었고, 그에게서도 가끔 회신이 왔다. 아내를 먼저 떠나보내고 그가 아들 둘과 어떻게 살고 있는지, 신앙생활은 잘하고 있는지 궁금했다. 그러던 차에 그로부터 "여의도에 오시면 식사라도 한번 대접하겠다."는 문자를 받고, 어제 점심을 함께할 수 있었다. 2~3년의 세월이 쏜살같이 흘러 있었는데, 그때보다는 얼굴이 편안해 보였다.

대화를 나누다 보니 그는 중등교사 출신인 아내와 결혼하여 미국에서 5년간 회사 주재원으로 근무했고, 귀국한 지 얼마 안 돼 아내가 갑자기 쓰러져 병원에 데리고 갔다가 느닷없이 뇌종양 선고를 받았다는 것이다. 그리고 그때 이미 의사로부터 가망 없다는 얘기를 들었다고 했다.

"그 당시에는 회사일도 많았고 너무 바빴기에 아내에게 전력투구하지 못했습니다. 제가 우선순위를 잘못 알았던 겁니다."라며 뒤늦은 후회를 했다.

그렇지만 의사의 말 한마디에 그대로 포기할 수도 없어 여러 대학병원을 돌아다니면서 방사선 치료를 받았고, 그렇게 현대의학에 의존하는 한편 주님께 치유은총을 구하면서 기도도 계속 드렸다는 것이다. 그러나 차도가 생기지 않았고 자신이 직장을 그만둘 수도 없어서, 당시의 삶은 사는 게 아니었다고 말했다. 그러다가 결국 의사 말대로 얼마 못 가 아내를 떠나 보내게 되었다고.

"그때는 신앙생활도 제대로 못했지만, 아내와 작별한 후로는 레지오에 입단하여 지금은 간부와 구역총무로 봉사하는 등 신앙생활을 잘하고 있습니다."

그나마 불행 중 다행이었다.

그리 많지 않은 나이에 남편과 두 아들을 두고 먼저 간 그녀의 심정은 어떠했을까? 주님의 뜻은 대체 어디에 있을까?

그는 용인 공원묘지에 묘소를 구해 나중에 자기도 아내 옆에 묻히고자 계약을 해두었다고 했다. 그 이야기를 듣고 나니 우리 부부의 묘지도 천주교 공원묘지 중에서 찾아내어, 계약을 해두어야겠다는 생각이 들었다. 우리가 죽고 난 뒤에는 아들 몫이라고 생각했고, 나의 시신만 기부하면 끝이라고 생각했는데 그게 아니었다.

귀가 후에 아내에게 묘지 얘기를 꺼냈더니, 아내 역시 우리가 적극적으로 준비해 놓는 것이 좋겠다고 했다. 그래서 조만간 수소문해서 계약을 할 생각이다.

늘 죽을 준비를 하면서 살아가는 게 본인과 유가족을 위해서도 좋을 것 같다. 언제가 한 번은 이 세상을 떠나게 될 터이니, 미리미리 준비해 놓는 것도 그리 나쁘지 않을 것이다.

어제 아침에 목격한 교통사고도 그렇고, 죽음은 언제 어떻게 다가올지 모른다. 누구라도 갑자기 쓰러져 뇌종양 선고를 받고, 꽃다운 나이에 남편과 자식을 두고 떠난 고인이 될 수 있을 것이다.

그러므로 이제 죽어도 여한이 없다 할 정도로, 오늘을 마지막 남은 생의 첫날로 생각하고 항상 최선과 열정을 다해 살아야겠다.

권위는 어디에서 나오는가?

"제주도 여행 중 한가한 새벽에 다시 한 번 찬찬히 읽었습니다. 참으로 공감되는 글입니다. 권 대표님이야말로 진정 이 시대의 참 리더입니다. 섬기는 리더, 최고의 리더이신 예수님은 인성과 신성을 가지신 분! 나 역시 섬기는 리더 예수님을 닮고자 노력하기로 다짐합니다. 고맙습니다. 권 대표님, 파이팅!"

이상은 〈섬기는 리더 긍정의 힘〉이란 주제로 다음 카페 '행복충전연구소'에 올려주신 권선복 대표님의 글에 내가 단 댓글이다. 그는 늘 봉사의 삶을 사는 서울시 의원으로서, 자랑스러운 서울시민상을 수상한 바 있는 도서출판 행복에너지의 대표이다.

최근에 지인의 소개로 알게 되어 그의 사무실을 방문한 적이 있었다. 사무실 곳곳에서 일하고 있는 직원들의 분주한 모습에, 활기가 넘치는 직장이란 느낌이 들었다. 집무실로 안내되어 대화 중에

살펴보았지만, 대표의 방이면서도 명패도 보이지 않고 온통 책들만 가득 쌓여 있었다. 상당히 큰 출판사임에도 소박하게 느껴졌고, 차 나눔과 대화 속에서 무언가 특별함을 느꼈다.

마침 출판지원금을 신청하러 가던 중이라, 제본된 내 생활수기 모음집을 보여드렸다. 한참을 꼼꼼히 훑어보던 권 대표님이 그 자리에서 출판지원금 당락과 관계없이, 출판사 책임 하에 기획 출간을 하겠다고 말씀하여 정말이지 깜짝 놀랐다.

더욱이 내가 "예전처럼 수입도 없고 세상의 명예를 얻고자 내 돈으로 책을 출판하여, 지인들에게 선물로 주는 일은 하고 싶지 않다."는 말을 하고 난 뒤였다.

알고 보니 권 대표님 자신도 수년 전에 책을 출간하고자 몇몇 출판사를 찾아갔었는데, 거절을 당했다고 한다. 그때 출판사의 문턱이 쓸데없이 너무 높다는 생각이 들었고, 이참에 글쓰기 좋아하는 사람이라면 누구에게나 활짝 열려 있는 출판사를 설립해야겠다고 결심했다는 것이다.

다행히 권위를 내세우지 않고 문턱을 낮추었더니 여러 군데에서 출판요청이 쇄도했고, 그 바람에 정작 자신이 내려했던 책은 차일피일 미뤄지고 있다고 했다. 우연한 기회에 이런 권 대표님을 알게 되었으니, 역시 나는 운을 타고난 사람이다.

그리고 오늘 새벽에 그가 올린 〈섬김의 리더 긍정의 힘〉이란 글을 통해 많은 메시지를 받았다. 사전적 의미에서 '권위'란 다른 사람을 통솔하여 이끄는 힘이고, 특정 분야에서 뛰어나다고 인정을 받고 영향을 끼칠 수 있는 능력이다.

그 권위는 여러 분야에서 나온다. 직장에서는 권한이 부여된 직위인사권, 예산권 등등 사람의 인품과 관계없이 권위가 인정된다. 하지만 참 권위는 자신도 모르게 끌리는 힘에 의해 통솔을 받는다. 보이지 않는 힘이지만 느낌과 생각으로 따르는 힘이다.

최근에 내가 느낀 바에 따르면 권위란 그 사람의 겸손함, 능력, 인품, 봉사적 마음과 자세에서 나오는 것이다. 진정한 리더가 되려면 헌신적으로 봉사하는 마음과 겸손함, 그리고 솔선수범하는 자세를 갖추고 있어야 한다. 오늘 나는 권선복 대표님의 글을 보면서 자신을 낮추고, 섬기는 리더로 예수님을 따르는 십자가의 삶을 살고자 다짐해 본다.

여생에 내가 할 우선적 일

요즘 이틀 연속으로 친구들과 반주를 곁들인 중식을 하면서 상당한 시간 동안 여러 가지 대화를 하였다.

그중에 한 벗은 "친구는 지금까지 쌓아온 역량을 보아 경제활동을 할 기회가 있으니 취직을 하고 몇 년 후에 벗이 하고자 하는 선교사 일을 하는 게 어떻겠나?"라고 물었다. 나는 "더 이상 돈을 버는 취직이나 사업을 하지 않는 중요하고 우선적인 이유가 있네."라고 말했다. 그러자 벗은 바로 "아~ 그런 뜻이 있었구나. 이제야 이해가 되네."라고 동감을 표했다.

6년 전에 내 아내가 유방암이 발병 후 간암으로 전이 되어 4기로 판정을 받았다. 서울대병원에서 수술 3번과 항암 치료를 하며 생사를 다투는 중요한 고비를 넘길 때마다 난 조기 사직을 고려해보았다. 힘들어 하는 아내 옆에서 고통을 나누며 도와주어 사랑하는 아내가 빨리 일어서기 위해서는 내 시간이 필요했다. 무엇보다 함께할 날이 얼마 남지 않았다면 직장 생활하느라 하고 싶어도 하지 못했던 일과 함께 피정이나 여행을 다니는 등 둘만이 보내는 시간이 무엇보다 중요하다고 생각 때문이었다.

다행히 가족과 많은 사람의 도움으로 아내는 빠른 속도로 회복되었고 아내의 도움으로 나는 명예로운 퇴직을 하는 가운데 간호도 하며 아내를 돌볼 수 있었다.

퇴직 후 직장을 다닐 기회도 많았고 주위 사람들의 권고도 있었지만, 많이 기다렸던 시간들이었기에 금년 3월 말에 완전히 퇴직하고 새롭게 취직이나 사업을 하지 않은 것은 당연한 것이다. 좀 더 이 세상에서의 소풍을 기쁘게 하기에는 시간이 많이 부족하다는 생각은 지금도 변함이 없다.

지금 내가 새로 취직을 하게 되면 아내와 함께할 시간이 적어진다. 공짜 없는 세상에서 노동의 대가를 받기 위해 내가 일에 몰두하게 되다 보면 일로 인한 스트레스도 함께 받게 되어 건강에도 도움이 안 된다. 내가 건강해야 사랑하는 아내를 돌볼 수 있고 끝까지 지킬 수 있다. 이것이 앞으로 자원봉사는 몰라도 대가를 받는 일을 하지 않겠다는 이유이다.

두 번째는 평신도 선교사 일을 아내와 함께 하고자 한다. 아내도 가톨릭신학원 통신과정 6학년으로 곧 수료하게 된다. 하느님 사업에 적극 참여함이 중요하다. 하느님을 알고 주님의 뜻을 찾아 살아가는 성가정은 만사형통, 만사대길이며 늘 기쁨, 평화, 사랑, 행복한 삶을 확신한다.

지난달 7월 19일 맏며느리 이 마리아가 직장을 사직하고 전업주부가 되었다. 그 후 손자인 지후 다윗을 돌보지 않아도 되게 된 아내와 함께 매일 아침미사 참례 후 삼성산 성지참배와 산행을 한 두어 시간하면서 묵주기도를 하는 기쁜 일상이 되어 감사한 일이다.

이 모든 처지를 주신 하느님 아버지께 영광 찬미 감사!

나의 경험과 느낀 중병에서 건강 회복을 위한 10대 비책

우리 집은 삼성산 기슭이라 여름에 에어컨을 안 켜도 시원하니 참 이사를 잘했다는 생각을 이사 온 이후 5년 동안 하게 된다. 자연 속에서 아내의 건강도 거의 회복하였으니 또 감사한 일이다.

아침 미사 후 삼성산에서 약 두 시간 산행과 기도를 하고 귀가하여 관악산 연주암 정상이 거실 창에 펼쳐져 있는 우리 집 거실에 들어서니 강원도 설악산 콘도에 온 듯한 기분이 들었다.

거실에 앉아 아내의 회복을 보면서 아내의 암 발병 후 지금까지

섭생에 대하여 노력해 왔던 것이 올바른 것인가 생각해 보았다. 아래는 그렇게 정리한 아내와 함께 노력해 온 중병자의 건강 회복을 위한 10대 실천사항이다.

1. 거주지를 좋은 주거환경으로 바꾸어야 한다

유방암은 유방에 생겼지만 원래는 전신암으로 폐에 근원을 두고 있다는 이야기를 들었다. 폐암은 좋은 공기와 물 그리고 농약이나 독성이 없는 음식 섭취가 최우선이라고 한다. 그래서 우린 지금 살고 있는 곳보다는 공기 좋은 곳으로 집을 옮기기로 하였다. 점점 심해지는 공해를 피할 수 있는 곳으로 강남 도시권과 가깝고 관악산이 근접해 있고 등산을 쉽게 할 수 있는, 햇볕이 잘 들고 쾌적한 삼성산 주공아파트로 이사했다.

2. 신앙생활 충실

중병을 통하여 하느님을 만나고 그분의 말씀을 통해 치유를 받으며 긍정적인 마음으로 회복되어 가는 우리에겐 매일 미사와 기도를 할 수 있는 삼성산 성지가 있어 신앙생활에만 매달릴 수 있었다. 평소의 소신인 성가정이 만사형통임을 절감했다. 우리를 창조하신 창조주를 알아 경외하는 삶은 영원한 생명의 구원을 받고 현세에서도 나의 자아를 내려놓게 하여 겸손되고 온유한 마음으로 욕심을 내려놓고, 주어진 것에 감사하는 삶을 살 수 있기에 그 자체로도 스트레스로 인한 질병 치유 은총을 누릴 수 있다.

3. 좋은 음식과 좋은 물

체질에 맞는 생식과 현미밥, 한마음 야채수, 청국장을 자주 먹으며 인스턴트 음식과 고기와 회 종류는 부득이한 경우 이외는 먹지 않는다. 물은 선교사업과 호스피스봉사를 하시는 이영숙 베드로 수녀님으로부터 헬시언을 추천 받았다. 남편 친구인 장남수 씨도 항암치료 중 구토증이 심할 때 이 물은 쉽게 먹을수 있었다고 권해주었다. 고 김수환 추기경님도 드셨으며, 많은 암환자 분들이 드신다고 한다. 나 역시 항암치료 중 많은 도움을 받았고 지금까지 헬시언을 먹고 있다.

4. 적당하고 꾸준한 운동

삼성산 성지에서 기도와 등산을 수시로 하며 가까운 헬스클럽에서도 스트레칭과 근육운동으로 요가를 종종 하고 있다.

5. 충분한 수면

잠이 오면 자지만 규칙적인 수면을 원칙으로 하여 저녁 늦은 시간 TV 시청을 금한다. 10시 전후에 기도와 함께 취침을 하며 과로하지 않도록 한다.

6. 긍정적인 사고

희망의 말씀의 힘으로 평소에 긍정적이고 적극적이라 '늘 좋은 생각이 좋은 운명이 된다'는 믿음으로 어떤 처지에서도 긍정적이고 희망만을 생각한다.

7. 사랑은 특효약

부부사랑, 가족사랑, 친구·이웃사랑은 가까운 데부터, 지금부터라는 마음으로 예수님의 사랑실천을 위해 노력하고 있다.

8. 봉사활동

기회가 되는대로 동참한다. 나는 본당 사목위원과 구역장, 레지오 단원, ME부부, 수녀원 아가페 회원으로서 작은 봉사에도 기꺼이 동참하고 늘 기쁨과 성취감을 맛보며 자존감을 챙기고 있다. 아내는 본당인 삼성산 성당에서는 예비자 교리 봉사와 주1회 카페 주방봉사와 삼성산 수녀원의 아가페 회원으로서 매주 토요일 아침 1회 성전 청소 등 작은 봉사에 동참하고 있다.

9. 좋아하는 일

많은 스트레스를 받아야 했던 서비스 직업인 간호사를 퇴직하고 건강을 위한 운동과 둘레길 산행 등 함께 자연을 찾아 몸과 마음을 힐링하는 여행을 하며, 최근 몇 달 전부터는 오래 전에 하고 싶었던 둘이서 할 수 있는 스포츠댄스를 하고 있다.

10. 신뢰 가는 현대의학

좋은 병원, 좋은 의료진, 명의라 생각하는 서울대 병원 노동영 교수님, 오도현 교수님 등 여러 전문의 교수님으로부터 수술과 항암진료를 받았다. 또한 대체의학으로서 안산의 자연섭생원 생식과 오행체조 운동을 1년 이상 했었다

자서전을 쓰는 이유

나는 중학교 때 작문반 활동을 한 적이 있다. 글 쓰는 것이 어려워 싫어하기까지 했던 내가 작문반에 들어가게 된 건, 순전히 아버지 때문이었다. 아버지께서는 "알면 힘이 생기고, 좋아하게 되고, 자신 있게 된다." 하시며, 무엇이든 내가 못하는 것이 있으면 배우면 된다고 가르침을 주시곤 하였다.

그 이후로 나는 일기를 써왔다. 간호사로서 늘 환자분들의 고통을 보며 느꼈던 마음들을 글로 옮겨 쓰면서 마음을 달랜 적이 많았고, 몸과 마음이 병들어 있는 환자분들에게 간단한 쪽지글로 힘을 싣곤 하였다. 직장을 그만두고 두 아이를 키우면서도, 뒤늦게나마 글 쓰는 공부가 하고 싶어 한국방통 통신대학 국문학과를 다니기도 하였다.

그리고 ME주말 경험 후부터는 남편과 매일 편지로 서로의 마음을 나누었고, 화가 날 때도 서로를 판단하기 전에 글로 먼저 대화하였다. 그 덕에 결혼 생활 33년째이지만, 서로 인신공격을 하면서 상처를 주는 부부싸움은 해본 적이 없는 것으로 기억된다. 남편은 30년에 부부싸움 3번을 목표라고 말했지만……. 아이들과도 서로 편지를 주고받으며 훈육하고 사랑을 전하곤 하였다.

나이 50이 훌쩍 넘어 찾아온 불청객이면서 고약한 친구 유방암과 투병 중일 때의 일이다.

나는 평소 중병환자들을 간호하면서 암이라는 병을 만나면 모두 좌절하고, 죽음으로 가는 지름길로 오판하여 살고자 하는 전의를 잃고, 가족을 원망하고, 하느님을 원망하고 미워하고 절망하는, 그래서 정말 짧은 기간에 죽음 맞이하는 사람들을 많이 보아왔다.

나에게 빌붙어 살고자 하는 암을 만났을 때 나는 이미 많은 환자들에게 "암은 극복할 수 있는 것이고 항암제라는 좋은 특효약이 있으니까 힘을 내라."고 격려해 왔기 때문에, 암에 대한 두려움보다는 내가 하고 있는 일을 내려놓아야 한다는 것, 나로 인해 가족이나 지인들에게 아픔을 줄 것들에 대한 두려움이 더 크게 나를 짓눌렀다.

중국에 유학간 아이가 충격으로 자신의 길을 포기하고 돌아오면 어쩌지? 의사 국가고시를 얼마 남기지 않은 작은아들에게 해를 끼치면 어쩌지? 마음 여린 남편이 알면 절망하지 않을까? 나를 엄마처럼 여기고 사랑하고 의지하는 내 형제들은 어쩌지? 나만 믿고 따르며 고생한 병원직원들은? 원장님과 이사장님의 실망은?

죽을병 앞에서도 겁 없는 생각으로 압박감을 느꼈던 나를 생각하면, 그 어리석은 모습에 헛웃음이 나온다. 그렇지만 이대로는 포기할 수 없다는 생각이 들어 서점에서 유방암을 극복한 사람들의 책을 찾아보았고, 인터넷에서 암에 대하여 알아보기 시작했다. 그 책들 속에서 정보를 얻으면서, 어떻게 해야 살아날 수 있는지를 알게 되었다.

그러면서 암을 극복하고 건강하게 살아가는 사람들을 글에서 만나 힘을 얻게 되었다 언젠가 나도 암을 이겨 내고 희망을 줄 수 있는 글을 남겨야겠다는 결심을 했다.

　나는 기도했다. 나를 모태에서부터 불러주시고 사랑하시며 함께 해 오신 하느님께 도와주시기를 기도했다. 남편의 권유로 듣게 된 차동엽 신부님 복음묵상 테이프와 『무지개원리』 외 여러 좋은 책을 만났고, 나는 성경을 알게 되고 말씀의 힘을 믿고 매달릴 수 있었다. 그렇게 남편과 함께 말씀공부와 피정의 집과 철야를 통한 기도로 평화를 찾을 수 있었고 힘을 낼 수 있었다.

　죽음을 인정하고 나니 살 방법이 열리는 것 같았다. 그러나 유방암 치료가 끝이 난 1년 뒤 다시 간에서 작은 암세포가 발견되었다. 오히려 그때는 하느님께 모든 것을 맡기고 잘 죽을 준비를 하였다. 이제껏 살아온 내 삶의 결과로 얻은 병이라면, 이제껏 살아온 방식의 반대로 살아야 함을 알았다. 크고 작은 스트레스를 감당해야 했던 직장을 그만두었고, 나를 너무 혹사시켰던 환경에서 벗어나기 위해 산이 가까운 곳으로 이사를 하였다.

　그리고 하느님께 의탁하여 위로와 희망을 얻었고, 그때 정말 많은 분들의 기도와 사랑과 보살핌 속에서 다시 정상생활로 돌아갈 수 있었다.

　우리 집 앞 관악산에 눈이 오고 비가 오고 벚꽃이 만개하고 신록이 우거지고⋯⋯. 그렇게 빨간 단풍잎으로 다섯 번이나 옷을 갈아입는 모습을 보면서 내 건강도 많이 회복되어, 이제는 정기검진만으로도 손자를 돌보며 살 수 있게 되었다.

　모든 사회활동을 포기하고 신앙 안에서 자연과 함께 어울려 살고 있을 때, 남편은 나에게 새롭게 희망의 씨앗 하나를 준비해 주었다. 서울대 제3기인생대학에 입학하게 된 것이다. 젊은 날의 꿈이었던 서울대를 제3기인생대학 학생이 되어 다니게 되었다. 제3기인생대학은 또 다른 나의 삶을 바라볼 수 있는 계기가 되어주었다.

졸업 과제인 자서전 쓰기를 통해, 나는 내가 자서전을 쓰는 이유를 찾아보았다. 그동안 잊고 지냈던, 나를 위해 기도해주고 도와주고 살려준 많은 이들이 생각났다.

사랑하는 배우자의 헌신적인 사랑 앞에서는 목 놓아 울어도 그 감동을 표현하기는 힘들었다. 어찌 하느님께서는 나를 이토록 사랑하시어, 순애보 남편을 내 배우자로 짝 지어주셨는지 그저 감사할 따름이었다. 힘든 항암기간에도 남편은 항상 희망을 불어넣어 주었고, 환한 미소로 나를 살리기 위해 늘 하느님께 기도를 드렸다. 금전적 손해도 따지지 않고 공기 좋은 곳으로 주거지를 옮겼고, 모든 것에 나를 최우선으로 두고 살았다. 이런 남편에게 어찌 감사해야 할지 모르겠다. 그래서 나는 남편과 더불어 날 위해 수없이 기도해 주고 함께해 준 모든 분들에게 감사함을 남겨야겠다는 다짐을 했다.

또한 나의 지금의 삶을 통해 암은 난치병일 뿐 사형선고를 받고 단시간에 죽는 병이 아님을, 암 투병 중인 환우들과 나누며 그들에게 희망의 메시지를 드리고 싶었다.

마지막으로 신앙으로 극복한 암 투병을 통해 하느님의 사랑을 나누고, 하느님의 유언인 복음 선포의 삶을 살고 싶었다. 곰곰이 지난 세월을 되돌아보니, 이 세 가지가 내가 자서전을 써야 할 이유가 되었다.

큰아들의 마음과 웃음치료강사 자격증

어느 날부터인가 눈을 감고도 많은 것들이 보이기 시작했다. 정신없이 암과 싸우느라 많은 시간을 보내면서 전에는 보지 못했던, 가족들의 아픔이 느껴지기 시작했다.

손가락이 아프다고 정말 손가락만 아플까? 온 몸이 다 고통 속에 있듯이 나의 난치병 앞에서 소리 내어 울며 고통의 시간들을 함께 해 준 사람들에게 난 참으로 많은 빚을 진 셈이다.

나는 내가 늘 보아온 암환자의 모습을 보이지 않으려고, 남편이나 아이들 앞에서 모자를 벗은 적이 없었다. 민머리의 내 모습을 기억하게 하고 싶지 않았기 때문이다. 항암치료를 하고 이주일이 지났을 때부터 뭉텅뭉텅 머리카락이 빠지기 시작했다. 정말 가슴이 덜컥 내려앉는 느낌이었다. 눈을 뜰 수 없을 정도로 많이 울었던 날로 기억한다.

'하느님도 무심하시지, 퇴임식 지나고 빠져도 되는데. 정말 너무 하신다.'라고 소리치며 울었다. 결국 퇴임식 땐 가발을 쓰고 나갔지만 다른 사람들은 밝게 웃는 내 모습 때문에 알지 못했다고 한다. 숨길 수 없을 정도로 내가 앉은 자리마다 머리카락이 뭉텅 빠져 있었다.

아침에 학원에 간다고 인사하는 큰아들에게 그런 모습을 보이기 싫어, 이불 속에서 나오지도 않고 배웅을 했다.

그런데 조금 있으려니 평소 단골이었던 미장원 언니가 우리 집으로 찾아왔다. "무슨 일이냐?"고 물었더니 아들 녀석이 미장원에 들러 "우리 집 가서 우리 엄마 머리 좀 다 잘라주세요."라고 부탁을 했다는 것이다.

부끄러운 치부를 도려내듯 머리카락을 다 자르고 나니 오히려 마음이 홀가분했다. 그리고 엄마의 고통 앞에서 아파하고 있는 아들의 마음을 읽고 가슴이 따뜻해져 더 용기를 낼 수 있었다. "하느님! 우리 아들에게 힘이 되는 엄마가 되게 해주시고, 오래오래 함께할 수 있는 엄마가 되게 해주시고, 또 언젠가 거울을 보면서 긴 머리를 쓸어 빗게 해주세요."라고 기도를 드렸다.

내가 수술을 하고 있을 때 북경대에서 마지막 학기를 보내는 아들에게는 알리지 못하게 했다. 학기를 마친 뒤에 돌아온 아들은 나에게 섭섭함을 토로하였지만, 나는 그러길 잘했다고 생각했다. 군대를 갔다 와 복학을 끝낸 아들이 나에게 선물을 주기 위해 여름에도 엉덩이가 땀띠로 짓무를 정도로 입사시험 공부를 하는 모습을 보면서 참 많이 감사했고, 위기를 만나 최선을 다하는 아들의 마음이 자랑스러웠다.

그러던 어느 날 한광일 박사의 웃음치료강사 코스 수강증을 가지고 들어온 아들이 자기와 함께 다니자면서 내게 수강증을 내밀었다. 암 치료에는 웃음치료가 최고라는 얘기를 듣고, 없는 돈을 쪼개어 학원등록을 하고 온 것이었다.

그리고 나서 큰아들은 서울역 앞 학원까지 함께 다녀주었다. 아들과 기쁘고 보람된 시간을 보내느라고, 그 사이 고통의 시간이 훌쩍 6개월이나 지나 있었다. 그렇게 웃음치료사 자격증을 민머리로

땄으니 지금 생각해 보면 절로 웃음이 나는 일이다.

자식의 애틋한 사랑의 맘이 있었기에 나는 희망으로 뛸 수 있었다. 저 아이들 혼례도 못 치르고 큰일을 당하면 어쩌나 하는 두려움 속에서 나는 기도밖에 할 수 있는 일이 없었다. 감사하게도 직장을 정하고 1년 만에 같은 회사에 근무하던 며느리를 만나 결혼을 하게 되었고, 결혼하자마자 아들을 낳았으니 내게는 참으로 고마운 아들이었다. 혹시라도 내가 잘못될까 봐 스스로 결혼을 서둘렀던 아들이었으니 더 말해 무엇 하랴.

언제까지나 엄마의 손을 붙잡고 살 것 같았던 아들이, 이제는 내 품을 떠나 한 가정의 어엿한 가장이 되었고 아버지가 되었다. 출가한 아들에 대한 엄마의 사랑은 언제나 짝사랑이 되어 돌아오지만, 나는 중병을 얻는 바람에 아들의 사랑을 지금도 넘치게 받고 있으니 이 또한 축복이다.

오늘 나의 생일 파티 날에 큰아들의 축하멘트를 들으면서 가슴이 또 한 번 뭉클해졌다.

"6년 전 어머니 수술하시는 날에 저는 아무것도 모르고 필리핀에서의 마지막 여행을 즐기며 웃고 떠들고 있었습니다. 그때를 생각하면 어머니께 늘 미안한 마음이 듭니다. 어머니 생일 때마다 그 일이 생각나 죄송하기만 합니다. 늘 우리와 건강하게 함께해 주시면 두고두고 효도하는 아들이 되겠습니다."

나는 자식들에게 아픔이 되고 싶지 않다. 다시는 내 아픔으로 상처 주지 않고, 늘 그들에게 힘이 되는 엄마가 되게 해달라고 기도드린다.

야채수 체험수기 공모전 1등 수상작

2007년 여름은 다른 해보다 유난히 더웠고, 견디기 힘든 항암치료의 고통 속에서 숨 쉬기조차 힘들었다. 그해 나는 재활병원에서 간호과장으로 근무하던 중 유방암과 간암 진단을 받았다. 내가 보살피는 환자분들만의 병으로 생각했던 암이 나에게도 찾아온 것이었다.

나는 현실로 받아들이기 힘든 사건 앞에서 바람 앞의 촛불처럼 절박한 심정이었다. 깊고 빠져나오기 힘든 절망의 심연 속에 던져졌고 그 고통의 두려움으로 한없이 움츠러들어 고갯짓 한번 내 힘으로 할 수도 없었다.

하지만 가족들의 헌신적인 사랑과 신앙의 힘으로 가슴 절제수술을 받았고, 연이어 간 쇄석술로 간에 있는 종양을 전기 소작으로 제거하고 항암치료를 시작했다. 항암 중에는 어떠한 민간요법도 허용되지 않았고 감히 엄두도 못 냈다.

항암의 부작용은 소문으로 듣던 대로 견디기 힘들었다. 주사 후 일주일 정도는 꼼짝없이 물 한 모금 넘기기가 어려웠고, 머리까지 빠져 산에 가기도 힘들었다.

그런 시기에 몇 해 전 대장암 4기 선고를 받고도 완치된 간호사관학교 동기인 윤광숙 친구로부터 택배를 받았다. 말린 표고버섯, 무청시래기, 우엉, 무, 당근과 다테이시 가즈 박사의 『야채수프 건강법』이라는 책 한 권이 들어 있었다.

야채수프는 일본 열도에서 20년 전부터 오랜 임상을 거쳐 암과 성인병을 고치는 기적의 특효약으로, 친구 자신도 효과를 보았으니 항암 중에도 빨리 끓여먹으라는 간곡한 사연이 들어 있었고, 나는 친구의 우정에 가슴이 따뜻해졌다.

그 책은 생물학자인 다테이시 가즈 박사의 연구서로, 암에 대한 야채수프 자연치유 건강법을 소개한 것이었다. 다테이시 가즈 박사는 35년간 야채수프를 연구하고, 직접 이 방법으로 암환자 수만 명을 치료하였다. 그는 그동안 형과 부친을 암으로 잃었고, 본인도 암 때문에 십이지장을 절제한 사람이었다. 그러나 암이 폐까지 전이되자 병마와 싸우면서 자연과 약초 연구에 몰두하게 되었고, 그래서 만들어 낸 약이 1,500여 종이나 되었다고 한다. 그중 오랫동안의 연구와 동물실험 끝에 완성된 것이 야채수프와 현미차라고 하였다.

재료 또한 주위에서 쉽게 구할 수 있어 경제적이었고, 채소 섭취가 부족한데다 그 당시 항암 부작용인 구토와 오심증惡心症으로 힘들었던 터라 집에서 끓여먹기 시작하였다.

놀랍게도 나는 며칠 안 되어 구토와 식욕부진, 오심증에서 벗어났고 지독한 변비증상도 사라졌다. 하지만 끓이는 절차가 나에겐 힘겨웠고 매번 유기농 야채구입도 힘들었다.

그러던 중 모든 먹거리를 유기농으로 바꾸면서, 한마음 공동체 진달래점에서 공동체 창시자이신 남상도 목사님을 알게 되었다. 청청지역 지하 암반수를 사용하여 100% 국산 유기농 야채로 만든 야채수를 믿고 구입할 수 있다는 것을 알고, 정말 감사하고 기뻤다. 누군가 건강을 위해 양심껏 일하고 있다는 사실에 지금도 감사한 맘이다.

여덟 번의 항암치료 중 하루 4포씩 꾸준히 장복하면서, 그 힘들다는 항암치료를 극복해 내었다. 그 후로도 5년 넘게 꾸준히 야채수를 장복하면서 재발의 두려움을 이겨냈고, 건강하게 신앙생활을 하면서 제2의 축복받은 생활을 하고 있다. 남편도 담낭염으로 담낭을 제거하였고 고혈압 약을 복용하고 있어, 늘 건강을 조심하면서 나와 함께 야채수 마니아가 되었다. 주위에서 암 투병을 하는 사람들에게도 친구가 나에게 선물하였듯이 야채수를 선물하였고, 사랑을 전했다. 그 결과 간경화가 심하였던 분도 효과를 보았다고 했다. 사돈어른이 전립선 비대와 과민성 대장이라서 권하였더니 소변 배출이 잘되고 본인이 효과를 보셔서, 에코 하모니 한마음 공동체 식구가 되어 건강을 챙기고 계신다.

어느 여름날 나에게 시원한 오아시스처럼 야채수를 알려준 친구는, 내 생명의 은인이기도 하면서 고맙고 그리운 사람이다.

오늘도 야채수를 중탕하여 따끈하게 마시면서 안심하고 먹을 수 있는 먹거리를 제공하는 모든 사람들에게 감사의 맘을 갖는다. 많은 사람들이 야채수프를 알고 마셔서 몸속의 면역기능을 극대화시키고 질병을 예방하고, 심지어 치유까지 경험할 수 있기를 소망해 본다.

꽃샘추위를 견디면서 봄꽃이 만개하듯 고통을 견디어낸 인생이 더 축복받은 삶이라는 것을 감히 말해 본다. 살아 있음에 감사를 전한다.

죽음 준비

"엄마, 암은 세상사람 아무에게나 오는 병이라서 암이라고 하는 겁니다."

의사인 작은아들이 움츠러든 내 어깨를 의식하였는지 토닥거렸다. 암환자가 되는 것은 불행한 여자들이나 죄 많은 여자가 얻는 병이고, 아니면 온갖 스트레스를 다 받고 사는 성질 까칠한 여자 등등이라고 생각했는데…….

암환자를 보는 고정관념의 틀이 깨지면서 나를 압박하는 무거운 마음을 벗어버릴 수가 있었다. 그때부터 암도 하나의 질병으로 받아들이니 희망이 생겼고, 많은 이들에게 기도 부탁을 하는 남편 마음을 헤아리고 감사하게 되었다.

그리고 죽음을 준비해야겠다는 결심도 하게 되었다. 죽음을 준비한다는 것은 내 삶에도 죽음을 기억하는 것이라 했다.

우리가 죽음에 대하여 누구도 모르는 것 3가지가 있다고 한다. 첫째는 언제 죽을지 모르는 것이고, 둘째는 어디서 죽을지 모르는 것이고, 셋째는 어떻게 죽을지 모르는 것이다.

또 우리가 죽음에 대하여 누구나 아는 것 5가지가 있다고 한다. 첫째는 누구나 죽는다는 것. 즉 남녀노소, 빈부, 국적을 불문하고 죽는다는 것. 둘째는 죽음엔 순서가 없다는 것. 셋째는 누구든 누구를 대신하여 죽을 수 없다는 것. 넷째는 아무것도 가져가는 것이 없다는 것. 다섯째는 미리 경험할 수 없다는 것.

죽음 준비를 하는 것은 절망적인 것이 아니라, 오히려 희망적인 삶을 살기 위한 준비였다. 누구나 새 생명의 출산을 위해서는 많은 것을 준비하지만, 죽음에 대해서는 생각조차 하지 않고 내가 죽은 뒤에는 남아 있는 사람들 몫이라고 생각하며 산다.

결국 죽으면 가져가는 것들은 미움과 원망과 분노일 수도 있고, 사랑에 대한 추억일 수도 있다. 죽을 준비는 죽음을 기억하고 지금 이 시간을 정성껏 사는 것이고, 나누고 용서하고 베풀면서 사랑에 대한 추억을 만들어 가고, 주어지는 시간을 기쁘게 감사하면서 사는 것이라 생각했다.

내일 걱정은 나를 주관하시는 하느님께 맡기고 오늘 감사하면서 기쁘게 사는 것! 난치병을 얻고 나서야 비로소 보였다.

내 마음이 죽음을 인정하고 받아들였을 때 내가 소유하고 있는 물질적인 것들이 압박감으로 다가왔다. 그때 쓸 만한 물건과 옷들을 사랑하는 동생과 지인들에게 나누어 주었다. 그리고 많은 물건들을 버리고 정리하고 정돈하게 되었다. 죽기 전에 주는 것은 유물로 소중한 것이지만. 죽고 나서는 불길한 것들이기 때문이었다.

그리고 또 버려야 할 것들이 있었다. 세상 살면서 쌓아온 미움과 용서 못한 마음들, 그리고 시기와 질투, 욕심으로 지은 죄들이었다.

그때 나를 만나주신 하느님께서는 내가 모든 것을 내려놓게 해주시고, 나를 용서하시고 일으켜 세워 다시 걸을 수 있게 해주셨다. 누구나 죽는 죽음에 대하여 인정하고 났을 때, 참으로 자유롭고 행복했다. 오히려 많은 것을 내려놓는 만큼 내게는 더 많은 기쁨과 축복이 함께했다.

죽음 준비는 죽기 전에 사랑의 추억들을 많이 만들고, 오늘 하루를 최선을 다해서 감사하며 사는 것이었다.

갑자기 죽기 전에 하고 싶은 것들이 많아졌다. 사랑하는 아이들이 결혼하여 자식을 낳으면 우리 시부모님처럼 손자도 돌보아주고, 내가 줄 수 있는 것을 다 해주고 싶었다. 내가 없어도 지금처럼 서로 이해하고 사랑해 주는 가족으로 성가정을 이루며 살도록, 기도할 시간이 더 필요하였다. 또 남편과 함께 전국 천주교 성지여행과 성모발현 성지순례도 하고 싶었다. 형제들을 위해서도 많은 것을 해주고 싶었다. 가족여행을 많이 하면서 서로 사랑을 확인하고 추억하게 하고 싶었다.

난치병으로 우울증에 힘들어하는 환자들에게 도움이 되고 싶었고, 마지막으로 많은 사람들에게 복음을 전교하고 싶었다. 유병장수의 모습으로 하느님 영광을 드러내고 싶다.

유서

항암치료 중에 남편과 함께 내적 치유를 위한 피정에 참가하면서, 유서를 쓸 기회가 있었습니다. 죽음을 가정하여 유언장을 쓰고 나면 삶이 더 진지하게 받아들여지고 모든 것에 감사하는 삶을 살 수 있을 것이라는 이유로 유언장 쓰는 시간이 주어졌습니다.

그런데 저는 한 줄도 쓸 수가 없었습니다. 그런 저를 보고 신랑은 "당신도 미리 유서를 한번 써보면 좋지 않겠느냐?"고 조심스럽게 조언을 하였습니다. 그래도 멍하게 있는 내가 측은하였는지 남편은 "신경 쓰지 말고 당신 맘 가는대로 하라."고 하였습니다.

실제로 유서를 쓸 상황이 저에게 일어날 것 같아 두려워서 쓰고 싶지 않았던 것이 제 속마음이기도 했습니다. 그리고 정말 제가 떠난 후에 가족들이 받을 상심과 슬픔을 잘 견디어 낼 수 있도록 도움을 주는 유서가 되어야 했기에 감히 쓸 엄두조차 못 냈습니다.

남편에게도 저를 잊어버리고 다시 새 배우자를 만나 새로운 생활을 하라고 할 수가 없었고, 자식들에게도 엄마 없는 생활을 잘하라고 할 수가 없었기 때문입니다.

무엇보다도 제가 엄마 없이 결혼식을 치러보았기 때문에 두 아들에게는 "결혼식 때 어떻게 해야 한다, 자식 낳으면 어떻게 해야 한다, 남아 있는 아버지를 위해서는 어떻게 해야 한다……." 하는 당부를 할 수가 없었습니다.

저는 그저 이런 소망들을 가슴에 간직하며 제가 살아 있는 동안 다 이루어지기를 온종일, 아니 이루어질 때까지 몇 년을 간절히 눈물로 기도하였습니다.

그리고 그 후, 만 5년이 넘는 시간들 속에서 그 기도들이 온전히 다 이루어짐을 체험했습니다. 그래서 저는 오늘 자서전 숙제를 하면서 이제는 유서를 써야겠다고 결심을 하게 되었습니다.

남편에게는 당신이 내 배우자로 함께 동고동락하면서 사랑해주고 같은 종교를 가지고 하느님 자녀로 살아주어 감사하고 행복했다고 다시 태어나도 당신과의 인연에 감사하다고 말할 것입니다. 그리고 남은 세월은 하느님 뜻 안에서 최선의 방법으로 기쁜 삶을 살기를.

그리고 아이들에게는 토빗기 4장 3절~21절 말씀으로 유서를 대신할 것입니다.

노년을 어떻게 보낼 것인가

오늘은 서울대학교 사회복지학과 명예교수님께서 노후를 위한 자원봉사에 대한 이론과 실제 강의를 해주셨다. 자원봉사활동이란 다른 사람이나 공익을 위해, 금전적 이득을 취하지 않고 자발적으로 하는 활동이라고 정의해 주셨다.

나는 간호학을 공부하였고, 평생 간호직에 근무하면서 봉사활동 일을 천직으로 여기며 살아왔기에 익숙한 과목이었다. 단지 나는 평생 일을 통해 봉사하면서도 금전적 보상을 받는다는 것만 다를 뿐. 타의든 자의든 많은 봉사활동 단체에서 일을 해왔고 모임 운영을 한 적도 많았다. 내가 깨달은 것은 봉사를 통해 나의 달란트를 나누는 것보다 더 많은 것을 배우고 얻고 위로받고 사랑받으며 살아왔다는 것이다.

현재는 직장을 그만두고 투병생활을 하면서 사회 환원을 위한 봉사활동보다는 종교생활 안에서 자원봉사활동을 하고 있다. 호스피스봉사를 하면서 많은 위로를 받았고 성당 청소와 성당 카페운영과 교리교사 봉사를 통해 믿음도 굳건해지고 함께하는 이웃들과의 사랑에서 큰 보람과 힘을 얻게도 되었다. 하느님의 자녀로서 부모형제 가족을 사랑하고 이웃을 사랑하기 위해 나의 시간과 건강이 허락하는 한 성당에서 함께하는 봉사활동에 참여할 예정이다.

또한 가족 사랑을 위하여 현재 손자를 돌보는 일 역시, 나에게 생명을 돌보는 큰 사명을 주신 것이므로 나에게 삶의 의지를 주고 기쁨을 주는 손자가 있음에 감사한다.

앞으로 노년에 대한 공부를 해나가면서 나의 노년을 어떻게 보낼 것인가에 대한 결론을 얻을 것 같다. 향후 건강을 회복한 후 나의 배우자와 함께할 봉사활동 계획을 짜고 있다.

내가 얻었던 많은 것들을 이웃에게 나누고 베풀며 살 것이다. 구연동화도 체계적으로 공부하여 손자와 어린아이들을 위해 봉사할 것이고, 내년 통신교리 신학대학을 졸업하면 신앙 안에서 봉사활동을 시작할 것이다.

더불어 자원봉사활동의 조직화를 위하여 교육과 훈련자로 일하면서 내가 가지고 있는 달란트를 사용할 것이고, 그동안 경제 활동을 하느라 하지 못했던 하고 싶었던 일들을 바로 시작하며 늘 배우며 도전하는 노년을 보내기 위해 나에게 주어진 시간들을 소중하게 보낼 것이다.

나의 주홍(朱紅)글씨

미국의 작가 나다니엘 호손이 1850년 발표한 소설 제목 『주홍글씨』. 간통한 여자에게 벌로써 가슴에 간음을 뜻하는 'adultery'의 두자인 'A'를 주홍색으로 달아 주었던 것을 이르는 말이다. 사랑을 위해서 간음을 한 여자 주인공이 가슴에 새겨진 주홍 글씨를 보면서 회개의 삶을 살게 하였고 보는 이들에게는 본보기가 되었을 것이다

나의 오른쪽 가슴에는 마치 주홍글씨처럼 항암 주사를 맞기 위해 피부에 심은 케모포트 인공 혈관이 동전 만큼 부풀어 올라 있다.

5년 전 유방암이 간으로 전이되었을 때 이미 여덟 번 맞았던 항암제 독성으로 오른쪽 팔 혈관이 모두 굳어 버렸기 때문에 팔에 있는 혈관에는 주사를 맞을 수가 없었던 것이다.

다시 4번의 항암제 치료를 하고 제거할 줄 알았는데 "암 치료가 다 된 것이 아니고 잠시 쉴 뿐입니다. 영구적인 것으로 부작용이 없으면 제거하지 않습니다."라고 못을 박는 담당교수의 말에 아찔한 현기증을 느꼈다.

사랑 때문에 간음한 여인처럼 완치를 희망하기보다는 재발했을 때 치료를 위해 내 몸에 가지고 살아야 할 주홍글씨였다. 5년간 관이 막힐까봐 병원치료가 필요 없는 기간에도 한 달에 한 번 꼬박꼬박 용혈제를 맞기 위해 병원을 갔다. 처음엔 두렵기도 하였지만 다시 가고 싶지 않은 항암 병동을 갈 때마다 영양제를 맞으러 다닌다고 생각했고 늘 초심을 다지는 마음을 가졌다. 절망하기보다 항암 주사를 맞고 있는 환자들 곁에서 나는 용혈제를 맞고 있다는 것이

감사하며 평생 다녀도 좋다고 생각해 왔던 것이 5년이 되었다.

정기 검진을 갈 때마다 '케모포트를 제거하면 안 되느냐?'라는 물음에 늘 냉랭하던 교수님들이다. '재발의 가능성에 책임을 질 수 없다'라는 무언의 표현에 항상 그래도 꼭 제거하는 날을 주실 거라 믿고 기도 하였다.

오늘은 간암으로 치료한 후 5년이 되는 날이다.

그동안 손자를 돌보느라 누적된 피로와 규칙적으로 산행도 하지 못했고 여름감기를 두 달이나 앓았으며 식도염으로 한동안 약물 치료를 하였고 저녁에도 성경공부 등 바쁘게 움직였기 때문에 육체적 컨디션이 다운되어 있었다. 그 와중에도 새벽미사 드리는 것만으로 기도생활에 임했을 뿐이어서 참으로 간절히 치유은총을 청했다.

나의 두려움을 아셨는지 교수님은 나를 보자마자 "좋은 소식부터 전해 주겠습니다."라며 안심시키시듯 웃어 주었다.

"앞으로는 검사도 한 가지 안 해도 되겠습니다."라고 하시고 주홍글씨도 "수술 날짜 잡아서 제거 하십시오."라고 하셨다. 나와 남편은 서로의 흐르는 눈물을 지켜보며 감사의 맘을 전하였다.

간절히 기다리다 체념하고 있는 우리에게 목이 타 갈증으로 죽어가는 사람이 생명수를 받아먹고 소생하듯 우리도 같은 느낌이었다. 늘 노심초사하던 맘에 걱정근심이 걷히고 탄성을 지르며 소리쳐 세상 사람들에게 감사함을 외치고 싶었다.

저녁에는 우리를 삼성산 아파트로 이사 오게 해 주시고 안수와 기도로 희망을 주시고 위로해 주신 송 신부님을 모시고 셋이서 자축 파티 저녁을 먹으면서 우리보다 더 기뻐하시는 아버지 신부님께 정말 감사하였다.

그리고 우리를 위해 염려해 주시고 기도해 주시는 가족과 지인들께 감사 메시지를 보내는 들뜬 남편의 화사한 미소를 한참동안 바라보면서 '늘 초심으로 나머지 삶을 살아야겠다.'라고 다짐하였다. 어쩌면 손자를 돌보며 아들 내외와 함께 정을 나누고 손자 재롱을 통해서 내 몸에서 많은 엔돌핀이 생성되어 육체적인 피로를 누르고 많은 암세포가 없어졌는지 모르겠다.

사랑은 모든 어려움을 이겨내고 불가능을 가능하게 만드는 기적의 힘임을 다시 한 번 입증하였다.

대장암으로 치료 중이신 시외숙모님께서도 주홍글씨를 새기던 날 절망적인 마음으로 나에게 전화를 하였다. 하지만 "저도 가지고 있습니다. 영양제를 맞기 위한 것이니 잘 간직하고 언젠가는 제거하는 날이 올 것입니다."라고 하는 내 말에 큰 위안을 가지셨다. 오늘 시외숙모님께 '내게 있는 케모포트 이제 제거해도 된다.'는 결과를 알려 드렸더니 나보다 더 좋아하시면서 "나도 그날이 오겠지." 라고 하시면서 희망을 가지셨다.

오늘 아침미사에서 "불리한 상황보다도 상황을 더 나쁘게 해석하는 부정적인 사고가 더 나쁩니다."라고 하신 송 신부님의 강론말씀이 떠올랐다. 우리에게 주어지는 모든 상황에서 늘 긍정적인 생각이 문제의 해결책이 됨을 깨달아 희망의 삶을 살기로 결심하는 오늘이다.

이제 내 가슴에 있는 주홍글씨가 없어지겠지만 내 마음에 새긴 주홍글씨는 계속해서 나에게 초심을 잃지 않고 건강한 생활을 위해 욕심을 내려놓고 세상에 감사하는 마음으로 봉사하면서 나에게 주어지는 고통은 모두 나를 위한 것임을 믿고 이겨내라는 메시지를 쉼 없이 속삭여줄 것이다. 고통은 축복의 통로라고….

"나의 형제 여러분. 갖가지 시련에 빠지게 되면 그것을 다시 없는 기쁨으로 여기십시오."(야고보서 1장 2절)

2001. 6월경 외환은행 만촌동지점장실 가족방문기념

첫 손주 지후의 돌잔치

2010년 박 안젤라 생일을 축하해준 가족 꽃다발

둘째손자 김도하가 처음본 책 할아버지 할머니 자서전

미사 때 예물봉헌 하는 모습 / 삼성산 성지 십자가상에서 기도하는 모습 / 설악산 울산바위 정상을 올라 벅찬 마음으로 기념사진 / 서강대 경영자 과정 망년회때 분장 모습 / 영원한 사랑을 약속하며 사랑마크 앞에서

존경하는 차동엽신부님과 함께 / 희망포럼에서 만난 서울 시장님과 함께 / 가족소풍때 도시락 먹으면서
큰아들내외 / 도하 오십일 기념사진 찍은 둘째 아들 내외 / 사랑하는 손자들과 함께 행복해 하는 안젤라
모습

'행복에너지'의 해피 대한민국 프로젝트!
〈모교 책 보내기 운동〉

대한민국의 뿌리, 대한민국의 미래 **청소년·청년**들에게 **책**을 보내주세요.

많은 학교의 도서관이 가난해지고 있습니다. 그만큼 많은 학생들의 마음 또한 가난해지고 있습니다. 학교 도서관에는 색이 바래고 찢어진 책들이 나뒹굽니다. 더럽고 먼지만 앉은 책을 과연 누가 읽고 싶어 할까요? 게임과 스마트폰에 중독된 초·중고생들. 입시의 문턱 앞에서 문제집에만 매달리는 고등학생들. 험난한 취업 준비에 책 읽을 시간조차 없는 대학생들. 아무런 꿈도 없이 정해진 길을 따라서만 가는 젊은이들이 과연 대한민국을 이끌 수 있을까요?

한 권의 책은 한 사람의 인생을 바꾸는 힘을 가지고 있습니다. 한 사람의 인생이 바뀌면 한 나라의 국운이 바뀝니다. **저희 행복에너지에서는 베스트셀러와 각종 기관에서 우수도서로 선정된 도서를 중심으로 〈모교 책 보내기 운동〉을 펼치고 있습니다.** 대한민국의 미래, 젊은이들에게 좋은 책을 보내주십시오. 독자 여러분의 자랑스러운 모교에 보내진 한 권의 책은 더 크게 성장할 대한민국의 발판이 될 것입니다.

도서출판 행복에너지를 성원해주시는 독자 여러분의 많은 관심과 참여 부탁드리겠습니다.

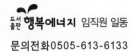

도서출판 **행복에너지** 임직원 일동

문의전화 0505-613-6133

소리 - 한이 혼을 부르다

정상래 지음 | 342쪽 | 값 13,500원

쏟아져 나오는 책은 많지만 읽을거리가 없다고 탄식하는 독자들이 많다. 그렇다면 근대 한국사에 담긴 우리 한(恨)의 정서에 관심이 있다면, 대하소설의 참맛에 대해 잘 알고 있다면, 정말 제대로 된 작품을 읽어볼 요량이라면 이 소설은 독자를 위한 더할 나위 없는 선물이자 생을 관통할 화두가 되어 줄 것이다.

그대 인연을 사랑하라

남달구 지음 | 300쪽 | 값 15,000원

『그대 인연을 사랑하라』는 비록 남달구 기자가 세상에 내놓는 첫 번째 책이지만 안에 담긴 '맛과 멋'은 장인의 솜씨와 열정 그대로이다. 특종과 이슈가 아닌 '가치와 진실'을 찾아 떠나온 삶의 여정. 이 책은 수많은 독자에게 참된 나와 진실한 세상으로 가는 길목의 이정표가 되어줄 것이다.

본국검예 1 조선세법

임성묵 편저 | 560쪽 | 값 48,000원

'조선세법朝鮮勢法'은 단순한 무예서가 아니다. 상고시대 한민족의 신화와 정신문화가 선진문화였음을 밝히는 중요한 사료이다. 조선세법의 전모가 드러나면서 전통무예사의 이론과 철학이 부재한 우리 체육계에 커다란 선물과 숙제가 함께 안겨졌다. 정체성을 잃고 헤매는 우리에게 『본국검예』는 대한민국이 일류국가로 도약할 수 있는 정신적 기둥이 되어주고, 미래를 밝히는 민족혼의 불길을 세울 것이다.

부모를 위한 인문학

노재욱 지음 | 272쪽 | 값 15,000원

한국인성교육학회 이사장 노재욱 박사는 대한민국 근현대 교육사를 몸소 체험하고 지켜봐온 교육전문가이다. 책 『부모를 위한 인문학』은 동서양의 모든 종교와 인문학을 두루 섭렵한 저자의 50년 교육 인생과 연구, 강연 활동의 집대성이다. 교육과 관련된 각종 인문학의 핵심 사항을 모아 우리 사회의 실정에 맞춰 어떻게 하면 좋은 부모가 될 수 있는지에 대해 차분한 어법과 쉬운 해설로 제시하고 있다.

하루 7분 기적의 글쓰기

김병규 지음 | 256쪽 | 값 15,000원

내 인생과는 전혀 상관이 없을 것 같았던 일들이 느닷없이 행복 혹은 불행으로 다가온다. 그렇다면 '글쓰기'는 분명 행복에 가까운 쪽일 것이다. 하루 5분은 즐거운 마음으로 이 책을 읽고 2분은 자신만의 유쾌한 글을 쓴다면 말이다. 『하루 7분 기적의 글쓰기』의 첫 장을 펼침과 동시에 어제보다 행복해진 오늘을 맞이해 보자.

참 아름다운 동행

권희철 지음 | 276쪽 | 값 15,000원

내 인생과는 전혀 상관이 없을 것 같았던 일들이 느닷없이 행복 혹은 불행으로 다가온다. 그렇다면 '글쓰기'는 분명 행복에 가까운 쪽일 것이다. 하루 5분은 즐거운 마음으로 이 책을 읽고 2분은 자신만의 유쾌한 글을 쓴다면 말이다. 『하루 7분 기적의 글쓰기』의 첫 장을 펼침과 동시에 어제보다 행복해진 오늘을 맞이해 보자.

내 아이를 위한 인문학

채성남 지음 | 276쪽 | 값 15,000원

"책을 좋아하고 사람을 사랑하고 자연을 즐기는 아이로 키우세요." 훌륭한 경영 리더들은 모두 좋은 경영자 이전에 좋은 철학자였다. 자녀를 어질게 키우고 싶다면 부모가 먼저 훌륭한 철학자가 되어야 한다. 동양 최고의 스승 공자에게 마음의 그릇을 키우는 법을 배우고, 스스로 위대한 철학자가 됨을 두려워하지 않는다면 당신은 이미 '좋은 부모'다.

소마지성

라사 카파로 지음 · 최광석 옮김 | 368쪽 | 값 25,000원

전 세계에 불어닥친 '자가치유' 열풍은 국내에서도 각계의 주목을 받고 있다. 지난해에는 24년 만에 국내에 정식으로 소개된 『소마틱스』가 많은 독자들의 사랑을 받으며 '자가치유' 열기가 일시적인 유행이 아님을 증명했다. 『소마지성을 깨워라』는 '소마틱스 영역의 최신 이론'에 목말랐던 독자들에게 한층 진보된 방법론을 제시한다.

얌마! 너만 공부하냐

김재규 지음 | 280쪽 | 값 15,000원

'시험 공화국' 대한민국에서 '공부로 성공'하는 법! 최고 합격률, 최다 수험생으로 매일 공무원 학원가의 신화를 새로 쓰는 김재규경찰학원 원장의 번외 강의 '정말 미치도록 즐겁게 공부하기' 자신의 꿈을 향해 나아가는 이 순간, 기왕 해야 할 거, 즐겁게 공부를 하고 싶다면 당장 『얌마! 너만 공부하냐』의 첫 페이지를 펼쳐 보자.

열정은 배신하지 않는다

김의식 지음 · 이준호 엮음 | 272쪽 | 값 15,000원

과연 대한민국의 대학교는 우리 젊은이들에게 지성과 밝은 미래의 산실이 되어 줄 수 있는가? 구태에서 벗어나 현실적이면서도 획기적인 방식으로 학생들을 지도하는 Yes Kim의 강의에 그 답이 있다. 듣는 것만으로도 가슴을 뛰게 하는, 그 열정을 행동으로 이끄는 수업에 귀 기울여 보자.

사랑의 택시 인생극장

백중선 지음 | 288쪽 | 값 15,000원

한 번만 승차하면 삶이 행복해지는 '사랑의 택시'가 있다?
어제보다 행복한 오늘을 꿈꾸는 택시기사와 손님이 함께 만드는 공감 스토리! 평범하
지만 우리의 인생은 충분히 위대하다는 것. 어제보다 조금 더 행복한 오늘을 살고 싶은
독자라면 『사랑의 택시 인생극장』을 통해 그 사실을 꼭 확인할 수 있을 것이다.

나는 기적을 믿지 않는다

구건서 지음 | 304쪽 | 값 15,000원

Keep Looking, Don't Settle!
힐링을 끝마쳤다면 지금 당장 '스탠딩' 하라! 아시아 최고의 노무사이자 대한민
국 최고의 명강사 구건서가 전하는 당신의 무기력한 삶을 성공으로 이끌 Success
Navigatorship, 그 8가지 키워드!
우리의 삶 매 순간이 '기적'이었음을 두 눈으로 똑똑히 목격하자.

잘나가는 공무원은 무엇이 다른가 Ⅱ

정상덕 지음 | 296쪽 | 값 15,000원

대한민국의 21세기 新 목민심서로 주목받는 『잘나가는 공무원 무엇이 다른가』 그 두 번
째 이야기. 국민에게 봉사한다는 심정으로 평생 공직에 몸을 담아온 정상덕 전 국장의
36년 공직생활, 그 '치열한' 현장의 '생생한' 연대기.
대한민국에서 성공한 공무원으로 사는 법은 무엇인지 귀 기울여 보자.

잘나가는 공무원은 무엇이 다른가 Ⅲ

강영두 지음 | 292쪽 | 값 15,000원

21세기 대한민국 사회를 주도하게 될 공무원들을 위한 신 목민심서.
'공무원은 나라의 대표선수다.' 21세기 무한경쟁시대에 대처하는 공무원의 자세. 나라
를 대표한다는 마음가짐으로 경쟁에서 살아남아야 한다. 긍정적 자세와 무한한 열정을
통해 대한민국 대표 공무원이 된 강영두 전 국장의 말단에서 국장까지!

오늘부터 나는 리더입니다

박승범 지음 | 280쪽 | 값 15,000원

당신이 반드시 리더가 되어야 하는 이유!
현역 해병대원이 전하는 리더십 매니지먼트, 전략을 세우면 성공이 보이고 행동을 하
면 꿈이 이루어진다. 『오늘부터 나는 리더입니다』는 리더십에 대한 기본적인 고찰과 함
께, 리더가 진정으로 갖추어야 할 소양과 자질에 관한 이야기를 담고 있다. 이 책을 만
나 21세기 무한경쟁시대를 주도할 리더의 길을 스스로 개척하라!